紅樓夢

校注

卷5

第六一回至第七五回

曹雪芹
高鶚

紅樓夢

編者序

人人出版公司推出《人人文庫》系列，第一套就是中國古典長篇章回小說《紅樓夢》。書內提及的書名，還有《情僧錄》、《風月寶鑒》、《金陵十二釵》，乾隆四十九年甲辰（一七八四年）夢覺主人序本題為《紅樓夢》（甲辰夢序抄本）。一七九一年在第一次活字印刷後（程甲本），《紅樓夢》便取代《石頭記》而成為通行的書名。本書前八十回以庚辰本為底本，後四十回以程甲本為底本。

《紅樓夢》原本共一百二十回，但後四十回失傳。紅學家周汝昌先生則認為《紅樓夢》原著共一〇八回，現存八十回，後二十八回迷失。現今學界普遍認為通行本前八十回為曹雪芹所作，後四十回不知為何人所作。但民間普遍認為為高鶚所作，另有一說為高鶚、程偉元二人合作著續。

關於作者曹雪芹，從其生卒年、字號到祖籍為何，已爭論數十年。曹雪芹姓曹名霑，字夢阮，號芹溪居士。但有的研究者認為他的字是「芹圃」，號雪芹。關於他的生卒年，一般認為約在一七一五年（康熙五十四年乙未）到一七六三年（乾隆二十八年癸未除夕）之間。

關於曹雪芹的籍貫，也有兩種說法，主要以祖籍遼陽，後遷瀋陽，上祖曹振彥原是明代駐守遼東的下級軍官，後隨清兵入關，歸入多爾袞屬下的滿洲正白旗，當了佐領。此後，曹振彥之媳，即曹璽之妻孫氏當了康熙的保母。曹璽曾任江寧織造，病故後由其子曹寅任蘇州織造、江寧織造、兩淮巡鹽御使等職，康熙並命纂刻《全唐詩》、《佩文韻府》等書於揚州。曹寅病故後，康熙特命其胞弟曹荃之子曹頫過繼給曹寅，並繼任織造之職，直至雍正五年，曹頫被抄家敗落，曹家在江南祖孫三代共歷六十餘年。

曹雪芹出生於南京，六歲時曹家抄沒後才全家遷回北京。據紅學家的考證，他後來落魄住到西郊，晚年窮困，《紅樓夢》前八十回在他去世前已傳抄行世，書的後半部分應已完成，不知何故未能問世，始終是個謎。

《紅樓夢》描寫宮廷與官場的黑暗，貴族與世家的腐朽，也讓讀者看見當時的科舉制度、婚姻制度。《紅樓夢》人物形象獨特鮮明，故事情節結構也有別於以往小說單線發展的傳統，創造出一個宏大完整的篇幅。《紅樓夢》的語言藝術成就，更攀向我國古典小說的高峰。

書中有關典章制度名物典故及難解之語詞，我們將盡力作成注釋。段落排法也有別於一般，期使讀者能輕鬆閱讀，輕鬆品味。

紅樓夢

第六一回至第七五回

卷 5

◎第六一回◎

投鼠忌器寶玉瞞贓　判冤決獄平兒行權

…那柳家的笑道：「好猴兒崽子！你親嬸子找野老兒[1]去了，你豈不多得一個叔叔？有什麼疑的！別討我把你頭上的楿子蓋[2]似的幾根屄毛撏[3]下來！還不開門讓我進去呢！」

這小廝且不開門，且拉著笑說：「好嬸子，妳這一進去，好歹偷些杏子出來賞我吃。我這裡老等。妳若忘了時，日後半夜三更打酒買油的，我不給妳老人家開門，也不答應妳，隨妳乾叫去。」

柳氏啐道：「發了昏的！今年還不比往年？把這些東西都分給了眾奶奶了。一個個的不像抓破了臉的！人打樹底下一過，兩眼就像那黧雞[4]似的，還動她的果子！

「昨兒我從李子樹下一走，偏有一個蜜蜂兒往臉上一過，我一招手兒，偏你那好舅母就看見了。她離的遠，看不真，只當我摘李子呢，就屄聲浪嗓喊起來，又是『還沒供佛呢』，又是『老太太、太太不在家，還沒進鮮呢，等進了上頭，嫂子們都有分的』，倒像誰害了饞癆，等李子出汗呢。

「叫我也沒好話說，搶白了她一頓。可是你舅母姨娘兩三個親戚都管著？怎不和她們要的，倒和我來要？這可是『倉老鼠和老鴰去借糧——守著的沒有，飛著的有』。」

……小廝笑道：「哎喲喲，沒有罷了，說上這些閒話！我看妳老以後就用不著我了？就便是姐姐有了好地方，將來更呼喚著的日子多著呢，只要我們多答應她些就有了。」

柳氏聽了，笑道：「你這個小猴精，又搗鬼吊白的！你姐姐有

1. 野老兒——同「野老公」。
2. 榪子蓋——舊時兒童留髮的一種樣式，四周剃去，中留短髮。
3. 撏（音尋）——拔。
4. 鸝（音離）雞——鳥名，身黑尾長，凶猛善鬥。

什麼好地方了？」

那小廝笑道：「別哄我了，早已知道了。單是妳們有內牽，難道我們就沒有內牽不成？我雖在這裡聽哈，裡頭卻也有兩個姊妹成個體統的，什麼事瞞了我們！」

……正說著，只聽門內又有老婆子向外叫：「小猴兒們，快傳你柳嬸子去罷，再不來可就誤了！」

柳家的聽了，不顧和小廝說話，忙推門進去，笑說：「不必忙，我來了。」

一面來至廚房——雖有幾個同伴的人，她們都不敢自專，單等她來調停分派——一面問眾人：「五丫頭那去了？」

眾人都說：「才往茶房裡找她們姊妹去了。」柳家聽了，便將茯苓霜擱起，且按著房頭分派菜饌。

……忽見迎春房裡小丫頭蓮花兒走來說：「司棋姐姐說了，要碗雞蛋，燉的嫩嫩的。」

柳家的道：「就是這一樣兒尊貴。不知怎的，今年這雞蛋短得很，十個錢一個還找不出來。昨兒上頭給親戚家送粥米去，四五個買辦出去，好容易才湊了二十個來。我那裡找去？妳說給她，改日吃罷。」

……蓮花兒道：「前兒要吃豆腐，妳弄了些餿的，叫她說了我一頓。今兒要雞蛋又沒有了。什麼好東西！我就不信連雞蛋都沒有了，別叫我翻出來！」

一面說，一面真個走來，揭起菜箱一看，只見裡面果有十來個雞蛋，說道：「這不是？妳就這麼利害！吃的是主子的，我們的分例，妳為什麼心疼？又不是妳下的蛋，怕人吃了。」

柳家的忙丟了手裡的活計，便上來說道：「妳少滿嘴裡混唚[5]

5. **混唚**——胡說。

6.澆頭—澆在菜肴上用作調和點綴的汁。

！妳娘才下蛋呢！通共留下這幾個，預備菜上的澆頭[6]。姑娘們不要，還不肯做上去呢，預備接急的。妳們吃了，倘或一聲要起來，沒有好的，連雞蛋都沒了！

「你們深宅大院，水來伸手，飯來張口，只知雞蛋是平常物件，那裡知道外頭買賣的行市呢。別說這個，有一年連草根子還沒了的日子還有呢。我勸她們，細米白飯，每日肥雞大鴨子，將就些兒也罷了。

「吃膩了膈，天天又鬧起故事來了。雞蛋、豆腐，又是什麼麵筋、醬蘿蔔炸兒，敢自倒換口味。只是我又不是答應妳們的，一處要一樣，就是十來樣。我倒別伺候頭層主子，只預備妳們二層主子了。」

……蓮花聽了，便紅了面，喊道：「誰天天要妳什麼來？妳說上這兩車子話！叫妳來，不是為便宜，卻為什麼？前兒小燕來說，晴雯姐姐要吃蘆蒿，妳怎麼忙得還問肉炒雞炒？小燕說『因葷的不好才另叫妳炒個麵筋的，少擱油才好。』妳忙得倒說『自已發昏』，趕著洗手炒了，狗顛兒似的親捧了去。今兒反倒拿我作筏子，說我給眾人聽。」

……柳家的忙道：「阿彌陀佛！這些人眼見的。別說前兒一次，就從舊年一立廚房以來，凡各房裡，偶然間不論姑娘、姐兒們要添一樣半樣，誰不是先拿了錢來另買另添？

「有的沒的，名聲好聽，說我單管姑娘廚房省事，又有剩頭兒，算起賬來，惹人惡心：連姑娘帶姐兒們四五十人，一日也只管要兩隻雞，兩隻鴨子，十來斤肉，一吊錢的菜蔬。妳們算算，夠作什麼的？連本項兩頓飯還撐持不住，還擱得住這個點這樣，那個點那樣，買來的又不吃，又買別的去？

「既這樣，不如回了太太，多添些分例，也像大廚房裡預備老太太的飯，把天下所有的菜蔬用水牌[7]寫了，天天轉著吃，吃到一個月現算倒好。連前兒三姑娘和寶姑娘偶然商議了要吃個油鹽炒枸杞芽兒來，現打發個姐兒拿著五百錢來給我，我倒笑起來了，說：『二位姑娘就是大肚子彌勒佛，也吃不了五百錢的去。這三二十個錢的事，還預備得起。』趕著我送回錢去，姑娘們到底不收，說賞我打酒吃，又說『如今廚房在裡頭，保不住屋裡的人不去叨登[8]，一鹽一醬，那不是錢買的？妳不給又不好，給了妳又沒得賠。妳拿著這個錢，全當還了她們素日叨登東西的窩兒。』這就是明白體下的姑娘，我們心裡只替她念佛。

「沒的趙姨奶奶聽了，又氣不忿，又說太便宜了我，隔不了十天，也打發個小丫頭子來尋這樣尋那樣，我倒好笑起來。妳們竟成了例，不是這個，就是那個，我那裡有這些賠的？」

7. 水牌──臨時記事用的漆成白色或黑色的木牌或薄鐵牌，因用後以水洗去字跡可以再寫，故稱。

8. 叨登──囉嗦、找麻煩。

……正亂時，只見司棋又打發人來催蓮花兒，說她：「死在這裡了，怎麼就不回去？」蓮花兒賭氣回來，便添了一篇話，告訴了司棋。

司棋聽了，不免心頭起火。此刻伺候迎春飯罷，帶了小丫頭們走來，見了許多人正吃飯，見她來的勢頭不好，都忙起身陪笑讓坐。司棋便喝命小丫頭子動手：「凡箱櫃所有的菜蔬，只管丟出去餵狗，大家賺不成！」

……小丫頭子們巴不得一聲，七手八腳搶上去，一頓亂翻亂擲的。慌得眾人一面拉勸，一面央告司棋說：「姑娘別誤聽了小孩子的話。柳嫂子有八個頭，也不敢得罪姑娘。說雞蛋難買是真。我們才也說她不知好歹，憑是什麼東西，也少不得變法兒去。她已經悟過來了，連忙蒸上了。姑娘不信，瞧那火上。」

……司棋被眾人一頓好言，方將氣勸得漸平了。小丫頭們也沒得摔完東西，便拉開了。司棋連說帶罵，鬧了一回，方被眾人勸去。柳家的只好摔碗丟盤，自己咕嘟了一會，蒸了一碗雞蛋，令人送去。司棋全潑在地下了。那人回來，也不敢說，恐又生事。

……柳家的打發她女兒喝了一回湯，吃了半碗粥，又將茯苓霜一節說了。五兒聽罷，便心下要分些贈芳官，遂用紙另包了一半，趁黃昏人稀之時，自己花遮柳隱的來找芳官。且喜無人盤問。一逕到了怡紅院門前，不好進去，只在一簇玫瑰花前站立，遠遠的望著。

……有一盞茶時，可巧小燕出來，忙上前叫住。小燕不知是那一個，至跟前方看真切，因問：「作什麼？」

五兒笑道：「妳叫出芳官來，我和她說話。」

小燕悄笑道：「姐姐太性急了，橫豎等十來日就來了，只管找她做什麼。方才使了她往前頭去了，妳且等她一等。不然，有什麼話告訴我，等我告訴她。恐怕妳等不得，只怕關園門了。」

五兒便將茯苓霜遞與了小燕，又說：「這是茯苓霜。」如何吃，如何補益，「我得了些送她的，轉煩妳遞與她就是了。」說畢，作辭回來。

……正走蓼漵一帶，忽見迎頭林之孝家的帶著幾個婆子走來，五兒藏躲不及，只得上來問好。

林之孝家的問道：「我聽見妳病了，怎麼跑到這裡來？」

五兒陪笑道：「因這兩日好些，跟我媽進來散散悶。才因我媽使我到怡紅院送傢伙去。」

林之孝家的說道：「這話岔了。方才我見妳媽出來，我才關門。既是妳媽使了妳去，她如何不告訴我說妳在這裡呢，竟出去讓我關門，是何主意？可知是妳扯謊。」

五兒聽了，沒話回答，只說：「原是我媽一早教我取去的，我忘了，挨到這時，我才想起來了。只怕我媽錯當我先出去了，所以沒和大娘說得。」

……林之孝家的聽她辭鈍色虛，又因近日玉釧兒說那邊正房內失落了東西，幾個丫頭對賴，沒主兒，心下便起了疑。

可巧小蟬、蓮花兒並幾個媳婦子走來，見了這事，便說道：「林奶奶倒要審審她。這兩日她往這裡頭跑得不像，鬼鬼唧唧的，不知幹些什麼事。」

小蟬又道：「正是。昨兒玉釧姐姐說，太太耳房裡的櫃子開了，少了好些零碎東西。璉二奶奶打發平姑娘和玉釧姐姐要些玫瑰露，誰知也少了一罐子。若不是尋露，還不知道呢！」

蓮花兒笑道：「這話我沒聽見，今兒我倒看見一個露瓶子。」

……林之孝家的正因這些事沒主兒，每日鳳姐兒使平兒催逼她，一聽此言，忙問：「在哪裡？」

蓮花兒便說：「在她們廚房裡呢。」林之孝家的聽了，忙命打了燈籠，帶著眾人來尋。

五兒急的便說：「那原是寶二爺屋裡的芳官給我的。」

林之孝家的便說：「不管你『方官』『圓官』，現有了贓證，我只呈報了，憑妳主子前辯去。」一面說，一面進入廚房，蓮花兒帶著，取出露瓶。恐還有偷的別物，又細細搜了一遍，又得了一包茯苓霜，一並拿了，帶了五兒來回李紈與探春。

……那時李紈正因蘭哥兒病了，不理事務，只命去見探春。探春已歸房。人回進去，丫鬟們都在院內納涼，探春在內盥沐，只有待書回進去。半日，出來說：「姑娘知道了，叫妳們找平兒回二奶奶去。」林之孝家的只得領出來。到鳳姐兒那邊，先找著了平兒，平兒進去回了鳳姐。

鳳姐方才歇下，聽見此事，便吩咐：「將她娘打四十板子，攆出去，永不許進二門；把五兒打四十板子，立刻交給莊子上，或賣或配人。」平兒聽了出來依言吩咐了林之孝家的。五兒嚇得哭哭啼啼，給平兒跪著，細訴芳官之事。平兒道：「這也不難，等明日問了芳官便知真假。但這茯苓霜，前日人送了來，還等老太太、太太回來看了才敢打動，這不該偷了去。」

五兒見問，忙又將他舅舅送的一節說了出來。

……平兒聽了，笑道：「這樣說，妳竟是個平白無辜之人，拿妳來頂缸[9]的。此時天晚，奶奶才進了藥歇下，不便為這點子小事去絮叨[10]。如今且將她交給上夜的人看守一夜，等明兒我回了奶奶，再做道理。」林之孝家的不敢違拗，只得帶了出來，交與上夜的媳婦們看守，自己便去了。

9. 頂缸——代人受過的意思。

10. 絮叨——說話煩瑣不止。

……這裡五兒被人軟禁起來，一步不敢多走。又兼眾媳婦也有勸她說：「不該做這沒行止之事。」也有報怨說：「正經更還坐不上來，又弄個賊來給我們看，倘或眼不見尋了死，逃走了，都是我們不是。」於是又有素日一干與柳家不睦的人，見了這般，十分趁願，都來奚落嘲戲她。這五兒心內又氣又委屈，竟無處可訴，且本來怯弱有病，這一夜思茶無茶，思水無水，思睡無衾枕，嗚嗚咽咽，直哭了一夜。

…誰知和她母女不和的那些人，巴不得一時攆出她們去，惟恐次日有變，大家先起了個清早，都悄悄的來買轉平兒，一面送些東西，一面又奉承她辦事簡斷，一面又講述她母親素日許多不好。

平兒一一的都應著，打發她們去了，卻悄悄的來訪襲人，問她可果真芳官給她露了。襲人便說：「露卻是給芳官，芳官轉給何人，我卻不知。」襲人於是又問芳官，芳官聽了，唬天跳地，忙應是自己送她的。

…芳官便又告訴了寶玉，寶玉也慌了，說：「露雖有了，若勾起茯苓霜來，她自然也實供。若聽見了是她舅舅門上得的，她舅舅又有了不是，豈不是人家的好意，反被咱們陷害了？」因忙和平兒計議：「露的事雖完，然這霜也是有不是的。好姐姐，妳只叫她說也是芳官給她的就完了。」

平兒笑道：「雖如此，只是她昨晚已經同人說是她舅舅給的了，如何又說妳給的？況且那邊所丟的露，也正是無主兒，如今有贓證的白放了，又去找誰？誰還肯認？眾人也未必心服。」

……晴雯走來笑道：「太太那邊的露，再無別人，分明是彩雲偷了給環哥兒去了。妳們可瞎亂說。」

平兒笑道：「誰不知是這個原故！但今玉釧兒急得哭，悄悄問著她，她若應了，玉釧也罷了，大家也就混著不問了。難道我們好意兜攬這事不成？可恨彩雲不但不應，她還擠玉釧兒，說她偷了去了。兩個人窩裡發炮，先吵得合府皆知，我們如何裝沒事人。少不得要查的。殊不知告失盜的就是賊，又沒贓證，怎麼說她？」

……寶玉道：「也罷！這件事我也應起來，就說是我唬她們玩的，悄悄的偷了太太的來了。兩件事都完了。」

襲人道：「也倒是件陰騭[11]事，保全人的賊名兒。只是太太聽見，又說你小孩子氣，不知好歹了。」

平兒笑道：「這也倒是小事。如今便從趙姨娘屋裡起了贓來也容易，我只怕又傷著一個好人的體面。別人都別管，這一個人豈不又生氣？我可憐的是她，不肯為打老鼠傷了玉瓶。」

說著，把三個指頭一伸。襲人等聽說，便知她說的是探春。大家都忙說：「可是這話，竟是我們這裡應了起來的為是。」

……平兒又笑道：「也須得把彩雲和玉釧兒兩個孽障叫了來，問準了她方好。不然，她們得了益，不說為這個，倒像我沒了本事，問不出來，煩出這裡來完事，她們以後越發偷的偷，不管的不管了。」

襲人等笑道：「正是，也要妳留個地步。」

11. **陰騭**（音至）——語出《書經．洪範》：「惟天陰騭下民，相協厥居。」為默定的意思。後引申為默默行善的德行。

……平兒便命人叫了她兩個來，說道：「不用慌，賊已有了。」

玉釧兒先問：「賊在哪裡？」

平兒道：「現在二奶奶屋裡呢，問她什麼應什麼。我心裡明知不是她偷的，可憐她害怕，都承認了。

「這裡寶二爺不過意，要替她認一半。我待要說出來，但只是這做賊的，素日又是和我好的一個姊妹，窩主卻是平常，裡面又傷著一個好人的體面，因此為難，少不得央求寶二爺應了，大家無事。

「如今反要問妳們兩個，還是怎樣？若從此以後大家小心存體面，這便求寶二爺應了；若不然，我就回了二奶奶，別冤屈了好人。」

……彩雲聽了，不覺紅了臉，一時羞惡之心感發，便說道：「姐姐放心，也別冤了好人，也別帶累了無辜之人傷體面。偷東西原是趙姨奶奶央告我再三，我拿了些與環哥是情真。連太太在家我們還拿過，各人去送人，也是常事。我原說嚷過兩天就罷了。如今既冤屈了好人，我心也不忍。姐姐竟帶了我回二奶奶去，我一概應了完事。」

……眾人聽了這話，一個個都詫異，她竟這樣有肝膽。寶玉忙笑道：「彩雲姐姐果然是個正經人。如今也不用妳應，我只說是我悄悄的偷的唬妳們玩，如今鬧出事來，我原該承認。只求姐姐們以後省些事，大家就好了。」

彩雲道：「我幹的事為什麼叫你應？死活我該去受。」

平兒、襲人忙道：「不是這樣說，妳一應了，未免又叨登出趙姨奶奶來，那時三姑娘聽了，豈不生氣。竟不如寶二爺應了，大家無事；且除這幾個人，皆不得知道這事，何等的乾淨。「但只以後千萬大家小心些就是了。要拿什麼，好歹耐到太太到家，那怕連這房子給了人，我們就沒干係了。」彩雲聽了低頭想了一想，方依允。

……於是大家商議妥貼，平兒帶了她兩個並芳官往前邊來至上夜房中，叫了五兒，將茯苓霜一節，也悄悄的教她說係芳官所贈，五兒感謝不盡。平兒帶她們來至自己這邊，已見林之孝家的帶領了幾個媳婦，押解著柳家的等夠多時。

……林之孝家的又向平兒說：「今兒一早押了她來，恐園裡沒人伺候姑娘們的飯，我暫且將秦顯的女人派了去伺候。姑娘一並回明奶奶，她倒乾淨謹慎，以後就派她常伺候罷。」

平兒道：「秦顯的女人是誰？我不大相熟。」

林之孝家的道：「她是園裡南角子上夜的，白日裡沒什麼事，所以姑娘不大相識。高高的孤拐[12]，大大的眼睛，最乾淨爽

12. 孤拐——顴、頰。

利的。」

玉釧兒道：「是了。姐姐，妳怎麼忘了？她是跟二姑娘的司棋的嬸娘。司棋的父母雖是大老爺那邊的人，她這叔叔卻是咱們這邊的。」

……平兒聽了，方想起來，笑道：「哦！妳早說是她，我就明白了。」

又笑道：「也太派急了些。如今這事八下裡水落石出了，連前兒太太屋裡丟的，也有了主兒。是寶玉那日過來和這兩個孽障要什麼的，偏這兩個孽障慪他玩，說太太不在家，不敢拿。寶玉便瞅她兩個不防的時節，自己進去拿了些什麼出來。這兩個孽障不知道，就嚇慌了。

「如今寶玉聽見帶累了別人，方細細的告訴了我，拿出東西來我瞧，一件不差。那茯苓霜也是寶玉外頭得了的，也曾賞過許多人，不獨園內人有，連媽媽子們討了出去給親戚們吃，又轉送人，襲人也曾給過芳官之流的人。她們私情各相來往，也是常事。

「前兒那兩簍還擺在議事廳上，好好的原封沒動，什麼就混賴起人來。等我回了奶奶再說。」說畢，抽身進了臥房，將此事照前言回了鳳姐兒一遍。

……鳳姐兒道：「雖如此說，但寶玉為人，不管青紅皂白，愛兜攬事情。別人再求求他去，他又擱不住人兩句好話，給他個炭簍子戴上[13]，什麼事他不應承。咱們若信了，將來若大事也如此，如何治人。還要細細的追求才是。

「依我的主意，把太太屋裡的丫頭都拿來，雖不便擅加拷打，只叫她們墊著磁瓦子跪在太陽地下，茶飯也別給吃。一日不說跪一日，便是鐵打的，一日也管招了。

13. 戴炭簍子——裝木炭的簍子，又細又高，很像一頂高帽子，故俗稱戴高帽子為「戴炭簍子」。比喻吹捧，恭維別人。

「又道是『蒼蠅不抱無縫的雞蛋』。雖然這柳家的沒偷，到底有些影兒，人才說她。雖不加賊刑，也革出不用。朝廷家原有掛誤的，倒也不算委曲了她。」

……平兒道：「何苦來操這心！『得放手時須放手』，什麼大不了的事，樂得不施恩呢！依我說，縱在這屋裡操上一百分的心，終究咱們是回那邊屋裡去的。沒的結些小人仇恨，使人含怨。況且自己又三災八難的，好容易懷了一個哥兒，到了六七個月還掉了，焉知不是素日操勞太過，氣惱傷著的！如今趁早兒見一半不見一半的，也倒罷了。」

一席話，說得鳳姐兒倒笑了，說道：「憑妳這小蹄子發放去罷。我才精爽些了，沒的淘氣。」

平兒笑道：「這不是正經話？」說畢，轉身出來，一一發放。要知端的，且聽下回分解。

◎第六二回◎

憨湘雲醉眠芍藥裀　呆香菱情解石榴裙

……話說平兒出來吩咐林之孝家的道：「大事化為小事，小事化為沒事，方是興旺之家。若得不了一點子小事，便揚鈴打鼓的亂折騰起來，不成道理。如今將她母女帶回，照舊去當差。將秦顯家的仍舊退回。再不必提此事。只是每日小心巡察要緊。」說畢，起身走了。

柳家的母女忙向上磕頭，林家的帶回園中，回了李紈、探春，二人皆說：「知道了，寧可無事，很好。」

司棋等人空興頭了一陣。那秦顯家的好容易等了這個空子鑽了來，只興頭上半天。在廚房內正亂著接收傢伙米糧煤炭等物，又查出許多虧空來，說：「粳米短了兩石，常用米又多支了一個月的，炭也欠著額數。」一面又打點送林之孝家的禮，悄悄的備了一簍炭，五百斤木柴，一擔粳米在外邊，就遣了子姪送入林家去了，又打點送賬房的禮，又預備幾樣菜蔬請幾位同事的人，說：「我來了，全仗列位扶持。自今以後都是一家人了。我有照顧不到的，好歹大家照顧些。」

⋯正亂著，忽有人來說與她：「看過這早飯就出去罷。柳嫂兒原無事，如今還交與她管了。」秦顯家的聽了，轟去魂魄，垂頭喪氣，登時掩旗息鼓，捲包而出。送人之物白丟了許多，自己倒要折變了賠補虧空。連司棋都氣了個倒仰，無計挽回，只得罷了。

⋯趙姨娘正因彩雲私贈了許多東西，被玉釧兒吵出，生恐查詰出來，每日捏一把汗，打聽信兒。忽見彩雲來告訴說：「都是寶玉應了，從此無事。」趙姨娘方把心放下來。

……誰知賈環聽如此說，便起了疑心，將彩雲凡私贈之物都拿了出來，照著彩雲的臉摔了去，說：「這兩面三刀[1]的東西！我不稀罕。妳不和寶玉好，他如何肯替妳應。妳既有擔當給了我，原該不與一個人知道。如今妳既然告訴他，如今我再要這個，也沒趣兒。」

1.兩面三刀——比喻居心不良，當面一套，背後一套的人。

……彩雲見如此，急得賭身發誓，至於哭了。百般解說，賈環執意不信，說：「不看妳素日之情，去告訴二嫂子，就說妳偷來給我，我不敢要。妳細想去。」說畢，摔手出去了。

……急的趙姨娘罵：「沒造化的種子，蛆心孽障。」氣的彩雲哭個淚乾腸斷。趙姨娘百般的安慰她：「好孩子，他辜負了妳的心，我看的真。讓我收起來，過兩日他自然回轉過來了。」說著，便要收東西。彩雲賭氣一頓包起來，乘人不見時，來至園中，都撇在河內，順水沉的沉，漂的漂了。自己氣的夜間在被內暗哭。

……※……※……※……

……當下又值寶玉生日已到，原來寶琴也是這日，二人相同。因王夫人不在家，也不曾像往年鬧熱。只有張道士送了四樣禮，換的寄名符兒[2]；還有幾處僧尼廟的和尚姑子送了供尖兒[3]，並壽星紙馬疏頭[4]，並本命星官值年太歲周年換的鎖兒。家中常走的男女先兒來上壽。王子騰那邊，仍是一套衣服，一雙鞋襪，一百壽桃，一百束上用銀絲掛麵。薛姨娘處減一等。其餘家中人，尤氏仍是一雙鞋

2. 寄名符兒——古代為了兒女容易成長，就把他送到僧道處做寄名弟子，以求神佛庇佑。

3. 供尖兒——即蜜供。用麵粉做成小條，油炸後拌上蜜，堆作塔形，用以供神，叫供尖兒。

4. 疏頭——舊時向鬼神祈福的祝文。

襪；鳳姐兒是一個宮製四面扣合荷包，裡面裝一個金壽星，一件波斯國[5]所製玩器。各廟中遣人去放堂[6]捨錢。又另有寶琴之禮，不能備述。姐妹中皆隨便，或有一扇的，或有一字的，或有一畫的，或有一詩的，聊復應景而已。

…這日寶玉清晨起來，梳洗已畢，冠帶出來。至前廳院中，已有李貴等四五個人在那裡設下天地香燭，寶玉炷了香。行畢禮，奠茶焚紙後，便至寧府中宗祠、祖先堂兩處行畢禮，出至月臺上，又朝上遙拜賈母、賈政、王夫人等。一順到尤氏上房，行過禮，坐了一會，方回榮府。

先至薛姨媽處，薛姨媽再三拉著，然後又遇見薛蝌，讓一回，方進園來。晴雯、麝月二人跟隨，小丫頭夾著氈子，從李氏起，一一挨著，長的房中到過。復出二門，至李、趙、張、王四個奶媽家，讓了一回，方進來。雖眾人要行禮，也不曾受。回

5. 波斯國——即今伊朗。

6. 放堂——施主在寺廟中普遍布施僧眾以期消災得福，叫放堂。

至房中，襲人等只都來說一聲就是了。王夫人有言，不令年輕人受禮，恐折了福壽，故皆不磕頭。

……歇一時，賈環、賈蘭等來了，襲人連忙拉住，坐了一坐，便去了。寶玉笑說：「走乏了！」便歪在床上。方吃了半盞茶，只聽外面咭咭呱呱，一群丫頭笑進來，原來是翠墨、小螺、翠縷、入畫，邢岫煙的丫頭篆兒，奶子抱巧姐兒、彩鸞、繡鸞八九個人，都抱著紅氈笑著走來，說：「拜壽的擠破了門了，快拿麵來我們吃。」

剛進來時，探春、湘雲、寶琴、岫煙、惜春也都來了。寶玉忙迎出來，笑說：「不敢起動，快預備好茶！」進入房中，不免推讓一回，大家歸座。

……襲人等捧過茶來，才吃了一口，平兒也打扮的花枝招展的來了。寶玉忙迎出來，笑說：「我方才到鳳姐姐門上，回了進去，不能見，我又打發人進去讓姐姐的。」

平兒笑道：「我正打發你姐姐梳頭，不得出來回你。後來聽見又說讓我，我哪裡禁當得起，所以特趕來磕頭。」

寶玉笑道：「我也禁當不起。」襲人早在外間安了座，讓她坐。平兒便福下去，寶玉作揖不迭。平兒便跪下去，寶玉也忙還跪下，襲人連忙攙起來。又下了一福，寶玉又還了一揖。

襲人笑推寶玉：「你再作揖。」

寶玉道：「已經完了，怎麼又作揖？」

襲人笑道：「這是她來給你拜壽。今兒也是她的生日，你也該給她拜壽。」

寶玉聽了，喜得忙作下揖去，說：「原來今兒也是姐姐的芳誕。」平兒還萬福不迭。

……湘雲拉寶琴、岫煙說：「你們四個人對拜壽，直拜一天才是。」

探春忙問：「原來邢妹妹也是今兒？我怎麼就忘了。」忙命丫頭：「去告訴二奶奶，趕著補了一分禮，與琴姑娘的一樣，送到二姑娘屋裡去。」丫頭答應著去了。岫煙見湘雲直口說出來，少不得要到各房去讓讓。

……探春笑道：「倒有些意思，一年十二個月，月月有幾個生日。人多了，便這等巧，也有三個一日，兩個一日的。大年初一日也不白過，大姐姐占了去。怨不得她福大，生日比別人就占先。又是太祖太爺的生日冥壽。過了燈節，就是老太太和寶姐姐，她們娘兒兩個遇的巧。三月初一日是太太，初九日是璉二哥哥。二月沒人。」

……襲人道：「二月十二是林姑娘，怎麼沒人？就只不是咱家的人。」

探春笑道：「我這個記性是怎麼了！」

寶玉笑指襲人道：「她和林妹妹是一日，所以她記得。」

探春笑道：「原來妳兩個倒是一日。每年連頭也不給我們磕一個。平兒的生日我們也不知道，這也是才知道。」

……平兒笑道：「我們是那牌兒名上的人，生日也沒拜壽的福，又沒受禮職分，可吵鬧什麼，可不悄悄的過去？今兒她又偏吵出來了，等姑娘們回房，我再行禮去罷。」

探春笑道：「也不敢驚動。只是今兒倒要替妳過個生日，我心才過得去。」

寶玉、湘雲等一齊都說：「很是。」

……探春便吩咐了丫頭：「去告訴她奶奶，就說我們大家說了，今兒一日不放平兒出去，我們也大家湊了分子過生日呢。」丫頭笑著去了，半日，回來說：「二奶奶說了，多謝姑娘們給她臉。不知過生日給她些什麼吃，只別忘了二奶奶，就不來絮聒她了。」眾人都笑了。

探春因說道：「可巧今兒裡頭廚房不預備飯，一應下面弄菜，都是外頭收拾。咱們就湊了錢，叫柳家的來攬了去，只在咱們裡頭收拾倒好。」眾人都說是極。探春一面遣人去問李紈、寶釵、黛玉，一面遣人去傳柳家的進來，吩咐她內廚房中快收拾兩桌酒席。

……柳家的不知何意，因說：「外廚房都預備了。」

探春笑道：「妳原來不知道，今兒是平姑娘的華誕。外頭預備的是上頭的，這如今我們私下又湊了分子，單為平姑娘預備兩桌請她。妳只管揀新巧的菜蔬預備了來，開了帳我那裡領錢。」

柳家的笑道：「原來今日也是平姑娘的千秋，我竟不知道。」說著，便向平兒磕下頭去，慌得平兒拉起她。柳家的忙去預備酒席。

……這裡探春又邀了寶玉，同到廳上去吃麵，等到李紈、寶釵一齊來全，又遣人去請薛姨媽與黛玉。因天氣和暖，黛玉之疾漸愈，故也來了。花團錦簇，擠了一廳的人。

……誰知薛蝌又送了巾、扇、香、帛四色壽禮與寶玉，寶玉於是過去陪他吃麵。兩家皆治了壽酒，互相酬送，彼此同領。至午間，寶玉又陪薛蝌吃了兩杯酒。

寶釵帶了寶琴過來與薛蝌行禮，把盞畢，寶釵因囑薛蝌：「家裡的酒也不用送過那邊去，這虛套竟可收了。你只請伙計們吃罷。我們和寶兄弟進去，還要待人去呢，也不能陪你了。」薛蝌忙說：「姐姐、兄弟只管請，只怕伙計們也就好來了。」寶玉忙又告過罪，方同他姊妹回來。

……一進角門，寶釵便命婆子將門鎖上，把鑰匙要了，自己拿著。寶玉忙說：「這一道門何必關，又沒多的人走。況且姨娘、姐姐、妹妹都在裡頭，倘或家去取什麼，豈不費事。」寶釵笑道：「小心沒過逾的。你瞧你們那邊，這幾日七事八事，竟沒有我們這邊的人，可知是這門關的有功效了。若是開著，保不住那起人圖順腳，抄近路從這裡走，攔誰的是？不如鎖了，連媽和我也禁著些，大家別走。縱有了事，就賴不著這邊的人了。」

…寶玉笑道：「原來姐姐也知道我們那邊近日丟了東西？」

寶釵笑道：「你只知道玫瑰露和茯苓霜兩件，乃因人而及物；若非因人，你連這兩件還不知道呢。殊不知還有幾件比這兩件大的呢。若以後叨登不出來，是大家的造化，若叨登出來，不知裡頭連累多少人呢！

「你也是不管事的人，我才告訴你。平兒是個明白人，我前兒也告訴了她，皆因她奶奶不在外頭，所以使她明白了。若犯不出來，大家樂得丟開手；若犯出來，她心裡已有了稿子，自有頭緒，就冤屈不著平人了。你只聽我說，以後留神小心就是了，這話也不可對第二個人講。」

…說著，來到沁芳亭邊，只見襲人、香菱、待書、素雲、晴雯、麝月、芳官、蕊官、藕官等十來個人都在那裡看魚作耍。見他們來了，都說：「芍藥欄裡預備下了，快去上席罷。」寶釵等遂攜了她們同到了芍藥欄中紅香圃三間小敞廳內。連尤氏已請過來了，諸人都在那裡，只沒平兒。

……原來平兒出去，有賴、林諸家送了禮來，連三接四，上中下三等家人，來拜壽送禮的不少，平兒忙著打發賞錢道謝，一面又色色的回明鳳姐兒，不過留下幾樣，也有不收的，也有收下即刻賞與人的。忙了一回，又直待鳳姐兒吃過麵，方換了衣裳，往園裡來。

……剛進了園，就有幾個丫鬟來找她，一同到了紅香圃中。只見筵開玳瑁，褥設芙蓉[7]。眾人都笑：「壽星全了。」上面四座，定要讓她四個人坐，四人皆不肯。

……薛姨媽說：「我老天拔地[8]，又不合妳們的群兒，我倒覺拘

7. 筵開玳瑁，褥設芙蓉——形容筵席的珍貴和鋪設的華麗。

8. 老天拔地——猶言老態龍鍾。

的慌，不如我到廳上隨便躺躺去倒好。我又吃不下什麼去，又不大吃酒，這裡讓她們，倒便宜。」

尤氏等執意不從。寶釵道：「這也罷了，倒是讓媽在廳上歪著自如些，有愛吃的送些過去，倒自在了。且前頭沒人在那裡，又可照看了。」

探春等笑道：「既這樣，恭敬不如從命。」因大家送了她到議事廳上，眼看著命丫頭們鋪了一個錦褥並靠背引枕之類，又囑咐：「好生給姨媽捶腿，要茶要水別推三扯四的。回來送了東西來，姨太太吃了，就賞妳們吃。只別離了這裡出去。」小丫頭們都答應了。

……探春等方回來。終究讓寶琴、岫煙二人在上，平兒面西坐，寶玉面東坐。探春又接了鴛鴦來，二人並肩對面相陪。西邊一桌，寶釵、黛玉、湘雲、迎春、惜春依序，一面又拉了香菱玉釧兒二人打橫。三桌上，尤氏、李紈又拉了襲人、彩雲陪坐。四桌上便是紫鵑、鶯兒、晴雯、小螺、司棋等人圍坐。當下探春等還要把盞，寶琴等四人都說：「這一鬧，一日都坐不成了。」方才罷了。

…兩個女先兒要彈詞上壽，眾人都說：「我們沒人要聽那些野話，妳廳上去說給姨太太解悶兒去罷。」一面又將各色吃食揀了，命人送與薛姨媽去。

…寶玉便說：「雅坐無趣，須要行令才好。」眾人有的說行這個令好，那個又說行那個令好。黛玉道：「依我說，拿了筆硯將各色全都寫了，拈成鬮兒，咱們抓出那個來就是那個。」眾人都道妙。即命拿了一副筆硯、花箋。

……香菱近日學了詩，又天天學寫字，見了筆硯便巴不得，連忙起座說：「我寫。」

……大家想了一會，共得了十來個，念著，香菱一一的寫了，搓成鬮兒，擲在一個瓶中間。探春便命平兒揀，平兒向內攪了一攪，用箸夾了一個出來，打開看，上寫著「射覆」[9]二字。寶釵笑道：「把個酒令的祖宗拈出來了。『射覆』從古有的，如今失了傳，這是後人纂的，比一切的令都難。這裡頭倒有一半是不會的，不如毀了，另拈一個雅俗共賞的。」

……探春笑道：「既拈了出來，如何又毀。如今再拈一個，若是雅俗共賞的，便叫她們行去。咱們行這個。」說著，又叫襲人拈了一個，卻是「拇戰[10]」。

9.射覆——古代的一種猜謎遊戲，用碗盆把某物遮蓋起來，猜中者勝。後也成為酒令的一種。

10.拇戰——酒令的一種，也叫划拳。

……史湘雲笑著說：「這個簡斷爽利，合了我的脾氣。我不行這個『射覆』，沒的垂頭喪氣悶人，我只划拳去了。」

探春道：「惟有她亂令，寶姐姐快罰她一鍾。」寶釵不容分說，便灌湘雲一杯。

……探春道：「我吃一杯，我是令官，也不用宣，只聽我分派。」命取了令骰令盆來，「從琴妹擲起，挨下擲去，對了點的二人射覆。」寶琴一擲，是個「三」，岫煙、寶玉等皆擲得不對，直到香菱方擲了個「三」。

寶琴笑道：「只好室內生春，若說到外頭去，可太沒頭緒了。」

探春道：「自然。三次不中者罰一杯。妳覆，她射。」

……寶琴想了一想，說了個「老」字。香菱原生於這令，一時想不到，滿室滿席都不見有與「老」字相連的成語。湘雲先聽了，便也亂看，忽見門斗上貼著「紅香圃」三個字，便知寶琴覆的是「吾不如老圃」的「圃」字。見香菱射不著，眾人擊鼓又催，便悄悄的拉香菱，教她說「藥」字。黛玉偏看見了，說：「快罰她，又在那裡私相傳遞呢。」哄得眾人都知道了，忙又罰了一杯，恨得湘雲拿筷子敲黛玉的手。於是罰了香菱一杯。

⋯⋯下則寶釵和探春對了點子。探春便覆了一個「人」字。寶釵笑道：「這個『人』字泛的很。」探春笑道：「添一個字，兩覆一射，也不泛了。」說著，便又說了一個「窗」字。

寶釵一想，因見席上有雞，便射著她是用「雞窗」、「雞人」二典了，因射了一個「塒」字。探春知她射著，用了「雞栖於塒」[11]的典，二人一笑，各飲一口門杯。

11.雞栖於塒——見《詩．王風．君子于役》。塒——鑿在牆壁上的雞窩。

…湘雲等不得，早和寶玉「三」「五」亂叫，划起拳來。那邊尤氏和鴛鴦隔著席也「七」「八」亂叫划起來。平兒、襲人也作了一對划拳，叮叮噹噹，只聽得腕上的鐲子響。

一時湘雲贏了寶玉，襲人贏了平兒，尤氏贏了鴛鴦，三個人限酒底酒面，湘雲便說：「酒面要一句古文，一句舊詩，一句骨牌名，一句曲牌名，還要一句時憲書上的話，共總湊成一句話。酒底要關人事的果菜名。」

眾人聽了，都笑說：「惟有她的令也比人嘮叨，倒也有意思。」便催寶玉快說。

寶玉笑道：「誰說過這個，也等想一想兒。」

黛玉便道：「你多喝一鍾，我替你說。」

寶玉真個喝了酒，聽黛玉說道：

落霞與孤鶩齊飛，風急江天過雁哀，

卻是一隻折足雁，叫得人九迴腸，這是鴻雁來賓。

說得大家笑了，說：「這一串子倒有些意思。」
黛玉又拈了一個榛穰，說酒底道：

榛子非關隔院砧，何來萬戶搗衣聲？

令完，鴛鴦、襲人等皆說的是一句俗話，都帶一個「壽」字的，不能多贅。

……大家輪流亂划了一陣，這上面湘雲又和寶琴對了手，李紈和岫煙對了點子。李紈便覆了一個「瓢」字，岫煙便射了一個「綠」字，二人會意，各飲一口。湘雲的拳卻輸了，請酒面、酒底。寶琴笑道：「請君入甕。」大家笑起來，說：「這個典用得當。」湘雲便說道：

奔騰而砰湃，江間波浪兼天湧，
須要鐵鎖纜孤舟，既遇著一江風，不宜出行。

說得眾人都笑了，說：「好個謅斷了腸子的！怪道她出這個令，故意惹人笑。」又聽她說酒底。湘雲吃了酒，揀了一塊鴨肉呷口，忽見碗內有半個鴨頭，遂揀了出來吃腦子。眾人催她「別只顧吃，到底快說了。」

湘雲便用箸子舉著說道：

這鴨頭不是那丫頭，頭上那討桂花油？

眾人越發笑起來，引得晴雯、小螺、鶯兒等一干人都走過來說：「雲姑娘會開心兒，拿著我們取笑兒，快罰一杯才罷！怎見得我們就該擦桂花油的？倒得每人給一瓶子桂花油擦擦。」

……黛玉笑道：「她倒有心給你們一瓶子油，又怕掛誤著打盜竊的官司。」眾人不理論，寶玉卻明白，忙低了頭。彩雲有心病，不覺的紅了臉。寶釵忙暗暗的瞅了黛玉一眼。黛玉自悔失言，原是趣寶玉的，就忘了趣著彩雲，自悔不及，忙一頓行令划拳岔開了。

……底下寶玉可巧和寶釵對了點子。寶釵覆了一個「寶」字，寶玉想了一想，便知是寶釵作戲，指自己所佩通靈玉而言，便笑道：「姐姐拿我作雅謔[12]，我卻射著了。說出來姐姐別惱，就是姐姐的諱『釵』字就是了。」

眾人道：「怎麼解？」

寶玉道：「她說『寶』，底下自然是『玉』了。我射『釵』字，舊詩曾有『敲斷玉釵紅燭冷』，豈不射著了。」

湘雲說道：「這用時事卻使不得，兩個人都該罰。」

香菱忙道：「不止時事，這也有出處。」

湘雲道：「『寶玉』二字並無出處，不過是春聯上或有之，詩

12. 雅謔——謂趣味高雅的戲謔。

書記載並無，算不得。」

香菱道：「前日我讀岑嘉州五言律，現有一句說『此鄉多寶玉』，怎麼妳倒忘了？後來又讀李義山七言絕句，又有一句『寶釵無日不生塵』，我還笑說她兩個名字都原來在唐詩上呢。」

眾人笑說：「這可問住了，快罰一杯。」湘雲無話，只得飲了。

…大家又該對點的對點，划拳的划拳。這些人因賈母王夫人不在家，沒了管束，便任意取樂，呼三喝四，喊七叫八。滿廳中紅飛翠舞，玉動珠搖，真是十分熱鬧。玩了一會，大家方起席散了一散，倏然不見了湘雲，只當她外頭自便就來，誰知越等越沒了影響，使人各處去找，哪裡找得著。

…接著林之孝家的同著幾個老婆子來，生恐有正事呼喚，二者恐丫鬟們年輕，乘王夫人不在家，不服探春等約束，恣意痛飲，失了體統，故來請問有事無事。

探春見她們來了，便知其意，忙笑道：「妳們又不放心，來查我們來了。我們沒有多吃酒，不過是大家玩笑，將酒作個引子，媽媽們別耽心。」

李紈、尤氏都也笑說：「妳們歇著去罷，我們也不敢叫她們多吃了。」

林之孝家的等人笑說：「我們知道，連老太太叫姑娘們吃酒，姑娘們還不肯吃，何況太太們不在家，自然玩罷了。我們怕有事，來打聽打聽。二則天長了，姑娘們玩一會子還該點補些小食兒。素日又不大吃雜東西，如今吃一兩杯酒，若不多吃些東西，怕受傷。」

……探春笑道：「媽媽們說得是，我們也正要吃呢。」因回頭命取點心來。兩旁丫鬟們答應了，忙去傳點心。探春又笑讓：「妳們歇著去罷，或是姨媽那裡說話兒去。我們即刻打發人送酒妳們吃去。」

林之孝家的等人笑回：「不敢領了。」又站了一回，方退了出來。平兒摸著臉笑道：「我的臉都熱了，也好意思見她們。依我說竟收了罷，別惹她們再來，倒沒意思了。」

探春笑道：「不相干，橫豎咱們不認真喝酒就罷了。」

……正說著，只見一個小丫頭笑嘻嘻的走來：「姑娘們快瞧雲姑娘去，吃醉了圖涼快，在山子後頭一塊青板石凳上睡著了。」

眾人聽說，都笑道：「快別吵嚷。」

說著，都走來看時，果見湘雲臥於山石僻處一個石凳子上，業經香夢沉酣，四面芍藥花飛了一身，滿頭臉衣襟上皆是紅香散亂，手中的扇子在地下，也半被落花埋了，一群蜂蝶鬧穰穰[13]的圍著她，又用鮫帕包了一包芍藥花瓣枕著。

……眾人看了，又是愛，又是笑，忙上來推喚攙扶。

湘雲口內猶作睡語說酒令，唧唧嘟嘟說：

泉香而酒冽，玉碗盛來琥珀光，

直飲到梅梢月上，醉扶歸，卻為宜會親友。

眾人笑推她說道：「快醒醒兒吃飯，這潮凳上還睡出病來呢。」

湘雲慢啟秋波，見了眾人，低頭看了一看自己，方知是醉了。原是來納涼避靜的，不覺的因多罰了兩杯酒，嬌嫋不勝，便睡著了，心中反覺自愧。連忙起身，扎掙著同人來至紅香圃中，用過水，又吃了兩盞釅茶。探春忙命將醒酒石[14]拿來給她銜在口內，一時又命她喝了一些酸湯，方才覺得好了些。

13. **鬧穰穰**——喧亂煩擾。

14. **醒酒石**——相傳是一種放在口中能夠解酒的石頭。

……當下又選了幾樣果菜與鳳姐送去，鳳姐兒也送了幾樣來。寶釵等吃過點心，大家也有坐的，也有立的，也有在外觀花的，也有扶欄觀魚的，各自取便，說笑不一。探春便和寶琴下棋，寶釵、岫煙觀局。黛玉和寶玉在一簇花下唧唧噥噥不知說些什麼。

……只見林之孝家的和一群女人帶了一個媳婦進來。那媳婦愁眉苦臉，也不敢進廳，只到了階下，便朝上跪下了，碰頭有聲。探春因一塊棋受了敵，算來算去總得了兩個眼，便折了官著[15]，兩眼只瞅著棋枰，一隻手卻伸在盒內，只管抓弄棋子作想，林之孝家的站了半天，因回頭要茶時，才看見，問：「什麼事？」

林之孝家的便指那媳婦說：「這是四姑娘屋裡的小丫頭彩兒的娘，現是園內伺候的人。嘴很不好，才是我聽見了，問著

15.官著—圍棋術語。

她，她說的話也不敢回姑娘，竟要攆出去才是。」

探春道：「怎麼不回大奶奶？」

林之孝家的道：「方才大奶奶都往廳上姨太太處去了，頂頭看見，我已回明白了，叫回姑娘來。」

探春道：「怎麼不回二奶奶？」

平兒道：「不回去也罷，我回去說一聲就是了。」

探春點點頭道：「既這麼著，就攆出她去，等太太來了，再回定奪。」說畢，仍又下棋。這林之孝家的帶了那人出去不提。

……黛玉和寶玉二人站在花下，遙遙知意。黛玉便說道：「你家三丫頭倒是個乖人。雖然叫她管些事，倒也一步兒不肯多走。差不多的人，就早作起威福來了。」

寶玉道：「妳不知道呢。妳病著時，她幹了好幾件事。這園子也分了人管，如今多掐一草也不能了。又蠲了幾件事，單拿我和鳳姐姐作筏子，禁別人。最是心裡有算計的人，豈只乖而已！」

黛玉道：「要這樣才好，咱們家裡也太花費了。我雖不管事，心裡每常閒了，替你們一算計，出的多，進的少，如今若不省儉，必致後手不接。」

寶玉笑道：「憑她怎麼後手不接，也短不了咱們兩個人的。」黛玉聽了，轉身就往廳上尋寶釵說笑去了。

⋯寶玉正欲走時，只見襲人走來，手內捧著一個小連環洋漆茶盤，裡面可式放著兩鍾新茶，因問：「她往那去了？我見你兩個半日沒吃茶，巴巴的倒了兩鍾來，她又走了。」

寶玉道：「那不是她，妳給她送去。」說著自拿了一鍾。

襲人便送了那鍾去，偏和寶釵在一處，只得一鍾茶，便說：

「哪位渴了那位先接了，我再倒去。」

寶釵笑道：「我倒不渴，只要一口漱一漱就夠了。」說著先拿起來喝了一口，剩下半杯遞在黛玉手內。

襲人笑說：「我再倒去。」

黛玉笑道：「妳知道我這病，大夫不許我多吃茶，這半鍾盡夠了，難為妳想得到。」說畢飲乾，將杯放下。

……襲人又來接寶玉的。寶玉因問：「這半日沒見芳官，她在哪裡呢？」襲人四顧一瞧，說：「才在這裡幾個人鬥草的，這會子不見了。」

……寶玉聽說，便忙回至房中，果見芳官面向裡睡在床上。寶玉推她說道：「快別睡覺，咱們外頭頑去，一會兒好吃飯。」

芳官道：「妳們吃酒不理我，教我悶了半日，可不來睡覺罷了。」

寶玉拉了她起來，笑道：「咱們晚上家裡再吃，回來我叫襲人姐姐帶了妳桌上吃飯，何如？」

芳官道：「藕官、蕊官都不上去，單我在那裡，也不好。我也不慣吃那個麵條子，早起也沒好生吃。才剛餓了，我已告訴了柳嫂子，先給我做一碗湯，盛半碗粳米飯送來，我這裡吃了就完事。

「若是晚上吃酒，不許教人管著我，我要盡力吃夠了才罷。我先在家裡，吃二三斤好惠泉酒呢。如今學了這勞什子，她們說怕壞嗓子，這幾年也沒聞見。趁今日，我可是要開齋了。」寶玉道：「這個容易。」

……說著，只見柳家的果遣了人送了一個盒子來。小燕接著揭開，裡面是一碗蝦丸雞皮湯，又是一碗酒釀清蒸鴨子，一碟醃的胭脂鵝脯，還有一碟四個奶油松瓤捲酥，並一大碗熱騰騰碧熒熒蒸的綠畦香稻粳米飯。小燕放在案上，走去拿了小菜並碗箸過來，撥了一碗飯。

…芳官便說：「油膩膩的，誰吃這些東西。」只將湯泡飯吃了一碗，揀了兩塊醃鵝就不吃了。寶玉聞著，倒覺比往常之味有勝些似的，遂吃了一個捲酥，又命小燕也撥了半碗飯，泡湯一吃，十分香甜可口。小燕和芳官都笑了。

…吃畢，小燕便將剩的要交回。

寶玉道：「妳吃了罷，若不夠，再要些來。」

小燕道：「不用要，這就夠了。方才麝月姐姐拿了兩盤子點心給我們吃了，我再吃了這個，盡夠了，不用再吃了。」

說著，便站在桌旁一頓吃了，又留下兩個捲酥，說：「這個留著給我媽吃。晚上要吃酒，給我兩碗酒吃就是了。」

寶玉笑道：「妳也愛吃酒？等著咱們晚上痛喝一陣。妳襲人姐姐和晴雯姐姐量也好，也要喝，只是每日不好意思。趁今兒大家開齋。還有一件事，想著囑咐妳，我竟忘了，此刻才想起來。以後芳官全要妳照看她，她或有不到的去處妳提她，襲人照顧不過這些人來。」

小燕道：「我都知道，都不用操心。但只這五兒怎麼樣？」

寶玉道：「妳和柳家的說去，明兒直叫她進來罷，等我告訴她們一聲就完了。」

芳官聽了，笑道：「這倒是正經。」小燕又叫兩個小丫頭進來，服侍洗手倒茶，自己收了傢伙，交與婆子，也洗了手，便去找柳家的，不在話下。

……寶玉便出來，仍往紅香圃尋眾姊妹，芳官在後拿著巾扇。剛出了院門，只見襲人、晴雯二人攜手回來。

寶玉問：「妳們做什麼？」

襲人道：「擺下飯了，等你吃飯呢。」寶玉便笑著將方才吃的飯一節，告訴了她兩個。

襲人笑道：「我說你是貓兒食，聞見了香就好。隔鍋飯兒香。雖然如此，也該上去陪她們，多少應個景兒。」

晴雯用手指戳在芳官額上，說道：「妳就是個狐媚子，什麼空兒跑了去吃飯，兩個人什麼就約下了？也不告訴我們一聲兒。」

襲人笑道：「不過是誤打誤撞的遇見了，說約下了可是沒有的事。」

……晴雯道：「既這麼著，要我們無用。明兒我們都走了，讓芳官一個人，就夠使了。」

襲人笑道：「我們都去了使得，妳卻去不得。」

晴雯道：「惟有我是第一個要去的，又懶又笨，性子又不好，又沒用。」

襲人笑道：「倘或那孔雀褂子再燒個窟窿，妳去了，誰可會補呢？妳倒別和我拿三撇四的，我煩妳做個什麼，把妳懶的橫針不拈，豎線不動。一般也不是我的私活煩妳，橫豎都是他的，妳就都不肯做。怎麼我去了幾天，妳病得七死八活，一夜連命也不顧，給他做了出來，這又是什麼原故？妳到底說話呀！別只佯憨，和我笑，也當不了什麼。」

大家說著，來至廳上。薛姨媽也來了。大家依序坐下吃飯。寶玉只用茶泡了半碗飯，應景而已。一時吃畢，大家吃茶閒話，又隨便頑笑。

……※……※……※……

……外面小螺和香菱、芳官、蕊官、藕官，荳官等四五個人，都滿園中玩了一回，大家採了些花草來兜著，坐在花草堆中鬥草。

這一個說：「我有觀音柳。」

那一個說：「我有羅漢松。」

那一個又說：「我有君子竹。」

這一個又說：「我有美人蕉。」

這個又說：「我有星星翠。」

那個又說：「我有月月紅。」

這個又說：「我有《牡丹亭》上的牡丹花。」

那個又說：「我有《琵琶記》裡的枇杷果。」

荳官便說：「我有姊妹花。」

眾人沒了，香菱便說：「我有夫妻蕙。」

……荳官說：「從沒聽見有個夫妻蕙。」

香菱道：「一箭一花為蘭，一箭數花為蕙。凡蕙有兩枝，上下結花者為兄弟蕙，有並頭結花者為夫妻蕙。我這枝並頭的，怎麼不是？」

荳官沒得說了，便起身笑道：「依你說，若是這兩枝一大一小，就是老子兒子蕙了。若兩枝背面開的，就是仇人蕙了。妳漢子去了大半年，妳想夫妻了？便扯上蕙也有夫妻，好不害羞！」

……香菱聽了，紅了臉，忙要起身擰她，笑罵道：「我把妳這個爛了嘴的小蹄子！滿嘴裡汗瀓[16]的胡說。等我起來打不死妳這小蹄子！」

荳官見她要勾來，怎容她起來，便忙連身將她壓倒。回頭笑著央告蕊官等：「妳們來！幫著我擰她這謅嘴。」兩個人滾在草地下。

16. 汗瀓（音憋）——生熱病者，汗多難出，心中煩躁，神智不清，往往胡言亂語。此借以罵人「胡說」。

……眾人拍手笑說：「了不得了！那是一窪子水，可惜汙了她的新裙子了。」荳官回頭看了一看，果見旁邊有一汪積雨，香菱的半扇裙子都汙濕了，自己不好意思，忙奪了手跑了。眾人笑個不住，怕香菱拿她們出氣，也都哄笑一散。

……香菱起身低頭一瞧，那裙上猶滴滴點點流下綠水來。正恨罵不絕，可巧寶玉見她們鬥草，也尋了些花草來湊戲，忽見眾人跑了，只剩了香菱一個低頭弄裙，因問：「怎麼散了？」香菱便說：「我有一枝夫妻蕙，她們不知道，反說我謅，因此鬧起來，把我的新裙子也髒了。」

寶玉笑道：「妳有夫妻蕙，我這裡倒有一枝並蒂菱。」口內說，手內卻真個拈著一枝並蒂菱花，又拈了那枝夫妻蕙在手內。

……香菱道：「什麼夫妻不夫妻，並蒂不並蒂，你瞧瞧這裙子！」

寶玉方低頭一瞧，便「噯呀」了一聲，說：「怎麼就拖在泥裡了？可惜！這石榴紅綾最不經染。」

香菱道：「這是前兒琴姑娘帶了來的。姑娘做了一條，我做了一條，今兒才上身。」

⋯⋯寶玉跌腳嘆道：「若妳們家，一日糟蹋這一百件也不值什麼。只是頭一件，既係琴姑娘帶來的，妳和寶姐姐每人才一件，她的尚好，妳的先髒了，豈不辜負她的心！二則姨媽老人家嘴碎，饒這麼樣，我還聽見常說妳們不知過日子，只會糟蹋東西，不知惜福呢。這叫姨媽看見了，又說一個不清。」

香菱聽了這話，卻碰在心坎兒上，反倒喜歡起來了，因笑道：「就是這話了。我雖有幾條新裙子，都不和這一樣的，若有一樣，趕著換了也就好了。過後再說。」

……寶玉道：「妳快休動，只站著方好，不然連小衣兒、膝褲、鞋面都要拖髒。我有個主意：襲人上月做了一條和這個一模一樣的，她因有孝，如今也不穿。竟送了妳換下這個來，如何？」

香菱笑著搖頭說：「不好，她們倘或聽見了，倒不好。」

寶玉道：「這怕什麼。等她孝滿了，她愛什麼，難道不許妳送她別的不成？妳若這樣，還是妳素日為人了！況且不是瞞人的事，只管告訴寶姐姐也可，只不過怕姨媽老人家生氣罷了。」

香菱想了一想有理，便點頭笑道：「就是這樣罷了，別辜負了你的心。我等著你，千萬叫她親自送來才好。」

……寶玉聽了，喜歡非常，答應了，忙忙的回來。一壁裡低頭心下暗算：「可惜這麼一個人，沒父母，連自己本姓都忘了，被人拐出來，偏又賣與了這個霸王。」因又想起上日平兒也是意外想不到的，今日更是意外之意外的事了。一壁胡思亂想，來至房中，拉了襲人，細細告訴了她原故。

……香菱之為人，無人不憐愛的。襲人又本是個手中撒漫[17]的，況與香菱素相交好，一聞此信，忙就開箱取了出來折好，隨了寶玉來尋著香菱，見她還站在那裡等呢。

襲人笑道：「我說妳太淘氣了，足的淘出個故事來才罷。」香菱紅了臉，笑道：「多謝姐姐了，誰知那起促狹鬼使黑心！」說著，接了裙子，展開一看，果然同自己的一樣。又命寶玉背過臉去，自己叉手向內解下來，將這條繫上。

……襲人道：「把這髒了的交與我拿回去，收拾了再給妳送來。妳若拿回去，看見了也是要問的。」

17. 撒漫——大手大腳，不吝財務的意思。

香菱道：「好姐姐，妳拿去不拘給那個妹妹罷。我有了這個，不要它了。」

襲人道：「妳倒大方得好。」香菱忙又萬福道謝，襲人拿了髒裙便走。

……香菱見寶玉蹲在地下，將方才的夫妻蕙與並蒂菱用樹枝兒摳了一個坑，先抓些落花來鋪墊了，將這菱、蕙安放好，又將些落花來掩了，方撮土掩埋平服。

香菱拉他的手，笑道：「這又叫做什麼？怪道人人說你慣會鬼鬼祟祟的作這使人肉麻的事。你瞧瞧，你這手弄的泥烏苔滑的，還不快洗去。」寶玉笑著，方起身走了去洗手，香菱也自走開。

……二人已走遠了數步，香菱復轉身回來叫住寶玉。寶玉不知有何話，扎著兩隻泥手，笑嘻嘻的轉來問：「什麼？」香菱紅臉，只顧笑。因那邊她的小丫頭臻兒走來說：「二姑娘等妳說話呢。」香菱方向寶玉道：「裙子的事可別向你哥哥說才好。」說畢，即轉身走了。寶玉笑道：「可不我瘋了？往虎口裡探頭兒去呢。」說著，也回去洗手去了。

……要知端詳，且聽下回分解。

◎第六三回◎

壽怡紅群芳開夜宴
死金丹獨艷理親喪

……話說寶玉回至房中洗手，因與襲人商議：「晚間吃酒，大家取樂，不可拘泥。如今吃什麼好，早說給她們備辦去。」

襲人笑道：「你放心，我和晴雯、麝月、秋紋四個人，每人五錢銀子，共是二兩；芳官、碧痕、小燕，四兒四個人，每人三錢銀子，她們告假的不算，共是三兩二錢銀子，早已交給了柳嫂子，預備四十碟果子。

「我和平兒說了，已經抬了一罈好紹興酒藏在那邊了。我們八個人單替你過生日。」

……寶玉聽了，喜得忙說：「她們是哪裡的

錢，不該叫她們出才是。」

晴雯道：「她們沒錢，難道我們是有錢的？這原是各人的心。哪怕她偷的呢，只管領她們的情就是。」

寶玉聽了，笑說：「妳說得是。」

襲人笑道：「你一天不挨她兩句硬話村你，你再過不去。」

晴雯笑道：「你如今也學壞了，專會架橋撥火兒[1]。」說著，大家都笑了。

1.架橋撥火兒—從旁慫恿挑撥別人吵嘴打架。

……寶玉說：「關院門罷。」

襲人笑道：「怪不得人說你是『無事忙』，這會子關了門，人倒疑惑，索性再等一等。」

寶玉點頭，因說：「我出去走走，四兒舀水去，小燕一個跟我來罷。」說著，走至外邊，因見無人，便問五兒之事。

小燕道：「我才告訴了柳嫂子，她倒喜歡得很。只是五兒那夜受了委曲煩惱，回家去又氣病了，哪裡來得！只等好了罷。」

寶玉聽了，不免後悔長嘆，因又問：「這事襲人知道不知道？」

小燕道：「我沒告訴，不知芳官可說了不曾。」

寶玉道：「我卻沒告訴過她，也罷，等我告訴她就是了。」說畢，復走進來，故意洗手。

……已是掌燈時分，聽得院門前有一群人進來。大家隔窗悄視，果見林之孝家的和幾個管事的女人走來，前頭一人提著大燈籠。

晴雯悄笑道：「她們查上夜的人來了。這一出去，咱們好關門了。」只見怡紅院凡上夜的人，都迎了出去，林之孝家的看了不少。

林之孝家的吩咐：「別耍錢吃酒，放倒頭睡到大天亮。我聽見是不依的。」

眾人都笑說：「哪裡有這麼樣大膽子的人。」

林之孝家的又問：「寶二爺睡下了沒有？」

眾人都回：「不知道。」

……襲人忙推寶玉。寶玉靸了鞋，便迎出來，笑道：「我還沒睡呢。媽媽進來歇歇。」又叫：「襲人，倒茶來。」

林之孝家的忙進來，笑說：「還沒睡？如今天長夜短了，該早些睡，明兒起得方早。不然，到了明日起遲了，人笑話，說不是個讀書上學的公子了，倒像那起挑腳漢[2]了。」說畢，又笑。

寶玉忙笑道：「媽媽說得是。我每日都睡得早，媽媽每日進來可都是我不知道的，已經睡了。今兒因吃了麵，怕停住食，所以多頑一會。」

2. 挑腳漢——挑夫。

……林之孝家的又向襲人等笑說：「該沏些個普洱茶[3]吃。」襲人、晴雯二人忙笑說：「沏了一杯子女兒茶[4]，已經吃過兩碗了。大娘也嘗一碗，都是現成的。」說著，晴雯便倒了一碗來。

……林之孝家的又笑道：「這些時，我聽見二爺嘴裡都換了字眼，趕著這幾位大姑娘們竟叫起名字來。雖然在這屋裡，到底是老太太、太太的人，還該嘴裡尊重些才是。若一時半刻偶然叫一聲使得，若只管順口叫起來，怕以後兄弟姪兒照樣，便惹人笑話，說這家子的人眼裡沒有長輩。」寶玉笑道：「媽媽說得是。我原不過是一時半刻的。」襲人、晴雯都笑說：「這可別委屈了他。直到如今，他可『姐姐』沒離了口，不過頑的時候叫一聲半聲名字，若當著人，卻是和先一樣。」

3. **普洱茶**——以雲南省一定區域內的雲南大葉種曬青毛茶為原料，經過後發酵加工成的散茶和緊壓茶。

4. **女兒茶**——泰山附近採青桐芽當飲料，號女兒茶。

……林之孝家的笑道：「這才好呢，這才是讀書知禮的。越自己謙越尊重，別說是三五代的陳人[5]，現從老太太、太太屋裡撥過來的，便是老太太、太太屋裡的貓兒狗兒，輕易也傷牠不得。這才是受過調教的公子行事。」說畢，吃了茶，便說：「請安歇罷，我們走了。」寶玉還說：「再歇歇。」那林之孝家的已帶了眾人，又查別處去了。

……這裡晴雯等忙命關了門，進來笑說：「這位奶奶哪裡吃了一杯來了？嘮三叨四的，又排場了我們一頓去了。」麝月笑道：「她也不是好意的，少不得也要常提著些兒。也提防著怕走了大褶兒的意思。」說著，一面擺上酒果。

……襲人道：「不用圍桌，咱們把那張花梨圓炕桌子放在炕上坐，

5. 陳人—舊人、故人。

又寬綽，又便宜。」說著，大家果然抬來。

麝月和四兒那邊去搬果子，用兩個大茶盤，做四五次方搬運了來。兩個老婆子蹲在外面火盆上篩酒。

……寶玉說：「天熱，咱們都脫了大衣裳才好。」

眾人笑道：「你要脫你脫，我們還要輪流安席[6]呢。」

寶玉笑道：「這一安就安到五更天了。知道我最怕這些俗套子，在外人跟前不得已的，這會子還慪我，就不好了。」

眾人聽了，都說：「依你。」於是先不上坐，且忙著卸妝寬衣。

……一時將正裝卸去，頭上只隨便挽著鬢兒，身上皆是長裙短襖。寶玉只穿著大紅棉紗小襖子，下面綠綾彈墨夾褲，散著褲腳，倚著一個各色玫瑰芍藥花瓣裝的玉色夾紗新枕頭，和芳官兩個先划拳。

6. 安席——安穩而坐。

…當時芳官滿口嚷熱，只穿著一件玉色紅青酡絨三色緞子斗的水田小夾襖[7]，束著一條柳綠汗巾，底下是水紅撒花夾褲，也散著褲腿。頭上眉額編著一圈小辮，總歸至頂心，結一根鵝卵粗細的總辮，拖在腦後。右耳眼內只塞著米粒大小的一個小玉塞子，左耳上單帶著一個白果大小的硬紅鑲金大墜子，越顯的面如滿月猶白，眼如秋水還清。

引得眾人笑說：「他兩個倒像是雙生的弟兄兩個。」

…襲人等一一的斟了酒來，說：「且等等再划拳，雖不安席，每人在手裡吃我們一口罷了。」於是襲人為先，端在唇上吃了一口，餘依次下去，一一吃過，大家方團團坐定。

小燕、四兒因炕沿坐不下，便端了兩張椅子近炕放下。那四十個碟子，皆是一色白粉定窯的，不過只有小茶碟大，裡面不過是山南海北，中原外國，或乾或鮮，或水或陸，天下所有

7. 玉色紅青酡絨三色緞子斗的水田小夾襖——用玉色、紅青、酡絨三種顏色緞子小塊拼到一起做成的小夾襖。**水田**，即水田衣，用多種顏色的零碎衣料剪成小方塊，縫到一起做成的衣服，形似塊塊水田，故名。

的酒饌果菜。

…寶玉因說：「咱們也該行個令才好。」

襲人道：「斯文些的才好，別大呼小叫，惹人聽見。二則我們不識字，可不要那些文的。」

麝月笑道：「拿骰子咱們搶紅[8]罷。」

寶玉道：「沒趣，不好。咱們占花名兒好。」

晴雯笑道：「正是，早已想弄這個頑意兒。」

襲人道：「這個頑意雖好，人少了沒趣。」

…小燕笑道：「依我說，咱們竟悄悄的把寶姑娘、雲姑娘、林姑娘請了來頑一回子，到二更天再睡不遲。」

襲人道：「又開門合戶的鬧，倘或遇見巡夜的問呢？」

寶玉道：「怕什麼！咱們三姑娘也吃酒，再請她一聲才好。還

8. 搶紅——骰子遊戲的一種名目。擲得紅多者為勝。

有琴姑娘。」

眾人都道：「琴姑娘罷了，她在大奶奶屋裡，叨登得大發了。」

寶玉道：「怕什麼，妳們就快請去。」小燕、四兒都巴不得一聲，二人忙命開了門，分頭去請。

……晴雯、麝月、襲人三人又說：「她兩個去請，只怕寶、林兩個不肯來，須得我們請去，死活拉她來。」於是襲人、晴雯忙又命老婆子打個燈籠，二人又去。果然寶釵說夜深了，黛玉說身上不好，她二人再三央求說：「好歹給我們一點體面，略坐坐再來。」

探春聽了，卻也歡喜。因想：「不請李紈，倘或被她知道了，倒不好。」便命翠墨同了小燕也再三的請了李紈和寶琴二人，會齊，先後都到了怡紅院中。襲人又死活拉了香菱來。炕上又並了一張桌子，方坐開了。

⋯⋯寶玉忙說：「林妹妹怕冷，過這邊靠板壁坐。」又拿個靠背墊著些。襲人等都端了椅子，在炕沿下一陪。

黛玉卻離桌遠遠的靠著靠背，因笑向寶釵、李紈、探春等道：「妳們日日說人夜聚飲博，今兒我們自己也如此，以後怎麼說人？」

李紈笑道：「這有何妨。一年之中不過生日節間如此，並無夜夜如此，這倒也不怕。」

⋯⋯說著，晴雯拿了一個竹雕的籤筒來，裡面裝著象牙花名籤子，搖了一搖，放在當中。又取過骰子來，盛在盒內，搖了一搖，揭開一看，裡面是五點，數至寶釵。

寶釵便笑道：「我先抓，不知抓出個什麼來。」說著，將筒搖了一搖，伸手掣出一根。大家一看，只見籤上畫著一支牡丹，題著「艷冠群芳」四字，下面又有鐫的小字一句唐詩，道是：

任是無情也動人。又注著：「在席共賀一杯，此為群芳之冠，隨意命人，不拘詩詞雅謔，道一則以侑酒。」

眾人看了，都笑說：「巧得很，妳也原配牡丹花。」說著，大家共賀了一杯。

……寶釵吃過，便笑說：「芳官唱一支我們聽罷。」芳官道：「既這樣，大家吃門杯好聽。」於是大家吃酒。芳官便唱：

壽筵開處風光好。

眾人都道：「快打回去。這會子很不用妳來上壽，揀妳極好的唱來。」芳官只得細細的唱了一支《賞花時》：

翠鳳毛翎紮帚叉，閑為仙人掃落花。

您看那風起玉塵沙。

猛可的那一層雲下，抵多少門外即天涯！
您再休要劍斬黃龍一線兒差，
再休向東老貧窮賣酒家。您與俺眼向雲霞。
洞賓呵，您得了人可便早些兒回話，
若遲呵，錯教人留恨碧桃花。

才罷。寶玉卻只管拿著那籤，口內顛來倒去念「任是無情也動人」，聽聽這曲子，眼看著芳官不語。湘雲忙一手奪了，擲與寶釵。寶釵又擲了一個十六點，數到探春。

……探春笑道：「我還不知得個什麼呢。」伸手掣了一根出來，自己一瞧，便擲在地下，紅了臉，笑道：「這東西不好，不該行這令。這原是外頭男人們行的令，許多混話在上頭。」眾人不解，襲人等忙拾了起來，眾人看上面是一枝杏花，那紅字寫著「瑤池仙品」四字，詩云：

日邊紅杏倚雲栽。

注云：「得此簽者，必得貴婿，大家恭賀一杯，共同飲一杯。」

眾人笑道：「我說是什麼呢！這籤原是閨閣中取戲的，除了這兩三根有這話的，並無雜話，這有何妨！我們家已有了個王妃，難道妳也是王妃不成？大喜，大喜！」說著大家來敬。探春哪裡肯飲，卻被史湘雲、香菱、李紈等三四個人強死強活灌了下去。探春只命蠲了這個，再行別的，眾人斷不肯依。湘雲拿著她的手，強擲了個十九點出來，便該李氏掣。

……李氏搖了一搖，掣出一根來一看，笑道：「好極。妳們瞧瞧，這勞什子竟有些意思。」眾人瞧那簽上，畫著一枝老梅，是寫著「霜曉寒姿」四字，那一面舊詩是：

竹籬茅舍自甘心。注云：「自飲一杯，下家擲骰。」

李紈笑道：「真有趣，妳們擲去罷。我只自吃一杯，不問妳們的廢與興。」說著，便吃酒，將骰過與黛玉。

黛玉一擲，是個十八點，便該湘雲掣。

……湘雲笑著，揎拳擄袖[9]的伸手掣了一根出來。大家看時，一面畫著一枝海棠，題著「香夢沉酣」四字，那面詩道是：

只恐夜深花睡去。

黛玉笑道：「『夜深』兩個字，改『石涼』兩個字。」

眾人便知她趣白日間湘雲醉臥的事，都笑了。湘雲笑指那自行船與黛玉看，又說：「快坐上那船家去罷，別多話了。」眾人都笑了。

因看注云：「既云『香夢沉酣』，掣此籤者不便飲酒，只令上

9. **揎拳擄袖**——把袖子往上一推，露出胳膊，握著拳頭。形容準備動手。

下二家各飲一杯。」

湘雲拍手笑道：「阿彌陀佛，真真好籤！」

恰好黛玉是上家，寶玉是下家。二人斟了兩杯，只得要飲。寶玉先飲了半杯，瞅人不見，遞與芳官，端起來便一揚脖喝了。黛玉只管和人說話，將酒全折在漱盂內了。湘雲便綽起骰子來，一擲個九點，數去該麝月。

……麝月便掣了一根出來。大家看時，這面上一枝荼蘼花，題著「韶華勝極」四字，那邊寫著一句舊詩，道是：

開到荼蘼花事了。注云：「在席各飲三杯送春。」

麝月問：「怎麼講？」

寶玉愁眉，忙將籤藏了，說：「咱們且喝酒。」說著，大家吃了三口，以充三杯之數。麝月一擲個十九點，該香菱。

……香菱便掣了一根並蒂花，題著「聯春繞瑞」，那面寫著一句詩，道是：

連理枝頭花正開。注云：「共賀掣者三杯，大家陪飲一杯。」

香菱便又擲了個六點，該黛玉掣。

……黛玉默默的想道：「不知還有什麼好的被我掣著方好。」一面伸手取了一根，只見上面畫著一枝芙蓉，題著「風露清愁」四字，那面一句舊詩，道是：

莫怨東風當自嗟。注云：「自飲一杯，牡丹陪飲一杯。」

眾人笑說：「這個好極。除了她，別人不配作芙蓉。」黛玉也自笑了。於是飲了酒，便擲了個二十點，該著襲人。

……襲人便伸手取了一支出來，卻是一枝桃花，題著「武陵別景」四字，那一面舊詩寫著道是：

桃紅又是一年春。注云：「杏花陪一盞，坐中同庚者陪一盞，同辰者陪一盞，同姓者陪一盞。」

眾人笑道：「這一回熱鬧有趣。」

……大家算來，香菱、晴雯、寶釵三人皆與她同庚，黛玉與她同辰，只無同姓者。

芳官忙道：「我也姓花，我也陪她一鍾。」

於是大家斟了酒，黛玉因向探春笑道：「命中該著招貴婿的，妳是杏花，快喝了，我們好喝。」

探春笑道：「這是個什麼話，大嫂子順手給她一下子。」

李紈笑道：「人家不得貴婿反挨打，我也不忍的。」說得眾人都笑了。

……襲人才要擲，只聽有人叫門。老婆子忙出去問時，原來是薛姨媽打發人來了，接黛玉的。

眾人因問：「幾更了？」

人回：「二更以後了，鐘打過十一下了。」

寶玉猶不信，要過表來瞧了一瞧，已是子初初刻十分了。

黛玉便起身說：「我可撐不住了，回去還要吃藥呢。」

眾人說：「也都該散了。」

襲人、寶玉等還要留著眾人。

李紈寶釵等都說：「夜太深了不像，這已是破格了。」

襲人道：「既如此，每位再吃一杯再走。」說著，晴雯等已都斟滿了酒，每人吃了，都命點燈。襲人等直送過沁芳亭河那邊，方回來。

關了門，大家復又行起令來。襲人等又用大鍾斟了幾鍾，用盤攢了各樣果菜，與地下的老嬤嬤們吃。彼此有了三分酒，便猜拳贏唱小曲兒。那天已四更時分，老嬤嬤們一面明吃，一面暗偷，酒罈已罄，眾人聽了納罕，方收拾盥漱睡覺。

……芳官吃得兩腮胭脂一般，眉稍眼角越添了許多丰韻，身子圖不得，便睡在襲人身上，說：「好姐姐，心跳得很。」襲人笑道：「誰許妳盡力灌起來！」小燕、四兒也圖不得，早睡了。晴雯還只管叫。寶玉道：「不用叫了，咱們且胡亂歇一歇罷。」自己便枕了那紅香枕，身子一歪，便也睡著了。襲人見芳官醉得很，恐鬧她唾酒，只得輕輕起來，就將芳官扶在寶玉之側，由她睡了。自己卻在對面榻上倒下。大家黑甜一覺，不知所之。

……及至天明，襲人睜眼一看，只見天色晶明，忙說：「可遲了！」向對面床上瞧了一瞧，只見芳官頭枕著炕沿上，睡猶未醒，連忙起來叫她。

寶玉已翻身醒了，笑道：「可遲了！」因又推芳官起身。

那芳官坐起來，猶發怔揉眼睛。襲人笑道：「不害羞！妳吃醉了，怎麼也不揀地方兒，亂挺下了？」

芳官聽了，瞧了一瞧，方知是和寶玉同榻，忙笑得下地來說：「我怎麼吃得不知道了？」

寶玉笑道：「我竟也不知道了。若知道，給妳臉上抹些黑墨。」

……說著，丫頭進來伺候梳洗。

寶玉笑道：「昨兒有擾，今兒晚上我還席。」

襲人笑道：「罷、罷、罷！今兒可別鬧了，再鬧就有人說話了。」

寶玉道：「怕什麼！不過才兩次罷了。咱們也算是會吃酒了，那一罈子酒怎麼就吃光了？正是有趣，偏又沒了。」

襲人笑道：「原要這樣才有趣。必至興盡了，反無後味了，昨兒都好上來了，晴雯連臊也忘了，我記得她還唱了一個。」

四兒笑道：「姐姐忘了？連姐姐還唱了一個呢。在席的誰沒唱過？」眾人聽了，俱紅了臉，用兩手握著笑個不住。

……忽見平兒笑嘻嘻的走來，說：「親自來請昨日在席的人，今兒我還東，短一個也使不得。」眾人忙讓坐吃茶。

晴雯笑道：「可惜昨夜沒她。」

平兒忙問：「妳們夜裡做什麼來？」

襲人便說：「告訴不得妳。昨兒夜裡熱鬧非常，連往日老太太、太太帶著眾人頑也不及昨兒這一頑。一罈酒我們都鼓搗[10]光了，一個個吃得把臊都丟了，三不知的[11]又都唱起來。四更多天，才橫三豎四的打了一個盹兒。」

10. 鼓搗——不停地撥動或把玩。

11. 三不知的——「一問三不知」的意思。

…平兒笑道：「好！白和我要了酒來，也不請我，還說著給我聽，氣我。」

晴雯道：「今兒他還席，必來請妳的，等著罷。」

平兒笑問道：「『他是誰』，誰是『他』？」

晴雯聽了，趕著笑打，說著：「偏妳這耳朵尖，聽得真。」

平兒笑道：「這會子有事，不和妳說，我幹事去了。一回再打發人來請，一個不到，我是打上門來的。」寶玉等忙留她，已經去了。

…這裡，寶玉梳洗了，正吃茶，忽然一眼看見硯臺底下壓著一張紙，因說道：「妳們這隨便混壓東西也不好。」

襲人晴雯等忙問：「又怎麼了，誰又有了不是了？」

寶玉指道：「硯臺下是什麼？一定又是哪位的樣子忘記了收的。」

晴雯忙啟硯拿了出來，卻是一張字帖兒，遞與寶玉看時，原來是一張粉箋子，上面寫著「檻外人妙玉恭肅遙叩芳辰。」

……寶玉看畢，直跳了起來，忙問：「這是誰接了來的？也不告訴。」

襲人晴雯等見了這般，不知當是哪個要緊的人來的帖子，忙一齊問：「昨兒誰接下了一個帖子？」

四兒忙飛跑進來，笑說：「昨兒妙玉並沒親來，只打發個媽媽送來。我就擱在那裡，誰知一頓酒就忘了。」

眾人聽了道：「我當誰的，這樣大驚小怪！這也不值的。」

……寶玉忙命：「快拿紙來。」當時拿了紙，研了墨，看她下著「檻外人」三字，自己竟不知回帖上回個什麼字樣才相敵。只管提筆出神，半天仍沒主意。

因又想：「若問寶釵去，她必又批評怪誕，不如問黛玉去。」

想罷，袖了帖兒，逕來尋黛玉。

……剛過了沁芳亭，忽見岫煙顫顫巍巍的迎面走來。

寶玉忙問：「姐姐哪裡去？」

岫煙笑道：「我找妙玉說話。」

寶玉聽了詫異，說道：「她為人孤癖，不合時宜，萬人不入她目。原來她推重姐姐，竟知姐姐不是我們一流的俗人。」

岫煙笑道：「她也未必真心重我，但我和她做過十年的鄰居，只一牆之隔。她在蟠香寺修煉，我家原寒素，賃房居住，就賃的是她廟裡的房子，住了十年，無事到她廟裡去作伴。「我所認的字，都是承她所授。我和她又是貧賤之交，又有半師之分。因我們投親去了，聞得她因不合時宜，權勢不容，竟投到這裡來。如今又天緣湊合，我們得遇，舊情竟未易。

承她青目[12]，更勝當日。」

……寶玉聽了，恍如聽了焦雷一般，喜得笑道：「怪道姐姐舉止言談，超然如野鶴閒雲，原來有本而來。正因她的一件事我為難，要請教別人去。如今遇見姐姐，真是天緣巧合，求姐姐指教。」說著，便將拜帖取與岫煙看。

岫煙笑道：「她這脾氣竟不能改，竟是生成這等放誕詭僻了。從來沒見拜帖上下別號的，這可是俗語說的『僧不僧，俗不俗，女不女，男不男』，成個什麼道理！」

寶玉聽說，忙笑道：「姐姐不知道，她原不在這些人中算，她原是世人意外之人。因取我是個些微有知識的，方給我這帖子。我因不知回什麼字樣才好，竟沒了主意，正要去問林妹妹，可巧遇見了姐姐。」

12. 青目——青眼，青睞。

……岫煙聽了寶玉這話，且只顧用眼上下細細打量了半日，方笑道：「怪道俗語說的『聞名不如見面』，又怪不得妙玉竟下這帖子給你，又怪不得上年竟給你那些梅花。既連她這樣，少不得我告訴你原故。

「她常說：『古人中自漢、晉、五代、唐、宋以來，皆無好詩，只有兩句好，說道：『縱有千年鐵門檻，終須一個土饅頭。』』所以她自稱『檻外之人』。又常贊文是莊子的好，故又或稱為『畸人』[13]。

「她若帖子上自稱『畸人』的，你就還她個『世人』。畸人者，她自稱是畸零之人；你謙自己乃世中擾擾之人，她便喜了。如今她自稱『檻外之人』，是自謂蹈於鐵檻之外了；故你如今只下『檻內人』，便合了她的心了。」

寶玉聽了，如醍醐灌頂，『噯喲』了一聲，方笑道：「怪道我們家廟說是『鐵檻寺』呢！原來有這一說。姐姐就請，讓我去

13. **畸人**——行事乖僻，與世俗禮儀悖謬的人。

寫回帖。」

岫煙聽了，便自往櫳翠庵來。寶玉回房寫了帖子，上面只寫「檻內人寶玉熏沐謹拜」幾字，親自拿了到櫳翠庵，只隔門縫兒投進去便回來了。

……因又見芳官梳了頭，挽起鬢來，帶了些花翠，忙命她改妝，又命將周圍的短髮剃了去，露出碧青頭皮來，當中分大頂，又說：「冬天作大貂鼠臥兔兒戴，腳上穿虎頭盤雲五彩小戰靴，或散著褲腿，只用淨襪厚底鑲鞋。」又說：「『芳官』之名不好，竟改了男名才別致。」因又改作「雄奴」。

芳官十分稱心，又說：「既如此，你出門也帶我出去。有人問，只說我和茗煙一樣的小廝就是了。」

寶玉笑道：「到底人看得出來。」

芳官笑道：「我說你是無才的。咱家現有幾家土番，你就說我是個小土番兒。況且人人說我打聯垂[14]好看，你想這話可妙？」

……寶玉聽了，喜出意外，忙笑道：「這卻很好。我亦常見官員人等，多有跟從外國獻俘之種，圖其不畏風霜，鞍馬便捷。既這等，再起個番名叫作「耶律雄奴」。『雄奴』二音，又與『匈奴』相通，都是犬戎名姓。況且這兩種人，自堯舜時便為中華之患，晉、唐諸朝，深受其害。

「幸得咱們有福，生在當今之世，大舜之正裔，聖虞之功德仁孝，赫赫格天，同天地日月億兆不朽，所以凡歷朝中跳梁猖獗之小丑，到了如今，竟不用一干一戈，皆天使其拱手俯頭，緣遠來降。我們正該作踐他們，為君父生色。」

14. **聯垂**——一種髮式。周圍頭髮梳成許多根細辮子。

…芳官笑道：「既這樣著，你該去操習弓馬，學些武藝，挺身出去，拿幾個反叛來，豈不進忠效力了。何必借我們，你鼓唇搖舌的自己開心作戲，卻說是稱功頌德呢！」

寶玉笑道：「所以你不明白。如今四海賓服，八方寧靜，千載百載，不用武備。咱們雖一戲一笑，也該稱頌，方不負坐享昇平了。」

芳官聽了有理，二人自為妥貼甚宜。寶玉便叫她「耶律雄奴」。

…究竟賈府二宅，皆有先人當年所獲之囚，賜為奴隸，只不過令其飼養馬匹，皆不堪大用。湘雲素習憨戲異常，也最喜武扮的，每每自己束鑾帶，穿折袖[15]。近見寶玉將芳官扮成男子，她便將葵官也扮了個小子。

那葵官本是常刮剔短髮，好便於面上粉墨油彩，手腳又伶便，打扮了又省一層手。李紈、探春見了也愛，便將寶琴的荳官

15. 折袖——又叫「挽袖」。袖口部分挽上一塊的服飾。

也就命她打扮了一個小童，頭上兩個丫髻，短襖紅鞋，只差了塗臉，便儼是戲上的一個琴童。

湘雲將葵官改了，換作「大英」。因她姓韋，便叫她「韋大英」，方合自己的意思，暗有『惟大英雄能本色』之語，何必塗朱抹粉，才是男子。荳官身量年紀皆極小，又極鬼靈，故曰荳官。園中人也喚他作「阿荳」的，也有喚她作「炒豆子」的。寶琴反說琴童、書童等名太熟了，竟是荳字別致，便換作「荳童」。

……因飯後平兒還席，說紅香圃太熱，便在榆蔭堂中擺了幾席新酒佳肴。可喜尤氏又帶了佩鳳、偕鸞二妾過來遊玩。這二妾亦是青年嬌憨女子，不常過來的，今既入了這園，再遇見湘雲、香菱、芳、蕊一干女子，所謂『方以類聚，物以群分』二語不錯，只見她們說笑不了，也不管尤氏在那裡，只憑丫鬟們去服侍，且同眾人一一的遊玩。

……一時到了怡紅院，忽聽寶玉叫「耶律雄奴」，把佩鳳、偕鸞、香菱三個人笑在一處，問是什麼話。大家也學著叫這名字，又叫錯了音韻，或忘了字眼，甚至於叫出「野驢子」來，引得合園中人凡聽見無不笑倒。

寶玉又見人人取笑，恐作賤了她，忙又說：「海西福朗思牙[16]，聞有金星玻璃寶石，他本國番語以金星玻璃名為『溫都里納』[17]。如今將妳比作它，就改名喚叫『溫都里納』可好？」芳官聽了更喜，說：「就是這樣罷。」因此又喚了這名。眾人嫌拗口，仍翻漢名，就喚「玻璃」。

……閒言少述，且說當下眾人都在榆蔭堂中以酒為名，大家玩笑，命女先兒擊鼓。平兒採了一枝芍藥，大家約二十來人傳

16. 福朗思牙——即法蘭西。

17. 溫都里納——法文音譯，意為內含金星的棕黃色寶石。

花為令，熱鬧了一回。因人回說：「甄家有兩個女人送東西來了。」探春和李紈、尤氏三人出去議事廳相見，這裡眾人且出來散一散。

佩鳳、偕鴛兩個去打秋千玩耍，寶玉便說：「妳兩個上去，讓我送。」慌得佩鳳說：「罷了！別替我們鬧亂子，倒是叫『野驢子』來送送使得。」

寶玉忙笑說：「好姐姐們，別玩了，沒的叫人跟著妳們學著罵她。」偕鸞又說：「笑軟了，怎麼打呢？掉下來栽出你的黃子[18]來。」佩鳳便趕著她打。

18.黃子—行子，東西。

※……※……※

……正頑笑不絕，忽見東府中幾個人慌慌張張跑來，說：「老爺賓天了。」眾人聽了，唬了一大跳，忙都說：「好好的並無疾病，怎麼就沒了？」

家下人說：「老爺天天修煉，定是功行圓滿，升仙去了。」

……尤氏一聞此言，又見賈珍父子並賈璉等皆不在家，一時竟沒個著己的男子來，未免慌了。只得忙卸了妝飾，命人先到玄真觀將所有的道士都鎖了起來，等大爺來家審問。一面忙忙坐車，帶了賴升一干家人媳婦出城。又請太醫看視，到底係何病。

……大夫們見人已死，何處診脈來，素知賈敬導氣之術[19]，總屬虛誕，更至參星禮斗，守庚申[20]，服靈砂，妄作虛為，過於勞神費力，反因此傷了性命的。如今雖死，肚中堅硬似鐵，面皮嘴唇燒得紫絳皺裂。便向媳婦回說：「係玄教中吞金服砂，燒脹而歿。」

眾道士慌得回說：「原是老爺秘法新製的丹砂吃壞事，小道們

19. **導氣之術**——導引氣息，以求長生不老的方法。

20. **守庚申**——道教說人腹中有一種怪物叫「三尸」，專門伺察人的隱私過惡，每到庚申日就到天帝面前告發，減人祿命。

也曾勸說『功行未到，且服不得』，不承望老爺於今夜守庚申時，悄悄的服了下去，便升仙了。這恐是虔心得道，已出苦海，脫去皮囊，自了去也。」

……尤氏也不聽，只命鎖著，等賈珍來發放，且命人去飛馬報信。一面看視這裡窄狹，不能停放，橫豎也不能進城的，忙裝裹好了，用軟轎抬至鐵檻寺來停放。掐指算來，至早也得半月的工夫，賈珍方能來到。目今天氣炎熱，實不得相待，遂自行主持，命天文生[21]擇了日期入殮。壽木已係早年備下，寄在此廟的，甚是便宜。三日後，便開喪破孝。一面且做起道場來等賈珍。

……榮府中鳳姐兒出不來，李紈又照顧姊妹，寶玉不識事體，只得將外頭之事暫托了幾個家中二等管事人。賈㻞、賈珖、賈

21. **天文生**——以擇日、占卜、看風水為職業的人，也叫風水先生或堪輿先生。

珩、賈瓔、賈菖、賈菱等各有執事。尤氏不能回家，便將她繼母接來，在寧府看家。她這繼母只得將兩個未出嫁的小女帶來，一並起居，才放心。

……且說賈珍聞了此信，即忙告假，並賈蓉是有職之人。禮部見當今隆敦孝弟，不敢自專，具本請旨。原來天子極是仁孝過天的，且更隆重功臣之裔，一見此本，便詔問賈敬何職。禮部代奏：「係進士出身，祖職已蔭其子賈珍。賈敬因年邁多疾，常養靜於都城之外玄真觀。今因疾歿於觀中，其子珍，其孫蓉，現因國喪，隨駕在此，故乞假歸殮。」

……天子聽了，忙下額外恩旨曰：「賈敬雖白衣，無功於國，念彼祖父之功，追賜五品之職。令其子孫扶柩，由北下之門進都，入彼私第殯殮。任子孫盡喪，禮畢扶柩回籍外著光祿寺按上例賜祭。朝中自王公以下，准其祭弔。欽此。」此旨一下，不但賈府中人謝恩，連朝中所有大臣，皆嵩呼稱頌不絕。

……賈珍父子星夜馳回，半路中又見賈㻞賈珖二人領家丁飛騎而來，看見賈珍，一齊滾鞍下馬請安。賈珍忙問：「作什麼？」賈㻞回說：「嫂子恐哥哥和姪兒來了，老太太路上無人，叫我們兩個來護送老太太的。」

賈珍聽了，贊稱不絕，又問家中如何料理。賈㻞等便將如何拿了道士，如何挪至家廟，怕家內無人，接了親家母和兩個姨娘在上房住著。賈蓉當下也下了馬，聽見兩個姨娘來了，便和賈珍一笑。賈珍忙說了幾聲「妥當」，加鞭便走，店也不投，連夜換馬飛馳。

一日，到了都門，先奔入鐵檻寺。那天已是四更天氣，坐更的聞知，忙喝起眾人來。賈珍下了馬，和賈蓉放聲大哭，從大門外便跪爬進來，至棺前稽顙泣血[22]，直哭到天亮，喉嚨都啞了方住。尤氏等都一齊見過。賈珍父子忙按禮換了凶服，在棺前俯伏，無奈要理事，竟不能目不視物，耳不聞聲，少不得減些悲戚，好指揮眾人。因將恩旨備述與眾親友聽了。一面先打發賈蓉家中來料理停靈之事。賈蓉巴不得一聲兒，先騎馬飛來至家，忙命前廳收桌椅，下槅扇，掛孝幔子，門前起鼓手棚、牌樓等事。又忙著進來看外祖母、兩個姨娘。

……原來尤老安人年高喜睡，常歪著，他二姨娘、三姨娘都和丫頭們作活計，見他來了，都道煩惱。賈蓉且嘻嘻的望他二姨娘笑說：「二姨娘，妳又來了？我們父

22. 稽顙泣血——以頭叩地，哀痛號泣。

親正想妳呢。」

尤二姐便紅了臉，罵道：「蓉小子，我過兩日不罵你幾句，你就過不得了！越發連個體統都沒了。還虧你是大家公子哥兒，每日念書學禮的，越發連那小家子瓢坎[23]的也跟不上。」說著，順手拿起一個熨斗來，摟頭就打，嚇得賈蓉抱著頭，滾到懷裡告饒。

……尤三姐便上來撕嘴，又說：「等姐姐來家，咱們告訴她。」賈蓉忙笑著跪在炕上求饒，她兩個又笑了。賈蓉又和二姨搶砂仁[24]吃，尤二姐嚼了一嘴渣子，吐了他一臉。賈蓉用舌頭都舔著吃了。

眾丫頭看不過，都笑說：「熱孝在身上，老娘才睡了覺，她兩個雖小，到底是姨娘家，你太眼裡沒有奶奶了。回來告訴爺，你吃不了兜著走！」

23. 瓢坎——意指流氓無賴。

24. 砂仁——砂仁為多種薑科植物果實之集合稱，包含陽春砂、海南砂及縮砂等植物。砂仁為傳統中藥材之一，功效主要是化濕、行氣、溫中，治療嘔噁、瀉下等腸胃道疾患。

賈蓉撇下他姨娘，便抱著丫頭們親嘴，說：「我的心肝！妳說得是，咱們饞她兩個。」丫頭們忙推他，恨得罵：「短命鬼兒，你一般有老婆、丫頭，只和我們鬧，知道的說是玩，不知道的人，再遇見那髒心爛肺的、愛多管閒事嚼舌頭的人，吵嚷得那府裡誰不知道，誰不背地裡嚼舌說咱們這邊混帳。」

賈蓉笑道：「各門另戶，誰管誰的事？都夠使的了。從古至今，連漢朝和唐朝，人還說『髒唐臭漢』，何況咱們這宗人家！誰家沒風流事？別討我說出來：連那邊大老爺這麼利害，璉叔還和那小姨娘不乾淨呢。鳳姑娘那樣剛強，瑞叔還想她的帳。哪一件瞞了我！」

……賈蓉只管信口開河胡言亂道之間，只見他老娘醒了，忙去請安問好，又說：「難為老祖宗勞心，又難為兩位姨娘受委屈，我們爺兒們感戴不盡。惟有等事完了，我們合家大小登門去磕頭。」

尤老安人點頭道：「我的兒，倒是你們會說話。親戚們原是該的。」

又問：「你父親好？幾時得了信趕到的？」

賈蓉笑道：「才剛趕到的，先打發我瞧妳老人家來了。好歹求妳老人家事完了再去。」

說著，又和他二姨擠眼，那尤二姐便悄悄咬牙含笑罵：「很會嚼舌頭的猴兒崽子，留下我們給你爹作娘不成！」

賈蓉又戲她老娘道：「放心罷，我父親每日為兩位姨娘操心，要尋兩個又有根基又富貴又年青又俏皮的兩位姨爹，好聘嫁這二位姨娘的。這幾年總沒揀得，可巧前日路上才相準了一個。」

尤老只當真話，忙問：「是誰家的？」

尤二姊妹丟了活計，一頭笑，一頭趕著打，說：「媽，別信這雷打的。」

連丫頭們都說：「天老爺有眼，仔細雷要緊！」

又值人來回話：「事已完了，請哥兒出去看了，回爺的話去。」那賈蓉方笑嘻嘻的去了。

……不知如何，且聽下回分解。

第六四回

幽淑女悲題五美吟
浪蕩子情遺九龍珮

……話說賈蓉見家中諸事已妥，連忙趕至寺中，回明賈珍。於是連夜分派各項執事人役，並預備一切應用幡杠等物。擇於初四日卯時請靈柩進城，一面使人知會諸位親友。

……是日，喪儀焜耀[1]，賓客如雲，自鐵檻寺至寧府，夾道而觀者，何啻數萬也。也有羨慕的，也有嗟嘆的，又有一等半瓶醋的讀書人，說是「喪禮與其奢易，莫若儉戚」的，一路紛紛議論不一。至未申時方到，將靈柩停放在正堂之內。供奠舉哀已畢，親友漸次散回，只剩族中人分理迎賓送客等事。近親只有邢大舅相伴未去。

……賈珍、賈蓉此時為禮法所拘，不免在靈旁藉草枕塊[2]，恨苦居喪。人散後，仍乘空尋他小姨子們廝混。寶玉亦每日在寧府穿孝，至晚人散，方回園裡。鳳姐身體未愈，雖不能時常在此，或遇開壇誦經，親友打祭之日，亦扎掙過來，相幫尤氏料理。

※……※……※

……一日，供畢早飯，因此時天氣尚長，賈珍等連日勞倦，不免在靈旁假寐。寶玉見無客至，遂欲回家看視黛玉，因先回至怡紅院中。

進入門來，只見院中寂靜無人，有幾個老婆子與小丫頭們在迴廊下取便乘涼，也有睡臥的，也有坐著打盹的。寶玉也不去

1. 焜耀——輝煌。

2. 藉草枕塊——睡乾草，枕土塊，這是古時居父母喪的禮節。

驚動。只有四兒看見，連忙上前來打簾子。將掀起時，只見芳官自內帶笑跑出，幾乎與寶玉撞個滿懷。一見寶玉，方含笑站住說道：「你怎麼來了？你快與我攔住晴雯，她要打我呢。」

……一語未了，只聽得屋內嘻嚁嘩喇的亂響，不知是何物撒了一地。隨後晴雯趕來罵道：「我看妳這小蹄子往哪裡去！輸了不叫打。寶玉不在家，我看誰來救妳！」寶玉連忙攔住，笑道：「妳妹子小，不知怎麼得罪了妳，看我的分上，饒了她罷。」

晴雯也不想寶玉此時回來，乍一見，不覺好笑，遂笑說道：「芳官竟是個狐狸精變的，就是會拘神遣將的，符咒也沒有這樣快。」又笑道：「就是妳真請了神來，我也不怕。」遂奪手仍要捉拿芳官。芳官早已藏在寶玉身後。

…寶玉遂一手拖了晴雯，一手攜了芳官。進入屋內。看時，只見西邊炕上麝月、秋紋、碧痕、紫綃等正在那裡抓子兒贏瓜子呢。卻是芳官輸與晴雯，芳官不肯叫打，跑了出去。晴雯因趕芳官，將懷內的子兒撒了一地。

寶玉歡喜道：「如此長天，我不在家，正恐妳們寂寞，吃了飯睡覺，睡出病來，大家尋件事玩笑消遣甚好。」

因不見襲人，又問道：「妳襲人姐姐呢？」

晴雯道：「襲人麼。越發道學了，獨自一個在屋裡面壁呢。這好一會我們沒進去，不知她作什麼呢，一些聲氣也聽不見。你快瞧瞧去罷，或者此時參悟了，也未可定。」

…寶玉聽說，一面笑，一面走至裡間。只見襲人坐在近窗的床上，手中拿著一根灰色絛子，正在那裡打結子呢。見寶玉進來，連忙站起來，笑道：「晴雯這東西編派我什麼呢？我因要趕著打完這結子，沒工夫和她們瞎鬧，因哄她們道：『妳們玩去罷，趁著二爺不在家，我要在這裡靜坐一坐，養一養神。』她就編派了許多混話，什麼『面壁了』『參禪了』的，等一會我不撕她那嘴！」

……寶玉笑著挨近襲人坐下，瞧她打結子，問道：「這麼長天，妳也該歇息歇息，或和她們玩去，要不，瞧瞧林妹妹去也好。怪熱的，打這個哪裡使？」

襲人道：「我見你帶的扇套還是那年東府裡蓉大奶奶的事情上做的。那個青東西除族中或親友家夏天有喪事方帶得著，一年遇著帶一兩遭，平常又不犯做。

「如今那府裡有事，這是要過去天天帶的，所以我趕著另作一個。等打完了結子，給你換下那舊的來。你雖然不講究這個，若叫老太太回來看見，又該說我們躲懶，連你穿帶之物都不經心了。」

寶玉笑道：「這真難為妳想得到。只是也不可過於趕，熱著了，倒是大事。」

⋯⋯說著，芳官早托了一杯涼水內新湃的茶來。因寶玉素昔秉賦柔脆，雖暑月不敢用冰，只以新汲井水將茶連壺浸在盆內，不時更換，取其涼意而已。

寶玉就芳官手內吃了半盞，遂向襲人道：「我來時已吩咐了茗煙，若珍大哥那邊有要緊人客來時，令彼即來通稟；若無甚要事，我就不過去了。」

說畢，遂出了房門，又回頭向碧痕等道：「如有事，往林姑娘處來找我。」於是一逕往瀟湘館來看黛玉。

⋯⋯將過了沁芳橋，只見雪雁領著兩個老婆子，手中都拿著菱藕瓜果之類。寶玉忙問雪雁道：「妳們姑娘從來不大吃這些涼東西的，拿這些瓜果何用？莫非是要請哪位姑娘、奶奶麼？」

雪雁笑道：「我告訴你，可不許你對姑娘說去。」

寶玉點頭應允。雪雁便命兩個婆子：「先將瓜果送去交與紫鵑姐姐。她要問我，妳就說我做什麼呢，就來。」那婆子答應著去了。

……雪雁方說道：「我們姑娘這兩日方覺身上好些了。今日飯後，三姑娘來，會著要瞧二奶奶去，姑娘也沒去。又不知想起甚麼來，自己哭了一回，題筆寫了好些，不知是詩是詞。叫我傳瓜果去時，又聽叫紫鵑將屋內擺著的小琴桌上的陳設搬下來，將桌子挪在外間當地，又叫將那龍文鼒[3]放在桌上，等瓜果來時聽用。

3. 鼒（音資）——小鼎。

「若說是請人呢，不犯先忙著把個爐擺出來；若說點香呢，我們姑娘素日屋內除擺新鮮花兒、木瓜、佛手之類，又不大喜熏香；就是點香，亦當點在常坐臥之處。難道是老婆子們把屋子熏臭了，要拿香熏熏不成？究竟連我也不知何故。」說畢，便連忙去了。

……寶玉這裡，不由得低頭細想，心內道：「據雪雁說來，必有原故。若是同哪一位姊妹們閒坐，亦不必如此先設饌具。或者是姑爹、姑媽的忌辰，但我記得每年到此日期，老太太都吩咐另外整理肴饌，送去與林妹妹私祭，此時已過。大約是因七月為瓜果之節，家家都上秋祭的墳，林妹妹有感於心，所以在私室自己奠祭，取《禮記》『春秋荐其時食』之意，也未可定。

「但我此刻走去，見林妹妹傷感，必極力勸解，又怕她煩惱鬱結於心；若竟不去，又恐她過於傷感，無人勸止；兩件皆足致疾。莫若先到鳳姐姐處一看，在彼稍坐即回。如若見林妹妹傷感，再設法開解，既不至使其過悲，哀痛稍申，亦不至抑鬱致病。」想畢，遂出了園門，一逕到鳳姐處來。

……正有許多執事婆子們回事畢，紛紛散出。鳳姐兒正倚著門和平兒說話呢。一見了寶玉，笑道：「你回來了麼？我才吩咐了林之孝家的。叫她使人告訴跟你的小廝，若沒什麼事，趁便請你回來歇息歇息。再者那裡人多，你哪裡禁得住那些氣味。不想恰好你倒來了。」

寶玉笑道：「多謝姐姐記掛。我也因今日沒事，又見姐姐這兩日沒往那府裡去，不知身上可大愈否，所以回來看視看視。」

……鳳姐道：「左右也不過是這樣，三日好兩日不好的。老太太、太太不在家，這些大娘們，噯，哪一個是安分的！每日不是打架，就拌嘴，連賭博偷盜的事情都鬧出來了兩三件了。「雖說有三姑娘幫著辦理，她又是個沒出閣的姑娘。也有好叫她知道的，也有對她說不得的事，也只好強扎掙著罷了。總不得心靜一會。別說想病好，求其不添也就罷了。」

寶玉道：「雖如此說，姐姐還要保重身體，少操些心才是。」說畢，又說了些閒話，別過鳳姐，一直往園中走來。

……進了瀟湘館的院門看時，只見爐裊殘煙，奠餘玉醴[4]。紫鵑正看著人往裡搬桌子，收陳設呢。寶玉便知已經祭完了，走入屋內，只見黛玉面向裡歪著，病體懨懨，大有不勝之態。紫鵑連忙說道：「寶二爺來了。」黛玉方慢慢的起來，含笑讓坐。

寶玉道：「妹妹這兩天可大好些了？氣色倒覺靜些，只是為何

4. 玉醴——美酒。

又傷心了？」

黛玉道：「可是你沒的說了，好好的我多早晚又傷心了？」

寶玉笑道：「妹妹臉上現有哭泣之狀，如何還哄我呢。只是我想妹妹素日本來多病，凡事當各自寬解，不可過作無益之悲。若作踐壞了身子，使我……」說到這裡，覺得以下的話有些難說，連忙咽住。

只因他雖說和黛玉自小一處長大，情投意合，又願同生死，卻只是心中領會，從來未曾當面說出。況兼黛玉心重，每每因說話造次，得罪了她，致彼哭泣。今日原為的是來勸解黛玉，不想把話來說造次了，接不下去，心中一急，又怕黛玉惱他。又想一想自己的心實在是為好，因而轉急為悲，早已滾下淚來。黛玉起先原惱寶玉說話不論輕重，如今見此光景，心有所感，本來素昔愛哭，此時亦不免無言對泣。

……卻說紫鵑端了茶來，打量他二人不知又為何事角口，因說道：「姑娘才身上好些，寶二爺又來慪氣來了，到底是怎麼樣？」

寶玉一面拭淚，笑道：「誰敢慪妹妹了！」一面搭訕著起來閒步。只見硯臺底下微露一紙角，不禁伸手拿起。

黛玉忙要起身來奪，已被寶玉揣在懷內，笑央道：「好妹妹！賞我看看罷。」

黛玉道：「不管什麼，來了就混翻。」

……一語未了，只見寶釵走來，笑道：「寶兄弟要看什麼？」寶玉因未見上面是何言詞，又不知黛玉心中如何，未敢造次回答，卻望著黛玉笑。

黛玉一面讓寶釵坐，一面笑說道：「我曾見古史中有才色的女子，終身遭際，令人可喜可羨可悲可嘆者甚多。今日飯後無事，因擇出數人，胡亂湊幾首詩，以寄感慨，可巧探丫頭來會我瞧鳳姐姐去，我因身上懶懶的，沒同她去。「適才做了五首，一時困倦起來，撂在那裡，不想二爺來了，就瞧見了，其實給他看也倒沒有什麼，但只我嫌他是不是的寫了給人看去。」

……寶玉忙道：「我多早晚給人看來呢？昨日那把扇子，原是我愛那幾首白海棠的詩，所以我自己用小楷寫了，不過為的是拿在手中看著便易。我豈不知閨閣中詩詞字跡是輕易往外傳誦不得的？自從妳說了，我總沒拿出園子去。」

……寶釵道：「林妹妹這慮得也是。你既寫在扇子上，偶然忘記了，拿在書房裡去，被相公們看見了，豈有不問是誰做的呢。倘或傳揚開了，反為不美。自古道『女子無才便是德』，總以貞靜為主，女工還是第二件。其餘詩詞之類，不過是閨中遊戲，原可以會，可以不會。咱們這樣人家的姑娘，倒不要這些才華的名譽。」

因又笑向黛玉道：「拿出來給我看看無妨，只不叫寶兄弟拿出去就是了。」

黛玉笑道：「既如此說，連妳也可以不必看了。」

又指著寶玉笑道：「他早已搶了去了。」寶玉聽了，方自懷內取出，湊至寶釵身旁，一同細看。只見寫道：

【西施】

一代傾城逐浪花，吳宮空自憶兒家。
效顰莫笑東村女，頭白溪邊尚浣紗。

【虞姬】

腸斷烏騅夜嘯風，虞兮幽恨對重瞳[5]。

5. **重瞳**——眼中有兩個瞳孔。這裡代指項羽。

黥彭甘受他年醢，飲劍何如楚帳中。[6]

【明妃】

絕艷驚人出漢宮，紅顏命薄古今同。

君王縱使輕顏色，予奪[7]權何畀[8]畫工？

【綠珠】[9]

瓦礫明珠一例抛，何曾石尉重嬌嬈！

都緣頑福前生造，更有同歸慰寂寥。

【紅拂】[10]

長揖雄談態自殊，美人巨眼識窮途。

屍居餘氣[11]楊公幕，豈得羈縻女丈夫！

6.「**黥彭**」二句——意謂與其像黥布、彭越那樣甘受醢（音海）刑，何如像虞姬那樣自刎於楚帳之中。**醢刑**，把人剁成肉醬的一種刑罰。

7.予奪——賜予和剝奪。

8.畀（音畢）——給予。

9.綠珠——晉代石崇的侍妾。孫秀想要綠珠，石崇不給，孫遂假傳皇帝詔命逮捕石崇，綠珠跳樓，石崇也被處死。

10.紅拂——唐代杜光庭《虬髯客傳》的女主人公，姓張，初為隋朝大臣楊素的侍女，後私奔李靖。

寶玉看了，贊不絕口，又說道：「妹妹這詩，恰好只做了五首，何不就命名曰《五美吟》。」於是不容分說，便提筆寫在後面。

……寶釵亦說道：「做詩不論何題，只要善翻古人之意。若要隨人腳蹤走去，縱使字句精工，已落第二義，究竟算不得好詩。即如前人所詠昭君之詩甚多，有悲挽昭君的，有怨恨延壽的，又有譏漢帝不能使畫工圖貌賢臣而畫美人的，紛紛不一。「後來王荊公復有『意態由來畫不成，當時枉殺毛延壽』；永叔有『耳目所見尚如此，萬里安能制夷狄』。二詩俱能各出己見，不襲前人。今日林妹妹這五首詩，亦可謂命意新奇，別開生面了。」

……仍欲往下說時，只見有人回道：「璉二爺回來了。適才外間

她在楊家時手執紅拂，見李靖時自稱「紅拂妓」。

11.屍居餘氣——本形容人之將死，此借以形容楊素老朽，無所作為。

傳說，往東府裡去了好一會了，想必就回來的。」寶玉聽了，連忙起身，迎至大門以內等待。恰好賈璉自外下馬進來。於是寶玉先迎著賈璉跪下，口中給賈母、王夫人等請了安，又給賈璉請了安。二人攜手走了進來。

⋯只見李紈、鳳姐、寶釵、黛玉、迎、探、惜等早在中堂等候，一一相見已畢。因聽賈璉說道：「老太太明日一早到家，一路身體甚好。今日先打發了我來回家看視，明日五更，仍要出城迎接。」說畢，眾人又問了些路途的景況。因賈璉是遠路適歸，遂大家別過，讓賈璉回房歇息。一宿晚景，不必細述。

⋯至次日飯時前後，果見賈母、王夫人等到來。眾人接見已畢，略坐了一坐，吃了一杯茶，便領了王夫人等人過寧府中來。

只聽見裡面哭聲震天，卻是賈赦、賈璉送賈母到家，即過這邊來了。

當下賈母進入裡面，早有賈赦、賈璉率領族中人哭著迎了出來。他父子一邊一個挽了賈母，走至靈前，又有賈珍、賈蓉跪著，撲入賈母懷中痛哭。

賈母暮年人，見此光景，亦摟了珍、蓉等痛哭不已。賈赦、賈璉在旁苦勸，方略略止住。又轉至靈右，見了尤氏婆媳，不免又相持大痛一場。哭畢，眾人方上前一一請安問好。

……賈珍因賈母才回家來，未得歇息，坐在此間看著，未免要傷心，遂再三求賈母回家，王夫人等亦再三相勸。賈母不得已，方回來了。

果然，年邁的人禁不住風霜傷感，至夜間，便覺頭悶身酸，鼻塞聲重。連忙請了醫生來診脈下藥，足足的忙亂了半夜一日。幸而發散得快，未曾傳經[12]，至三更天，些須發了點汗，脈靜身涼，大家方放了心。至次日仍服藥調理。

……又過了數日，乃賈敬送殯之期，賈母猶未大愈，遂留寶玉在家侍奉。鳳姐因未曾甚好，亦未去。其餘賈赦、賈璉、邢夫人、王夫人等率領家人僕婦，都送至鐵檻寺，至晚方回。賈珍、尤氏並賈蓉仍在寺中守靈，等過百日後，方扶柩回籍。家中仍托尤老娘並二姐、三姐照管。

……※……※……※……

……卻說賈璉素日既聞尤氏姊妹之名，恨無緣得見。近因賈敬停靈在家，每日與二姐、三姐相識已熟，不禁動了垂涎之意。況知與賈珍、賈蓉等素有聚麀[13]之誚，因而乘機百般撩撥，眉目傳情。

12. 傳經——人體外感風寒通過經絡傳至全身。

13. 聚麀（音優）——指父子共占一個女子的禽獸行為。

那三姐卻只是淡淡相對，只有二姐也十分有意，但只是眼目眾多，無從下手。賈璉又怕賈珍吃醋，不敢輕動，只好二人心領神會而已。

……此時出殯以後，賈珍家下人少，除尤老娘帶領二姐、三姐並幾個粗使的丫鬟、老婆子在正室居住外，其餘婢妾都隨在寺中。外面僕婦，不過晚間巡更，日間看守門戶，白日無事，亦不進裡面去。所以賈璉便欲趁此下手，遂托相伴賈珍為名，亦在寺中住宿，又時常借著替賈珍料理家務，不時至寧府中來勾搭二姐。

……一日，有小管家俞祿來回賈珍道：「前者所用棚杠孝布並請杠人青衣，共使銀一千一百十兩，除給銀五百兩外，仍欠六百零十兩。昨日兩處買賣人俱來催討，奴才特來討爺的示下。」

賈珍道：「你向庫上去領就是了，這又何必來問我。」

⋯俞祿道：「昨日已曾向庫上去領，但只是老爺賓天以後，各處支領甚多，所剩還要預備百日道場及廟寺中用度，此時竟不能發給。所以小奴才今日特來回爺，或者爺內庫裡暫且發給，或者挪借何項，吩咐了奴才好辦。」

賈珍笑道：「你還當是先呢，有銀子放著不使。你無論哪裡暫且借了給他罷。」

俞祿笑回道：「若說一二百，還可以巴結，這四五百兩，一時哪裡辦得來！」

⋯賈珍想了一想，向賈蓉道：「你問你娘去，昨日出殯以後，有江南甄家送來打祭銀五百兩，未曾交到庫上去，你先要了來，給他去罷。」

賈蓉答應了，連忙過這邊來，回了尤氏，復轉來回他父親道：「昨日那項銀子已使了二百兩，下剩的三百兩，令人送至家中，交與老娘收了。」

賈珍道：「既然如此，你就帶了他去，向你老娘要了出來交給他。再也瞧瞧家中有事無事，問你兩個姨娘好。下剩的，俞祿先借了添上罷。」

……賈蓉與俞祿答應了，方欲退出，只見賈璉走了進來。俞祿忙上前請了安。賈璉便問何事，賈珍一一告訴了。

賈璉心中想道：「趁此機會，正可至寧府尋二姐。」一面遂說道：「這有多大事，何必向人借去。昨日我方得了一項銀子，還沒有使呢，莫若給他添上，豈不省事？」

賈珍道：「如此甚好。你就吩咐了蓉兒，一並令他取去。」

賈璉忙道：「這必得我親身取去。再我這幾日沒回家了，還要給老太太、老爺、太太們請請安去。到大哥那邊查查家人們有無生事，再也給親家太太請請安。」

賈珍笑道：「只是又勞動你，我心裡倒不安。」

賈璉也笑道：「自家兄弟，這又何妨。」

賈珍又吩咐賈蓉道：「你跟了你叔叔去，也到那邊給老太太、老爺、太太們請安，說我和你娘都請安，打聽打聽老太太身上可大安了，還服藥呢沒有？」

賈蓉一一答應了，跟隨賈璉出來，帶了幾個小廝，騎上馬，一同進城。

……在路叔姪閒話。賈璉有心，便提到尤二姐，因誇說如何標緻，如何做人好，舉止大方，言語溫柔，無一處不令人可敬可愛，「人人都說你嬸子好，據我看哪裡及你二姨一零兒呢。」

賈蓉揣知其意，便笑道：「叔叔既這麼愛她，我給叔叔作媒，說了做二房何如？」

賈璉笑道：「敢是好呢。只怕你嬸子不依，再也怕你老娘不願意。況且我聽見說，你二姨已有了人家了。」

……賈蓉道：「這都無妨。我二姨、三姨都不是我老爺養的，原是我老娘帶了來的。聽見說我老娘在那一家時，就把我二姨許給皇糧莊頭張家，指腹為婚。後來張家遭了官司，敗落了，我老娘又自那家嫁了出來，如今這十數年，兩家音信不通。

「我老娘時常報怨，要與他家退婚，我父親也要將二姨轉聘。只等有了好人家，不過令人找著張家，給他數兩銀子，寫上一張退婚的字兒。想張家窮極了的人，見了銀子，有什麼不依的。

「再他也知道咱們這樣的人家，也不怕他不依。又是叔叔這樣人說了做二房，我管保我老娘和我父親都願意。倒只是嬸子那裡卻難。」賈璉聽到這裡，心花都開了，哪裡還有什麼話說，只是一味呆笑而已。

……賈蓉又想了一想，笑道：「叔叔若有膽量，依我的主意行去，管保無妨，不過多花上幾個錢。」

賈璉忙道：「有何主意，快些說來，我沒有不依的。」

賈蓉道：「叔叔回家，一點聲色也別露。等我回明了我父親，向我老娘說妥，然後在咱府後方近左右，買上一所房子及應用傢伙什物，再撥兩窩子家下人過去服侍。擇了日子，人不知鬼不覺娶了過去，囑咐家人不許走漏風聲。

「嫂子在裡面住著，深宅大院，哪裡就得知道了。叔叔兩下裡住著，過個一年半載，即或鬧出來，不過挨上老爺一頓罵。叔叔只說嬸子總不生育，原是為子嗣起見，所以私自在外面作成此事。就是嬸子，見生米做成熟飯，也只得罷了。再求一求老太太，沒有不完的事。」

…自古道「慾令智昏」，賈璉只顧貪圖二姐美色，聽了賈蓉一篇話，遂為計出萬全，將現今身上有服，並停妻再娶，嚴父妒妻種種不妥之處，皆置之度外了。

卻不知賈蓉亦非好意，素日因同他兩個姨娘有情，只因賈珍在內，不能暢意。

如今若是賈璉娶了，少不得在外居住，趁賈璉不在時，好去鬼混之意。賈璉哪裡意想及此，遂向賈蓉致謝道：「好姪兒，你果然能夠說成了，我買兩個絕色的丫頭謝你。」

…說著，已至寧府門首。賈蓉說道：「叔叔進去，向我老娘要出銀子來，就交給俞祿罷。我先給老太太請安去。」

賈璉含笑點頭道：「老太太跟前，別提我和你一同來的。」

賈蓉道：「知道。」又附耳向賈璉道：「今日要遇見二姨，可別性急了，鬧出事來，往後倒難辦了。」

賈璉笑道：「少胡說！你快去罷。我在這裡等你。」於是賈蓉自去給賈母請安。

……賈璉進入寧府，早有家人頭兒率領家人等請安，一路圍隨至廳上。賈璉一一的問了些話，不過塞責而已，便命家人散去，獨自往裡面走來。原來賈璉、賈珍素日親密，又是弟兄，本無可避忌之人，自來是不等通報的。於是走至上房，早有廊下伺侯的老婆子打起簾子，讓賈璉進去。

……賈璉進入房中一看，只見南邊炕上只有尤二姐帶著兩個丫鬟一處做活，卻不見尤老娘與三姐兒。賈璉忙上前問好相見。

尤二姐亦含笑讓坐，賈璉便靠東邊板壁坐了，仍將上首讓與二姐兒。

說了幾句見面情，便笑問道：「親家太太和三妹妹哪裡去了。怎麼不見？」

尤二姐笑道：「才有事往後頭去了，也就來的。」此時，伺候的丫鬟因倒茶去，無人在跟前，賈璉不住的拿眼瞟著二姐兒。

二姐低了頭，只含笑不理。

……賈璉又不敢造次動手動腳，因見二姐手中拿著一條拴著荷包的絹子擺弄，便搭訕著往腰內摸了摸，說道：「檳榔荷包也忘記帶了來，妹妹有檳榔，賞我一口吃。」

二姐道：「檳榔倒有，只是我的檳榔從來不給人吃。」

賈璉便笑著，欲近身來拿。二姐兒怕人看見不雅，便連忙一笑，撂了過來。賈璉接在手中，都倒了出來，揀了半塊吃剩下的撂在口中吃了，又將剩下的都揣了起來。剛要把荷包親身送過去，只見兩個丫鬟倒了茶來。

……賈璉一面接了茶吃茶，一面暗將自己帶的一個漢玉九龍珮解了下來，拴在手絹上，趁丫鬟回頭時，仍撂了過去。二姐兒亦不去拿，只裝看不見，仍坐著吃茶。

只聽後面一陣簾子響，卻是尤老娘、三姐兒帶著兩個小丫頭自後面走來。賈璉送目與二姐，令其拾取，這尤二姐亦只是不理。賈璉不知二姐何意，甚是著急，

只得迎上來與尤老娘、三姐相見。一面又回頭看二姐時，只見二姐笑著，沒事人似的，再又看一看手巾，已不知哪裡去了，賈璉方放了心。

……於是大家歸坐後，敘了些閒話。賈璉說道：「大嫂子說，前

日有一包銀子交給親家太太收起來了，今日因要還人，大哥令我來取。再也看看家裡有事無事。」

尤老娘聽了，連忙使二姐拿鑰匙去取銀子。

……這裡賈璉又說道：「我也要給親家太太請請安，瞧瞧二位妹妹。親家太太臉面倒好，只是二位妹妹在我們家裡受委屈。」

尤老娘笑道：「咱們都是至親骨肉，說哪裡的話。在家裡也是住著，在這裡也是住著。不瞞二爺說，我們家裡自從先夫去世，家計也著實艱難了，全虧了這裡姑爺幫助。如今姑爺家裡有了這樣大事，我們不能別的出力，白看一看家還有什麼委屈了的呢。」

正說著，二姐兒已取了銀子來，交與尤老娘。尤老娘便遞與賈璉。賈璉叫一個小丫頭叫了一個老婆子來，吩咐她道：「妳把這個交給俞祿，叫他拿過那邊去等我。」老婆子答應了出去。

……只聽得院內是賈蓉的聲音說話。須臾進來，給他老娘、姨娘請了安，又向賈璉笑道：「才剛老爺還問叔叔呢，說是有什麼事情要使喚。原要使人到寺裡去叫，我回老爺說，叔叔就來。老爺還吩咐我，路上遇著叔叔叫快去呢。」

……賈璉聽了，忙要起身，又聽賈蓉和他老娘說道：「那一次我和老太太說的，我父親要給二姨說的姨爹，就和我這叔叔的面貌身量差不多兒。老太太說好不好，」一面說著，又悄悄的用手指著賈璉，和他二姨努嘴。二姐兒倒不好意思說什麼，只見三姐笑罵道：「壞透了的小猴兒崽子！沒了你娘的說的了，等我撕他那嘴！」一面說著，便趕了過來。

賈蓉早笑著跑了出去，賈璉也笑著辭了出來。走至廳上，又吩咐了家人們不可耍錢吃酒等話；又悄悄的央賈蓉，回去急速和他父親說。一面便帶了俞祿過來，將銀子添足，交給他拿去。一面自己見他父親，給賈母去請安，不提。

……卻說賈蓉見俞祿跟了賈璉去取銀子，自己無事，便仍回至裡面，和他兩個姨娘嘲戲一回，方起身。至晚到寺，見了賈珍回道：「銀子已經交給俞祿了。老太太已大愈了，如今已經不服藥了。」說畢，又趁便將路上賈璉要娶尤二姐做二房之意說了。又說如何在外面置房子住，不使鳳姐知道。「此時總不過為的是子嗣艱難起見，為的是二姨是見過的，親上做親，比別處不知道的人家說了來的好。所以二叔再三央我對父親說。」只不說是他自己的主意。

……賈珍想了想，笑道：「其實倒也罷了。只不知你二姨心中願意不願意。明日你先去和你老娘商量，叫你老娘問準了你二姨，再作定奪。」

於是又教了賈蓉一篇話，便走過來，將此事告訴了尤氏。尤氏卻知此事不妥，因而極力勸止。無奈賈珍主意已定，素日又是順從慣了的，況且她與二姐本非一母，不便深管，因而也只得由他們鬧去了。

……至次日一早，果然賈蓉復進城來見他老娘，將他父親之意說了，又添上許多話，說賈璉做人如何好，目今鳳姐身子有病，已是不能好的了，暫且買了房子，在外面住著，過個一年半載，只等鳳姐一死，便接了二姨進去做正室。又說他父親此時如何聘，賈璉那邊如何娶，如何接了妳老人家養老，往後三姨兒也是那邊應了替聘，說得天花亂墜，不由得尤老娘不肯。況且素日全虧賈珍周濟，此時又是賈珍作主替聘，而且妝奩不用自己置買，賈璉又是青年公子，比張華勝強十倍，遂連忙過來與二姐商議。二姐又是水性的人，在先已和姐夫不妥，又常怨恨當時錯許張華，致使後來終身失所，今見賈璉有情，況是姐夫將她聘嫁，有何不肯，也便點頭依允。當下回覆了賈蓉，賈蓉回了他父親。

……次日命人請了賈璉到寺中來，賈珍當面告訴了他尤老娘應允之事。賈璉自是喜出望外，又感謝賈珍、賈蓉父子不盡。於是三人商議著，使人看房子，打首飾，給二姐置買妝奩及新房中應用床帳等物。不過幾日，早將諸事辦妥。已於寧榮街後二里遠近小花枝巷內買定一所房子，共二十餘間。又買了兩個小丫鬟。

只是府裡家人不敢擅動，外頭買人又怕不知心腹，走漏了風聲，忽然想起家人鮑二來。當初因和他女人偷情，被鳳姐打鬧了一陣，含羞吊死了，賈璉給了二百銀子，叫他另娶一個。那鮑二向來卻就和廚子多渾蟲的媳婦多姑娘有一手兒，後來多渾蟲酒癆死了，這多姑娘兒見鮑二手裡從容了，便嫁了鮑二。況且這多姑娘兒原也和賈璉好的，此時都搬出外頭住著。

賈璉一時想起來，便叫了他兩口兒到新房子裡來，預備二姐兒過來時服侍。那鮑二兩口子聽見這個巧宗兒，如何不來呢。

∴卻說張華之祖，原當皇糧莊頭，後來死去。至張華父親時，仍充此役，因與尤老娘前夫相好，所以將張華與尤二姐指腹為婚。

後來不料遭了官司，敗落了家產，弄得衣食不周，哪裡還娶得起媳婦呢。尤老娘又自那家嫁了出來。兩家有十數年音信不通。今被賈府家人喚至，逼他與二姐退婚，心中雖不願意，無奈懼怕賈珍等勢焰，不敢不依，只得寫了一張退婚文約。尤老娘與銀十數兩銀子，兩家退親不提。

……這裡賈璉等見諸事已妥，遂擇了初三黃道吉日，以便迎娶二姐兒過門。未知如何，下回分解。

◎第六五回◎

賈二舍[1]偷娶尤二姨
尤三姐思嫁柳二郎

……話說賈璉、賈珍、賈蓉等三人商議，事事妥貼，至初二日，先將尤老和三姐送入新房。尤老一看，雖不似賈蓉口內之言，也十分齊備，母女二人已稱了心。鮑二夫婦見了如一盆火，趕著尤老一口一聲喚老娘，又或是老太太；趕著三姐喚三姨，或是姨娘。至次日五更天，一乘素轎，將二姐抬來。各色香燭、紙馬，並鋪蓋以及酒飯，早已備得十分妥當。一時，賈璉素服坐了小轎而來，拜過天地，焚了紙馬。那尤老見二姐身上頭上煥然一新，不是在家模樣，十分得意。攙入洞房。是夜賈璉同她顛鸞倒鳳，百般恩愛，不消細說。

……那賈璉越看越愛，越瞧越喜，不知怎生奉承這二姐，乃命鮑二等人不許提三說二的，直以「奶奶」稱之，自己也稱「奶奶」，竟將鳳姐一筆勾倒。

有時，回家中只說在東府有事羈絆，鳳姐輩因知他和賈珍相得，自然是或有事商議，也不疑心。再家下人雖多，都不管這些事。便有那遊手好閒、專打聽小事的人，也都去奉承賈璉，乘機討些便宜，誰肯去露風。於是賈璉深感賈珍不盡。

……賈璉一月出五兩銀子，做天天的供給。若不來時，她母女三人一處吃飯；若賈璉來了，他夫妻二人一處吃，她母女便回房自吃。

賈璉又將自己積年所有的梯己，一併搬了與二姐收著；又將鳳姐素日之為人行事，枕邊衾內，盡情告訴了她，只等一死，便接她進去。二姐聽了，自是願意。當下十來個人，倒也過

1. 二舍——意指二公子，二少爺。舍，即舍人。宋元以來俗稱貴族官家子弟為舍人。

起日子來，十分豐足。

……眼見已是兩個月光景。這日，賈珍在鐵檻寺作完佛事，晚間回家時，因與他姨妹久別，竟要去探望探望。先命小廝去打聽賈璉在與不在。小廝回來說不在。賈珍歡喜，將左右一概先遣回去，只留兩個心腹小童牽馬。一時到了新房，已是掌燈時分，悄悄入去。兩個小廝將馬拴在圈內，自往下房去聽候。

※……※……※

……賈珍進來，屋內才點燈，先看過了尤氏母女，然後二姐出見，賈珍仍喚「二姨」。大家吃茶，說了一回閒話。

賈珍因笑說：「我作的這保山如何？若錯過了，打著燈籠還沒處尋，過日妳姐姐還備了禮來瞧妳們呢。」說話之間，尤二姐已命人預備下酒饌，關起門來，都是一家人，原無避諱。

……那鮑二來請安，賈珍便說：「你還是個有良心的小子，所以叫你來服侍。日後自有大用你之處，不可在外頭吃酒生事。我自然賞你。倘或這裡短了什麼，你璉二爺事多，那裡人雜，你只管去回我。我們弟兄，不比別人。」

鮑二答應道：「是，小的知道。若小的不盡心，除非不要這腦袋了。」

賈珍點頭說：「要你知道就好。」

……當下四人一處吃酒。尤二姐知局[2]，便邀她母親說：「我怪怕的，媽同我到那邊走走來。」尤老也會意，便真個同她出來，只剩小丫頭們。賈珍便和三姐挨肩擦臉，百般輕薄起來。小丫頭子們看不過，也都躲了出去，憑他兩個自在取樂，不知

2. 知局——知趣、識相。

作些什麼勾當。

……跟的兩個小廝都在廚下和鮑二飲酒，鮑二女人上灶。忽見兩個丫頭也走了來，嘲笑要吃酒。鮑二因說：「姐兒們不在上頭服侍，也偷懶來了。一時叫起來沒人，又是事。」他女人罵道：「胡塗渾嗆了的忘八！你撞喪[3]那黃湯罷。撞喪醉了，夾著你那膫子[4]挺你的尸去！叫不叫，與你屄相干！一應有我承當，風雨橫豎洒不著你頭上來。」

這鮑二原是因妻子發跡的，近日越發虧他。自己除賺錢吃酒之外，一概不管，賈璉等也不肯責備她，故他視妻如母，百依百隨，且吃夠了，便去睡覺。這裡鮑二家的陪著這些丫鬟、小廝吃酒，討他們的好，準備在賈珍前上些好話兒。

……四人正吃得高興，忽聽扣門之聲，鮑二家的忙出來開門，

3. 撞喪—咒人瞎跑亂撞。

4. 膫子—穢語，指男子生殖器。

看時，見是賈璉下馬，問有事無事。鮑二女人便悄悄告他說：「大爺在這裡西院裡呢。」賈璉聽了，便回至臥房。只見尤二姐和她母親都在房中，見他來了，二人面上便有些訕訕的。

賈璉反推不知，只命：「快拿酒來！咱們吃兩杯好睡覺。我今日很乏了。」尤二姐忙上來陪笑，接衣捧茶，問長問短。賈璉喜得心癢難受。一時，鮑二家的端上酒來，二人對飲。他丈母不吃，自回房中睡去了。兩個小丫頭分了一個過來服侍。

⋯⋯賈璉的心腹小童隆兒拴馬去，見已有了一匹馬，細瞧一瞧，知是賈珍的，心下會意，也來廚下。只見喜兒、壽兒兩個正在那裡坐著吃酒，見他來了，也都會意，故笑道：「你這會子來得巧。我們因趕不上爺的馬，恐怕犯夜，往這裡來借宿一宵的。」隆兒便笑道：「有的是炕，只管睡。我是二爺使我送月銀的，交給了奶奶，我也不回去了。」

喜兒便說：「我們吃多了，你來吃一鍾。」

隆兒才坐下，端起杯來，忽聽馬棚內鬧將起來。原來二馬同槽，不能相容，互相蹶踢起來。隆兒等慌得忙放下酒杯，出來喝馬，好容易喝住，另拴好了，方進來。鮑二家的笑說：「你三人就在這裡罷，茶也現成了，我可去了。」說著，帶門出去。

……這裡喜兒喝了幾杯，已是楞子眼[5]了。隆兒壽兒關了門，回頭見喜兒直挺挺的仰臥炕上，二人便推他說：「好兄弟，起來好生睡，只顧你一個人，我們就苦了。」那喜兒便說道：「咱們今兒可要公公道道的貼一爐子燒餅，要有一個充正經的人，我痛把你媽一肏！」隆兒壽兒見他醉了，也不必多說，

5. 楞子眼——不正常地直瞪著眼。

只得吹了燈，將就睡下。

……尤二姐聽見馬鬧，心下便不自安，只管用言語混亂賈璉。那賈璉吃了幾杯，春興發作，便命收了酒果，掩門寬衣。

尤二姐只穿著大紅小襖，散挽烏雲，滿臉春色，比白日更增了顏色。賈璉摟她笑道：「人人都說我們那夜叉婆齊整，如今我看來，給妳拾鞋也不要。」

尤二姐道：「我雖標緻，卻無品行。看來到底是不標緻的好。」

賈璉忙問道：「這話如何說？我卻不解。」

尤二姐滴淚說道：「你們拿我作愚人待，什麼事我不知道？我如今和你做了兩個月夫妻，日子雖淺，我也知你不是愚人。我生是你的人，死是你的鬼，如今既作了夫妻，我終身靠你，豈敢瞞藏一字。我算是有靠，將來我妹子卻如何結果？據我看來，這個形景，恐非長策，要作長久之計方可。」

賈璉聽了笑道：「妳且放心，我不是拈酸吃醋之輩。前事我已盡知，你也不必驚慌。妳因妹夫是作兄的，自然不好意思，不如我去破了這例。」說著走了，便至西院中來，只見窗內燈燭輝煌，二人正吃酒取樂。

……賈璉便推門進去，笑說：「大爺在這裡，兄弟來請安。」賈珍羞得無話，只得起身讓坐。

賈璉忙笑道：「何必又作如此景象，咱們弟兄從前是如何樣來！大哥為我操心，我今日粉身碎骨，感激不盡。大哥若多心，我意何安。從此以後，還求大哥如昔方好；不然兄弟寧能可絕後，再不敢到此處來了。」說著，便要跪下。

……慌得賈珍連忙攙起，只說：「兄弟怎麼說，我無不領命。」

賈璉忙命人：「看酒來，我和大哥吃兩杯。」又拉尤三姐說：「妳過來，陪小叔子一杯。」賈珍笑著說：「老二，到底是你，哥哥必要吃乾這鍾。」說著一揚脖。

……尤三姐站在炕上，指賈璉笑道：「你不用和我花馬吊嘴[6]的，咱們清水下雜麵，你吃我看！見提著影戲人子[7]上場，好歹別戳破這層紙兒。你別油蒙了心，打量我們不知道你府上的事！這會子花了幾個臭錢，你們哥兒倆拿著我們姐兒兩個權當粉頭來取樂兒，你們就打錯了算盤了！

「我也知道你那老婆太難纏，如今把我姐姐拐了來做二房，偷的鑼兒敲不得。我也要會會那鳳奶奶去，看她是幾個腦袋，幾隻手。若大家好取和便罷；倘若有一點叫人過不去，我有本事不先把你兩個的牛黃狗寶[8]掏了出來，再和那潑婦拚了這命，也不算是尤三姑奶奶！喝酒怕什麼，咱們就喝！」

說著，自己綽[9]起壺來斟了一杯，自己先喝了半杯，摟過賈璉

6.**花馬吊嘴**——花言巧語地耍嘴皮子。

7.**影戲人子**——影戲中用皮或紙剪的人物。

8.**牛黃狗寶**——兩種中藥，均為結石，前者生在病牛的膽內，後者長於癩狗的腹中。這裡用來罵人黑心腸。

9.**綽**——拿起，抓起。

的脖子來就灌，說：「我和你哥哥已經吃過了，咱們來親香[10]親香！」唬得賈璉酒都醒了。

……賈珍也不承望尤三姐這等無恥老辣。弟兄兩個本是風月場中耍慣的，不想今日反被這閨女一席話說住。尤三姐一疊聲又叫：「將姐姐請來！要樂咱們四個一處同樂。俗語說『便宜不過當家』，他們是弟兄，咱們是姊妹，又不是外人，只管上來。」尤二姐反不好意思起來。賈珍得便就要一溜，尤三姐哪裡肯放。賈珍此時方後悔，不承望她是這種為人，與賈璉反不好輕薄起來。

……這尤三姐鬆鬆挽著頭髮，大紅襖子半掩半開，露著蔥綠抹胸，一痕雪脯。底下綠褲紅鞋，一對金蓮或翹或並，沒半刻斯文。兩個墜子卻似打鞦韆一般，燈光之下，越顯得柳眉籠

10. 親香──親熱。

翠霧，檀口點丹砂。本是一雙秋水眼，再吃了酒，又添了餳澀淫浪，不獨將她二姊壓倒，據珍璉評去，所見過的上下貴賤若干女子，皆未有此綽約風流者。

二人已酥麻如醉，不禁去招她一招，她那淫態風情，反將二人禁住。那尤三姐放出手眼來略試了一試，他弟兄兩個竟全然無一點別識別見，連口中一句響亮話都沒了，不過是酒色二字而已。自己高談闊論，任意揮霍洒落一陣，拿他弟兄二人嘲笑取樂，竟真是她嫖了男人，並非男人淫了她。一時，她的酒足興盡，也不容他弟兄多坐，攆了出去，自己關門睡去了。

……自此後，或略有丫鬟、婆娘不到之處，便將賈珍、賈璉、賈蓉三個潑聲厲言痛罵，說他爺兒三個誆騙了她寡婦孤女。賈珍回去之後，以後亦不敢輕易再來，有時，尤三姐自己高了興，悄命小廝來請，方敢去一會；到了這裡，也只好隨她的便。

誰知這尤三姐天生脾氣不堪，仗著自己風流標緻，偏要打扮得出色，另式作出許多萬人不及的淫情浪態來，哄得男子們垂涎落魄，欲近不能，欲遠不捨，迷離顛倒，她以為樂。

……她母姊二人也十分相勸，她反說：「姐姐糊塗！咱們金玉一般的人，白叫這兩個現世寶沾汙了去，也算無能。而且他家有一個極利害的女人，如今瞞著她不知，咱們方安。倘或一日她知道了，豈有干休之理！勢必有一場大鬧，不知誰生誰死。趁如今，我不拿他們取樂作踐准折，到那時白落個臭名，後悔不及！」因此一說，她母女見不聽勸，也只得罷了。

……那尤三姐天天挑揀穿吃，打了銀的，又要金的，有了珠子，又要寶石，吃的肥鵝，又宰肥鴨。或不趁心，連桌一推；衣裳不如意，不論綾緞新整，便用剪刀剪碎，撕一條，罵一句，究竟賈珍等何曾遂意了一日，反花了許多昧心錢。

……賈璉來了，只在二姐房內，心中也悔上來。無奈二姐倒是個多情人，以為賈璉是終身之主了，凡事倒還知疼著癢。若論起溫柔和順，凡事必商必議，不敢恃才自專，實較鳳姐高十倍；若論標緻，言談行事，也勝五分。雖然如今改過，但已經失了腳，有了一個「淫」字，憑她有甚好處，也不算了。偏這賈璉又說：「誰人無錯？知過必改就好。」故不提已往之淫，只取現今之善，便如膠投漆，似水如魚，一心一計，誓同生死，哪裡還有鳳、平二人在意了？

…二姐在枕邊衾內，也常勸賈璉說：「你和珍大哥商議商議，揀個熟的人，把三丫頭聘了罷。留著她不是常法子，終久要生出事來，怎麼處？」

賈璉道：「前日我曾回過大哥的，他只是捨不得。我說『是塊肥羊肉，只是燙得慌；玫瑰花兒可愛，刺太扎手。咱們未必降得住，正經揀個人聘了罷。』他只意意思思，就丟開手了。你叫我有何法？」

二姐道：「你放心。咱們明日先勸三丫頭，她肯了，讓她自己鬧去。鬧得無法，少不得聘她。」

賈璉聽了說：「這話極是。」

…至次日，二姐另備了酒，賈璉也不出門，至午間特請她小妹過來，與她母親上坐。尤三姐便知其意，酒過三巡，不用姐姐開口，先便滴淚泣道：「姐姐今日請我，自有一番大禮要說。但妹子不是那愚人，也不用絮絮叨叨提那從前醜事，我已盡知，說也無益。既如今姐姐也得了好處安身，媽也有了安身之處，我也要自尋歸結去，方是正理。「但終身大事，一生至一死，非同兒戲。我如今改過守分，只要我揀一個素日可心如意的人，方跟他去。若憑你們揀擇，雖是富比石崇，才過子建，貌比潘安的，我心裡進不去，也白過了一世。」

……賈璉笑道：「這也容易。憑妳說是誰就是誰，一應彩禮都有我們置辦，母親也不用操心。」

尤三姐泣道：「姐姐知道，不用我說。」賈璉笑問二姐是誰，二姐一時也想不起來。

大家想來，賈璉便道：「定是此人無疑了！」便拍手笑道：「我知道了。這人原不差，果然好眼力！」

二姐笑問是誰，賈璉笑道：「別人她如何進得去，一定是寶玉。」二姐與尤老聽了，亦以為然。

……尤三姐便啐了一口，道：「我們有姊妹十個，也嫁你弟兄十個不成。難道除了你家，天下就沒了好男子了不成？」眾人聽了都詫異：「除去他，還有哪一個？」尤三姐笑道：「別只在眼前想，姐姐只在五年前想，就是了。」

……正說著，忽見賈璉的心腹小廝興兒走來請賈璉，說：「老爺那邊緊等著叫爺呢。小的答應往舅老爺那邊去了，小的連忙來請。」賈璉又忙問：「昨日家裡沒人問？」興兒道：「小的回奶奶說，爺在家廟裡同珍大爺商議作百日的事，只怕不能來家。」賈璉忙命拉馬，隆兒跟隨去了，留下興兒答應人來事務。

⋯⋯尤二姐拿了兩碟菜，命拿大杯斟了酒，就命興兒在炕沿下蹲著吃，一長一短向他說話兒。問他家裡奶奶多大年紀，怎個利害的樣子，老太太多大年紀，太太多大年紀，姑娘幾個，各樣家常等語。

興兒笑嘻嘻的在炕沿下一頭吃，一頭將榮府之事備細告訴她母女。又說：「我是二門上該班的人。我們共是兩班，一班四個，共是八個。這八個人有幾個是奶奶的心腹，有幾個是爺的心腹。奶奶的心腹，我們不敢惹；爺的心腹，奶奶的人就敢惹。

「提起我們奶奶來告訴不得，奶奶心裡歹毒，口裡尖快。我們二爺也算是個好的，哪裡見得她！倒是跟前的平姑娘為人很好，雖然和奶奶一氣，她倒背著奶奶常作些個好事。小的們凡有了不是，奶奶是容不過的，只求求她去就完了。

「如今合家大小，除了老太太、太太兩個人，沒有不恨她的，只不過面子情兒怕她。皆因她一時看得人都不及她，只一味哄著老太太、太太兩個人喜歡。她說一是一，說二是二，沒人敢攔她。又恨不得把銀子錢省下來堆成山，好叫老太太、太太說她會過日子，殊不知苦了下人，她討好兒。

「估著有好事，她就不等別人去說，她先抓尖兒，或有了不好事或她自己錯了，她便一縮頭，推到別人身上來，她還在旁邊撥火兒。如今連她正經婆婆大太太都嫌了她，說她『雀兒揀著旺處飛，黑母雞一窩兒，自家的事不管，倒替人家去瞎張羅』。若不是老太太在頭裡，早叫過她去了。」

……尤二姐笑道：「你背著她這等說她，將來你又不知怎麼說我呢。我又差她一層兒，越發有得說了。」

興兒忙跪下說道：「奶奶要這樣說，小的不怕雷打！但凡小的們有造化，起先娶奶奶時，若得了奶奶這樣的人，小的們也少挨些打罵，也少提心吊膽的。如今跟爺的這幾個人，誰不背前背後稱揚奶奶聖德憐下？我們商量著叫二爺要出來，情願來答應奶奶呢。」

尤二姐笑道：「猴兒肏的，還不起來呢！說句玩話就唬得那樣起來。你們作什麼來？我還要找了你奶奶去呢。」

興兒連忙搖手說：「奶奶千萬不要去！我告訴奶奶，一輩子別見她才好。嘴甜心苦，兩面三刀，上頭一臉笑，腳下使絆子；明是一盆火，暗是一把刀：都占全了。只怕三姨的這張嘴還說她不過。奶奶這樣斯文良善的人，哪裡是她的對手！」

尤氏笑道：「我只以禮待她，她敢怎樣！」

…興兒道：「不是小的吃了酒，放肆胡說，奶奶便有禮讓，她看見奶奶比她標緻，又比她得人心，她怎肯干休善罷？人家是醋罐子，她是醋缸醋甕。凡丫頭們，二爺多看一眼，她有本事當著爺打個爛羊頭。

「雖然平姑娘在屋裡，大約一年二年之間兩個有一次到一處，她還要口裡掂十個過子呢，氣得平姑娘性子發了，哭鬧一陣，說：『又不是我自己尋來的，妳又浪著勸我，我原不依，妳反說我反了。這會子又這樣！』她一般的也罷了，倒央告平姑娘。」

…尤二姐笑道：「可是扯謊？這樣一個夜叉，怎麼反怕屋裡的人呢？」

興兒道：「這就是俗語說的『天下逃不過一個理字去』了。這平兒是她自幼的丫頭，陪了過來，一共四個，嫁人的嫁人，死的死了，只剩了這個心腹。她原為收了屋裡，一則顯她賢良名兒，二則又叫拴爺的心，好不外頭走邪路。

「又還有一段因果：我們家的規矩，凡爺們大了，未娶親之先，都先放兩個人服侍的。二爺原有兩個，誰知她來了沒半年，都尋出不是來，都打發出去了。別人雖不好說，自己臉上過不去，所以強逼著平姑娘作了房裡人。

「那平姑娘又是個正經人，從不把這一件事放在心上，也不會挑妻窩夫的，倒一味忠心赤膽服侍他，才容下了。」

……尤二姐笑道：「原來如此。但我聽見你們家還有一位寡婦奶奶和幾位姑娘。她這樣利害，這些人如何依得？」

興兒拍手笑道：「原來奶奶不知道。我們家這位寡婦奶奶，她的渾名叫作『大菩薩』，第一個善德人。

「我們家的規矩又大，寡婦奶奶們不管事，只宜清淨守節。妙在姑娘又多，只把姑娘們交給她，看書寫字，學針線，學道理，這是她的責任。除此，問事不知，說事不管。

「只因這一向她病了，事多，這大奶奶暫管幾日。究竟也無可管，不過是按例而行，不像她多事逞才。我們大姑娘不用說，但凡不好，也沒這段大福了。

「二姑娘的諢名是『二木頭』，戳一針，也不知『噯喲』一聲。

三姑娘的渾名是『玫瑰花』。」尤氏姊妹忙笑問何意。

……興兒笑道：「玫瑰花又紅又香，無人不愛的，只是有刺扎手。也是一位神道[11]，可惜不是太太養的，『老鴰窩裡出鳳凰』。

四姑娘小，她正經是珍大爺親妹子，因自幼無母，老太太命太太抱過來，養這麼大，也是一位不管事的。

「奶奶不知道，我們家的姑娘不算，另外有兩個姑娘，真是天上少有，地下無雙。一個是咱們姑太太的女兒，姓林，小名

11. 神道——比喻本領大、了不起的人物。

兒叫什麼黛玉，面龐身段和三姨不差什麼，一肚子文章，只是一身多病，這樣的天，還穿夾的出來，風兒一吹就倒了。我們這起沒王法的嘴，都悄悄的叫她『多病西施』。「還有一位姨太太的女兒，姓薛，叫什麼寶釵，竟是雪堆出來的。每常出門或上車，或一時院子裡瞥見一眼，我們鬼使神差，見了她們兩個，不敢出氣兒。」

……尤二姐笑道：「你們大家規矩，雖然你們小孩子進得去，然遇見小姐們，原該遠遠的藏開。」興兒搖手道：「不是，不是。那正經大禮，自然遠遠的藏開，自不必說。就藏開了，自己不敢出氣，是生怕這氣大了，吹倒了姓林的，氣暖了，吹化了姓薛的。」說得滿屋裡都笑起來了。不知端的，且聽下回分解。

◎第六六回◎

情小妹恥情歸地府
冷二郎一冷入空門

……話說鮑二家的打了興兒一下子，笑道：「原有些真的，叫你又編了這些混話，越發沒了捆兒[1]。你倒不像跟二爺的人，這些混話倒像是寶玉那邊的了。」尤二姐才要又問，忽見尤三姐笑問道：「可是你們家那寶玉，除了上學，他作些什麼？」

……興兒笑道：「姨娘別問他，說起來，姨娘也未必信。他長了這麼大，獨他沒有上過正經學堂。我們家從祖宗直到二爺，誰不是寒窗十載，偏他不喜歡讀書。

「老太太的寶貝，老爺先還管，如今也不

敢管了。成天家瘋瘋癲癲的，說的話人也不懂，幹的事人也不知。外頭人人看著好清俊模樣兒，心裡自然是聰明的，誰知是外清而內濁，見了人，一句話也沒有。

「所有的好處，雖沒上過學，倒難為他認得幾個字。每日也不習文，也不學武，又怕見人，只愛在丫頭群裡鬧。

「再者也沒剛柔，有時見了我們，喜歡時，沒上沒下大家亂玩一陣；不喜歡，各自走了，他也不理人。我們坐著臥著，見了他也不理，他也不責備。因此，沒人怕他，只管隨便，都過得去。」

……尤三姐笑道：「主子寬了，你們又這樣；嚴了，又抱怨。可知難纏。」

尤二姐道：「我們看他倒好，原來這樣！可惜了一個好胎子。」

尤三姐道：「姐姐信他胡說，咱們也不是見過一面兩面的？行

1. 沒了捆兒——沒有拘束，隨口亂說。

事、言談、吃喝，原有些女兒氣，那是天天只在裡頭慣了的。若說糊塗，哪些兒糊塗？

「姐姐記得穿孝時咱們同在一處，那日正是和尚們進來繞棺[2]，咱們都在那裡站著，他只站在頭裡擋著人。人說他不知禮，又沒眼色。過後，他沒悄悄的告訴咱們說：『姐姐不知道，我並不是沒眼色。想和尚們髒，恐怕氣味熏了姐姐們。』

「接著他吃茶，姐姐又要茶，那個老婆子就拿了他的碗去倒。他趕忙說：『我吃髒了的，另洗了再拿來。』這兩件上，我冷眼看去，原來他在女孩子們前，不管怎樣都過得去，只不大合外人的式，所以他們不知道。」

……尤二姐聽說，笑道：「依妳說，你兩個已是情投意合了。竟把妳許了他，豈不好？」三姐見有興兒，不便說話，只低頭

2. **繞棺**——人死後請和尚道士繞著棺材念經以超度亡魂。

嗑瓜子。

興兒笑道：「若論模樣兒、行事為人，倒是一對好的。只是他已有了，只未露形。將來准是林姑娘定了的。因林姑娘多病，二則都還小，故尚未及此。再過三二年，老太太便一開言，那是再無不准的了。」

大家正說話，只見隆兒又來了，說：「老爺有事，是件機密大事，要遣二爺往平安州去。不過三五日就起身，來回也得半月工夫。今日不能來了。請老奶奶早和二姨定了那事，明日爺來，好作定奪。」說著，帶了興兒，也回去了。

……這裡尤二姐命掩了門早睡，盤問她妹子一夜。至次日午後，賈璉方來了。尤二姐因勸他說：「既有正事，何必忙忙又來，千萬別為我誤事。」

賈璉道：「也沒甚事，只是偏偏的又出來了一件遠差。出了月就起身，得半月工夫才來。」

尤二姐道：「既如此，你只管放心前去，這裡一應不用你記掛。三妹子她從不會朝更暮改的。她已說了改悔，必是改悔的。她已擇定了人，你只要依她就是了。」

賈璉問是誰，尤二姐笑道：「這人此刻不在這裡，不知多早才來，也難為她眼力。自己說了，這人一年不來，她等一年，十年不來，等十年；若這人死了，再不來了，她情願剃了頭當姑子去，吃長齋念佛，以了今生。」

……賈璉問：「到底是誰，這樣動她的心？」

二姐笑道：「說來話長。五年前，我們老娘家裡做生日，媽和我們到那裡與老娘拜壽。她家請了一起串客[3]，裡頭有個做小生的叫作柳湘蓮，她看上了，如今要是他才嫁。舊年我們聞得柳湘蓮惹了一個禍逃走了，不知可有來了不曾？」

3.串客──也叫「票友」。

賈璉聽了，說：「怪道呢！我說是個什麼樣人，原來是他！果然眼力不錯。妳不知道這柳二郎，那樣一個標緻人，最是冷面冷心的，差不多的人，都無情無義。他最和寶玉合得來。「去年因打了薛呆子，他不好意思見我們的，不知哪裡去了一向。後來聽見有人說來了，不知是真是假。一問寶玉的小子們，就知道了。倘或不來，他萍蹤浪跡，知道幾年才來，豈不白耽擱了？」

尤二姐道：「我們這三丫頭，說得出來，幹得出來，她怎樣說，只依她便了。」

……二人正說之間，只見尤三姐走來說道：「姐夫，你只放心。我們不是那心口兩樣的人，說什麼是什麼。若有了姓柳的來，我便嫁他。從今日起，我吃齋念佛，只服侍母親，等他來了，嫁了他去，若一百年不來，我自己修行去了。」

說著，將一根玉簪，擊作兩段，「一句不真，就如這簪子！」說著，回房去了，真個竟非禮不動，非禮不言起來。

賈璉沒了法，只得和二姐商議了一回家務，復回家與鳳姐商議起身之事。一面著人問茗煙，茗煙說：「竟不知道，大約未來。若來了，必是我知道的。」一面又問他的街坊，也說未來。賈璉只得回覆了二姐。至起身之日已近，前兩天便說起身，卻先往二姐這邊來住兩夜，從這裡再悄悄長行。果見小妹竟又換了一個人，又見二姐持家勤慎，自是不消記掛。

……是日一早出城，就奔平安州大道，曉行夜住，渴飲飢餐。方走了三日，那日正走之間，頂頭來了一群馱子，內中一伙，主僕十來騎馬，走得近來一看，不是別人，竟是薛蟠和柳湘蓮來了。賈璉深為奇怪，忙伸馬迎了上來，大家一齊相見，說些別後寒溫，便入酒店歇下，敘談敘談。

……賈璉因笑道：「鬧過之後，我們忙著請你兩個和解，誰知柳兄踪跡全無。怎麼你兩個今日倒在一處了？」

薛蟠笑道：「天下竟有這樣奇事：我同伙計販了貨物，自春天起身，往回裡走，一路平安。誰知前日到了平安州界，遇見一夥強盜，已將東西劫去。不想柳二弟從那邊來了，方把賊人趕散，奪回貨物，還救了我們的性命。我謝他又不受，所以我們結拜了生死弟兄，如今一路進京。從此後，我們是親弟親兄一般。到前面岔口上分路，他往南去，二百里地有他一個姑媽，他去望候望候。我先進京去安置了我的事，然後給他尋一所宅子，尋一門好親事，大家過起來。」

……賈璉聽了道：「原來如此，倒教我們懸了幾日心。」因又聽得尋親，便忙說道：「我正有一門好親事，堪配二弟。」說著，便將自己娶尤氏，如今又要發嫁小姨一節說了出來，只不說尤三姐自擇之語。

又囑薛蟠：「且不可告訴家裡，等生了兒子，自然是知道的。」

薛蟠聽了大喜，說：「早該如此，這都是舍表妹之過。」

湘蓮忙笑說：「你又忘情了，還不住口！」

薛蟠忙止住不語，便說：「既是這等，這門親事定要做的。」

…湘蓮道：「我本有願，定要一個絕色的女子。如今既是貴昆仲高誼，顧不得許多了，任憑裁奪，我無不從命。」

賈璉笑道：「如今口說無憑，等柳兄一見，便知我這內娣的品貌，是古今有一無二的了。」

…湘蓮聽了大喜，說：「既如此說，等弟探過姑母，不過月中就進京的，那時再定如何？」

賈璉笑道：「你我一言為定，只是我信不過柳兄。你乃萍蹤浪跡，倘然淹滯不歸，豈不誤了人家？須得留一定禮。」

湘蓮道：「大丈夫豈有失信之理！小弟素係寒貧，況且客中，如何能有定禮？」

薛蟠道：「我這裡現成，就備一分，二哥帶去。」

⋯⋯賈璉笑道：「也不用金帛之禮，須是柳兄親身自有之物，不論物之貴賤，不過我帶去取信耳。」

湘蓮道：「既如此說，弟無別物，此劍防身，不能解下。囊中尚有一把鴛鴦劍，乃吾家傳代之寶，弟也不敢擅用，只隨身收藏而已。賈兄請拿去為定。弟縱係水流花落之性，然亦斷不捨此劍者。」說畢，大家又飲了幾杯，方各自上馬，作別起程。

正是：將軍不下馬，各自奔前程。

⋯⋯※⋯⋯※⋯⋯※⋯⋯

…且說賈璉一日到了平安州，見了節度，完了公事。因又囑他十月前後務要還來一次。賈璉領命，次日連忙取路回家，先到尤二姐處探望。

…誰知自賈璉出門之後，尤二姐操持家務，十分謹肅，每日關門闔戶，一點外事不聞。她小妹子果是個斬釘截鐵之人，每日侍奉母姊之餘，只安分守己，隨分過活。雖是夜晚間孤衾獨枕，不慣寂寞，奈一心丟了眾人，只念柳湘蓮早早回來，完了終身大事。

…這日賈璉進門，見了這般景況，喜之不盡，深念二姐之德。大家敘些寒溫之後，賈璉便將路上相遇湘蓮一事說了出來，又將鴛鴦劍取出，遞與三姐。三姐看時，上面龍吞夔護[4]，珠寶晶熒，將靶一掣，裡面卻是兩把合體的。一把上面鏨著

4. 龍吞夔護——夔龍環抱的花紋，這裡用以形容劍柄和劍鞘上圖案的古雅。

一「鴛」字，一把上面鏨著一「鴦」字，冷颼颼，明亮亮，如兩痕秋水一般。三姐喜出望外，連忙收了，掛在自己繡房床上，每日望著劍，自笑終身有靠。

賈璉住了兩天，回去覆了父命，回家合宅相見。那時，鳳姐已大愈，出來理事行走了。賈璉又將此事告訴了賈珍。賈珍因近日又遇了新友，將這事丟過，不在心上，任憑賈璉裁奪，只怕賈璉獨力不加，少不得又給了他三十兩銀子。賈璉拿來交與二姐預備妝奩。

……誰知八月內湘蓮方進了京，先來拜見薛姨媽，又遇見薛蝌，方知薛蟠不慣風霜，不服水土，一進京時便病倒在家，請醫調治。聽見湘蓮來了，請入臥室相見。薛姨媽也不念舊事，只感新恩，母子們十分稱謝。又說起親事一節，凡一應東西皆已妥當，只等擇日。柳湘蓮也感激不盡。

次日，又來見寶玉，二人相會，如魚得水。湘蓮因問賈璉偷娶二房之事，寶玉笑道：「我聽見茗煙一干人說，我卻未見，我也不敢多管。我又聽見茗煙說璉二哥哥著實問你，不知有何話說？」湘蓮就將路上所有之事，一概告訴寶玉，寶玉笑道：「大喜，大喜！難得這個標緻人，果然是個古今絕色，堪配你之為人。」

湘蓮道：「既是這樣，他哪裡少了人物，如何只想到我？況且我又素日不甚和他相厚，也關切不至此。路上忙忙的，就那樣再三要定，難道女家反趕著男家不成？我自己疑惑起來，後悔不該留下那劍作定禮。所以後來想起你來，可以細細問個底裡才好。」

寶玉道：「你原是個精細人，如何既許了定禮，又疑惑起來？你原說只要一個絕色的，如今既得了個絕色便罷了。何必再疑？」湘蓮道：「你既不知他娶，如何又知是絕色？」

寶玉道：「她是珍大嫂子的繼母帶來的兩位小姨。我在那裡和她們混了一個月，怎麼不知？真真一對尤物[5]，可巧她又姓尤。」

……湘蓮聽了跌足道：「這事不好，斷乎做不得了！你們東府裡，除了那兩個石頭獅子乾淨，只怕連貓兒狗兒都不乾淨。我不做這剩忘八！」寶玉聽說，紅了臉。

……湘蓮自慚失言，連忙作揖說：「我該死胡說！你好歹告訴我，她品行如何？」

寶玉笑道：「你既深知，又來問我作做甚麼？連我也未必乾淨了。」湘蓮笑道：「原是我自己一時忘情，好歹別多心。」

寶玉笑道：「何必再提，這倒似有心了。」湘蓮作揖告辭出來，心下想：「若去找薛蟠，一則他現臥病，二則他又浮躁，

5. 尤物——特異的人物。多指美女。

不如去索回定禮。」主意已定，便一逕來找賈璉。

…賈璉正在新房中，聞得湘蓮來了，喜之不禁，忙迎了出來，讓到內室與尤老相見。湘蓮只作揖，稱「老伯母」，自稱「晚生」，賈璉聽了詫異。

…吃茶之間，湘蓮便說：「客中偶然忙促，誰知家姑母於四月間訂了弟婦，使弟無言可回。若從了老兄背了姑母，似非合理。若係金帛之訂，弟不敢索取，但此劍係祖父所遺，請仍賜回為幸。」

賈璉聽了，便不自在，還說：「定者，定也。原怕反悔，所以為定。豈有婚姻之事，出入隨意的？還要斟酌。」

湘蓮笑道：「雖如此說，弟願領責領罰，然此事斷不敢從命。」

賈璉還要饒舌，湘蓮便起身說：「請兄外坐一敘，此處不便。」

……那尤三姐在房明明聽見。好容易等了他來，今忽見反悔，便知他在賈府中得了消息，自然是嫌自己淫奔無恥之流，不屑為妻。今若容他出去和賈璉說退親，料那賈璉必無法可處，自己豈不無趣！

一聽賈璉要同他出去，連忙摘下劍來，將一股雌鋒隱在肘後，出來便說：「你們不必出去再議，還你的定禮。」一面淚如雨下，左手將劍並鞘送與湘蓮，右手回肘只往項上一橫。可憐：

揉碎桃花紅滿地，玉山傾倒[6]再難扶

芳靈蕙性，渺渺冥冥，不知哪邊去了。當下唬得眾人急救不迭。尤老一面嚎哭，一面又罵湘蓮。賈璉忙揪住湘蓮，命人捆了送官。

6.玉山傾倒——這裡用作身死倒地的婉辭。玉山，形容儀容之美好。

……尤二姐忙止淚，反勸賈璉：「你太多事，人家並沒威逼她死，是她自尋短見。你便送他到官，又有何益？反覺生事出醜。不如放他去罷，豈不省事？」賈璉此時也沒了主意，便放了手，命湘蓮快去。湘蓮反不動身，泣道：「我並不知是這等剛烈賢妻，可敬，可敬！」湘蓮反扶屍大哭一場。等買了棺木，眼見入殮，又俯棺大哭一場，方告辭而去。

……出門無所之，昏昏默默，自想方才之事：「原來尤三姐這樣標緻，又這等剛烈！」自悔不及。正走之間，只見薛蟠的小廝尋他家去，那湘蓮只管出神。那小廝帶他到新房之中，十分齊整。

忽聽環珮叮噹，尤三姐從外而入，一手捧著鴛鴦劍，一手捧著一卷冊子，向柳湘蓮泣道：「妾痴情待君五年矣！不期君果冷心冷面，妾以死報此痴情。妾今奉警幻之命，前往太虛幻境，修注案中所有一干情鬼。妾不忍一別，故來一會，從此再不能相見矣！」說著便走。

湘蓮不捨，忙欲上來拉住問時，那尤三姐便說：「來自情天，去由情地。前生誤被情惑，今既恥情而覺，與君兩無干涉。」說畢，一陣香風，無蹤無影去了。

⋯⋯湘蓮警覺，似夢非夢，睜眼看時，哪裡有薛家小童，也非新室，竟是一座破廟，旁邊坐著一個跏腿道士捕虱。

湘蓮便起身稽首相問：「此係何方？仙師仙名法號？」

道士笑道：「連我也不知道此係何方，我係何人，不過暫來歇足而已。」柳湘蓮聽了，不覺冷然如寒冰侵骨，掣出那股雄劍，將萬根煩惱絲一揮而盡，便隨那道士，不知往哪裡去了。且聽下回分解。

◎第六七回◎

見土儀顰卿念故里
聞秘事鳳姐訊家童

……話說尤三姐自盡之後，尤老娘以及尤二姐、賈珍、尤氏並賈蓉、賈璉等聞之，俱各不勝悲痛傷感，自不必說，忙著人治買棺木盛殮，送往城外埋葬。柳湘蓮見尤三姐身亡，迷性不悟，尚有痴情眷戀，卻被道人數句偈言打破迷關，竟自削髮出家，跟隨瘋道人飄然而去，不知何往。暫且不表。

……且說薛姨媽聞知湘蓮已說定了尤三姐為妻，心中甚喜，正自高高興興要打算替他買房治屋辦妝奩，擇吉日迎娶過門等事，以報他救命之恩。忽有家中小廝見薛姨媽，告知尤三姐自戕與柳湘蓮出家的信息，心甚嘆息。

正自猜疑是為什麼原故，時值寶釵從園裡過來，薛姨媽便對寶釵說道：「我的兒，妳聽見了沒有？妳珍大嫂子的妹妹尤三姐，她不是已經許定了給妳哥哥的義弟柳湘蓮了的？這也很好。不知為什麼自刎了。那柳湘蓮也出了家了。真正奇怪的事，叫人意想不到！」

……寶釵聽了，並不在意，便說道：「俗話說的好，『天有不測風雲，人有旦夕禍福』。這也是他們前生命定，活該不是夫妻。媽所為的是因有救哥哥的一段好處，故諄諄感嘆。如果他兩人齊齊全全的，媽自然該替他料理，如今死的死了，出家的出家了，依我說，也只好由他罷了。媽也不必為他們傷感，損了自己的身子。

「倒是自從哥哥打江南回來了一二十日，販了來的貨物，想來也該發完了，那同伴去的夥計們辛辛苦苦的，回來幾個月，媽同哥哥商議商議，也該請一請，酬謝酬謝才是。別叫人家看著無理似的。」

……母女正說話之間，見薛蟠自外而入，眼中尚有淚痕未乾。一進門來，便向他母親拍手說道：「媽媽可知柳二哥尤三姐的事麼？」

薛姨媽說：「我才聽見說，正在這裡和你妹子說這件公案呢。」

薛蟠道：「媽媽可聽見說柳湘蓮跟著一個道士出家了麼？」

薛姨媽道：「這越發奇了。怎麼柳相公那樣一個年輕的聰明人，一時糊塗，就跟著道士去了呢？我想你們好了一場，他又無父母兄弟，只身一人在此，你該各處找找他才是。靠那道士能往哪裡遠去，左不過是在這方近左右的廟裡寺裡罷了。」

薛蟠說：「何嘗不是呢。我一聽見這個信兒，就連忙帶了小廝們在各處尋找去，連一個影兒也沒有。又去問人，都說沒看見。」

……薛姨媽說：「你既找尋過沒有，也算把你作朋友的心也盡了。焉知他這一出家不是得了好處去呢？只是你如今也該張羅張羅買賣，二則把你自己娶媳婦應辦的事情，倒早些料理料理。咱們家沒人，俗語說的『夯雀兒先飛』[1]，省得臨時丟三落四的不齊全，令人笑話。」

「再者你妹妹才說，你也回家半個多月了，想貨物也該發完了，同你去的夥計們，也該擺桌酒給他們道道乏才是。人家陪著你走了二三千里的路程，受了四五個月的辛苦，而且在路上又替你擔了多少的驚怕沉重。」

薛蟠聽說，便道：「媽媽說得很是，倒是妹妹想得周到。我也這樣想著，只因這些日子為各處發貨鬧得腦袋都大了。又為

1. 夯雀兒先飛——笨鳥動作慢，必須先飛。比喻能力差者比他人提早行動，以免落後。

柳大哥的親事又忙了這幾日，反倒落了一個空，白張羅了一會子，倒把正經事都誤了。要不然就定了明兒後兒下帖兒請罷。」

薛姨媽道：「由你辦去罷。」

……話猶未了，外面小廝進來回說：「管總的張大爺差人送了兩箱子東西來，說這是爺各自買的，不在貨賬裡面。本要早送來，因貨物箱子壓著，沒得拿；昨兒貨物發完了，所以今日才送來了。」一面說，一面又見兩個小廝搬進了兩個夾板夾的大棕箱。

薛蟠一見說：「嗳喲，可是我怎麼就糊塗到這步田地了！特特的給媽和妹妹帶來的東西，都忘了沒拿了家裡來，還是夥計送了來了。」

寶釵說：「虧你說，還是特特的帶來的才放了一二十天，若不是特特的帶來，大約要放到年底下才送進來呢。我看你也諸事太不留心了。」

薛蟠笑道：「想是在路上叫人把魂嚇掉了，還沒歸竅呢。」說著，大家笑了一陣，便向回話的小廝說：「出去告訴小廝們，東西收下，叫他們回去罷。」

……薛姨媽同寶釵因問：「到底是什麼東西，這樣捆著綁著的？」薛蟠便命叫兩個小廝進來，解了繩子，去了夾板，開了鎖看時，這一箱都是些綢緞綾錦洋貨等家常應用之物。

薛蟠笑道：「那一箱是給妹妹帶的。」親自來開。母女二人看時卻是些筆、墨、紙、硯、各色箋紙、香袋、香珠、扇子、扇墜、花粉、胭脂等物；還有虎丘帶來的自行人、酒令兒、水銀灌的打筋斗小小子，沙子燈，一齣一齣的泥人兒的戲，用青紗罩的匣子裝著，又有在虎丘山上作的薛蟠的小像，泥捏成的與薛蟠毫無相差。

寶釵見了，別的都不理論，倒是薛蟠的小像，拿著細細看了一看，又看看她哥哥，不禁笑了起來。因叫鶯兒帶著幾個老婆子將這些東西連箱子送到園裡去，又和母親哥哥說了一回閒話，才回園裡去了。這裡薛姨媽將箱子裡的東西取出，一分一分的打點清楚，叫同喜丫頭送給賈母並王夫人等處不提。

……且說寶釵到了自己房中，將那些頑意兒一件一件過了目，除了自己留用之外，一分一分配合妥當：也有送筆墨紙硯的，也有送香袋扇子香墜的，也有送脂粉、頭油的，有單送頑意兒的。只有黛玉的比別人不同，且又加厚一倍。一一打點完畢，使鶯兒同著一個老婆子，跟著送往各處。

……這邊姊妹諸人都收了東西，賞賜來使，說見面再謝。惟有林黛玉看見她家鄉之物，反自觸物傷情，想起父母雙亡，又無兄弟，寄居親戚家中，哪裡也有人給我帶些土物？想到這裡，不覺的又傷起心來了。

紫鵑深知黛玉心腸，但也不敢說破，只在一旁勸道：「姑娘的身子多病，早晚服藥，這兩日看著比那些日子略好些，雖說精神長了一點兒，還算不得十分大好。

「今兒寶姑娘送來這些東西，可見寶姑娘素日看得姑娘很重，姑娘看著該喜歡才是，為什麼反倒傷起心來。這不是寶姑娘送東西來倒叫姑娘煩惱了不成？就是寶姑娘聽見，反覺臉上不好看。

「再者這裡老太太、太太們為姑娘的病體，千方百計請好大夫配藥診治，也為是姑娘病好。這如今才好些，又這樣哭哭啼啼，豈不是自己糟蹋了自己身子，叫老太太看著添了愁煩了麼？況且姑娘這病，原是素日憂慮過度，傷了氣血。姑娘的千金貴體，也別自己看輕了。」

……紫鵑正在這裡勸解黛玉，只聽見小丫頭子在院內說：「寶二爺來了。」

紫鵑忙說：「請二爺進來罷。」

只見寶玉已進房來了，黛玉讓坐畢，寶玉見黛玉淚痕滿面，便問：「妹妹，又是誰氣著妳了？」

黛玉勉強笑道：「誰生什麼氣。」

旁邊紫鵑將嘴向床後桌上一努，寶玉會意，便往床上一看，見堆著許多東西，就知道是寶釵送來的，便取笑說道：「那裡這些東西，不是妹妹要開雜貨舖啊？」黛玉也不答言。

紫鵑笑著說：「二爺還提東西呢。因寶姑娘送了些東西來，姑娘一看就傷起心來了。我正在這裡勸解，恰好二爺來得很巧，替我們勸勸。」

……寶玉明知黛玉是這個緣故，卻也不敢提頭兒，只得笑說道：「妳們姑娘的緣故想來不為別的，必是寶姑娘送來的東西少，所以生氣傷心。妹妹，你放心！等我明年叫人往江南去，與妳多多的帶兩船來，省得妳淌眼抹淚的。」

黛玉聽了這些話，也知寶玉是為自己開心，也不好推，也不好任，因說道：「我任憑怎麼沒見世面，也到不了這步田地，因送的東西少，就生氣傷心。我又不是兩三歲的小孩子，你也忒把人看得小氣了。我有我的緣故，你那裡知道。」說著，眼淚又流下來了。

……寶玉忙走到床前，挨著黛玉坐下，將那些東西一件一件拿起來擺弄著細瞧，故意問這是什麼，叫什麼名字；那是什麼做的，這樣齊整；這是什麼，要他做什麼使用。又說這一件可以擺在面前，又說那一件可以放在條桌[2]上當古董兒倒好

2. **條桌**——長方形的桌子。

呢！一味的將些沒要緊的話來廝混。

…黛玉見寶玉如此，自己心裡倒過不去，便說：「你不用在這裡混攪了。咱們到到寶姐姐那邊去罷。」

寶玉巴不得黛玉出去散散悶，解了悲痛，便道：「寶姐姐送咱們東西，咱們原該謝謝去。」

黛玉道：「自家姊妹，這倒不必。只是到她那邊，薛大哥回來了，必然告訴她些南邊的古蹟兒，我去聽聽，只當回了家一趟的。」說著，眼圈兒又紅了。寶玉便站著等她。黛玉只得同他出來，往寶釵那裡去了。

…且說薛蟠聽了母親之言，急下了請帖，辦了酒席。次日，請了四位夥計，俱已到齊，不免說些販賣賬目發貨之事。不一時，上席讓坐，薛蟠挨次斟了酒。薛姨媽又使人出來致意。

大家喝著酒說閒話兒，內中一個道：「今日這席上短兩個好朋友。」眾人齊問是誰，那人道：「還有誰，就是賈府上的璉二爺和大爺的盟弟柳二爺。」

大家果然都想起來，問著薛蟠道：「怎麼不請璉二爺和柳二爺來？」

薛蟠聞言，把眉一皺，嘆口氣道：「璉二爺又往平安州去了，頭兩天就起了身的。那柳二爺竟別提起，休提想來眾位不知深情。真是天下第一件奇事。什麼是柳二爺，如今不知那裡作柳道爺去了。」

……眾人都詫異道：「這是怎麼說？」薛蟠便把湘蓮前後事體說了一遍。

眾人聽了，越發駭異，因說道：「怪不得前日我們在店裡彷彷彿彿也聽見人吵嚷說，有一個道士三言兩語把一個人度了去了，又說一陣風刮了去了。只不知是誰。

「我們正發貨，那裡有閒工夫打聽這個事去，到如今還是似信不信的。誰知就是柳二爺呢。早知是他，我們大家也該勸他勸才是。任他怎麼著，也不叫他去。」

內中一個道：「別是這麼著罷？」

眾人問怎麼樣，那人道：「柳二爺那樣個伶俐人，未必是真跟了道士去罷。他原會些武藝，又有力量，或看破那道士的妖術邪法，特意跟他去，在背地擺佈他也未可知。」

薛蟠道：「果然如此倒也罷了，世上這些妖言惑眾的人，怎麼沒人治他一下子。」

眾人道：「那時難道你知道了也沒找尋他去？」

薛蟠說：「城裡城外，那裡沒有找到？不怕你們笑話，我找不著他，還哭了一場呢。」言畢，只是長吁短嘆無精打彩的，不像往日高興。眾伙計見他這樣光景，自然不便久坐，不過隨便喝了幾杯酒，吃了飯，大家散了。

……且說寶玉同著黛玉到寶釵處來。寶玉見了寶釵，便說道：「大哥哥辛辛苦苦的帶了東西來，姐姐留著使罷，又送我們。」

寶釵笑道：「原不是什麼好東西，不過是遠路帶來的土物兒[3]，大家看著新鮮些就是了。」

黛玉道：「這些東西我們小時候倒不理會，如今看見，真是新鮮物兒了。」

寶釵因笑道：「妹妹知道，這就是俗語說的『物離鄉貴』，其實可算什麼呢。」

寶玉聽了這話正對了黛玉方才的心事，連忙拿話岔道：「明年好歹大哥哥再去時，替我們多帶些來。」

黛玉瞅了他一眼，便道：「你要你只管說，不必拉扯人。姐姐妳瞧，寶哥哥不是給姐姐來道謝，竟是又要定下明年的東西

3. 土物兒──某地特有的著名物產。

來了。」說的寶釵、寶玉都笑了。

……三個人又閒話了一回，因提起黛玉的病來。寶釵勸了一回，因說道說：「妹妹若覺著身子不爽快，倒要自己勉強扎掙著出來各處走走逛逛，散散心，比在屋裡悶坐著到底好些。

「我那兩日不是覺著發懶，渾身發熱，只是要歪著，也因為時氣不好，怕病，因此尋些事情自己混著。這兩日才覺著好些了。」

黛玉道：「姐姐說得何嘗不是。我也是這麼想呢。」大家又坐了一會子方散，寶玉仍把黛玉送至瀟湘館門首，才各自回去了。

……且說趙姨娘因見寶釵送了賈環些東西，心下甚是喜歡，想道：「怨不得人人都說那寶丫頭好，會做人，很大方，如今看來果然不錯。她哥哥能帶了多少東西來，她挨門兒送到，並不遺漏一處，也不露出誰薄誰厚，連我們這樣沒時運的，她都想到了。若是那林丫頭，她把我們娘兒們正眼也不瞧，那裡還肯送我們東西。」一面想，一面把那些東西翻來覆去的擺弄瞧看一回。

忽然想到想寶釵係王夫人的親戚，為何不到王夫人跟前賣個好兒呢。自己便蝎蝎螫螫[4]的拿著東西，走至王夫人房中，站在旁邊，陪笑說道：「這是寶姑娘才剛給環哥的。難為寶姑娘這麼年輕的人，想得這麼周到，真是大戶人家的姑娘，又展樣[5]，又大方，怎麼不叫人敬服呢。怪不得老太太和太太都誇她疼她。我也不敢自專就收起來，特拿來給太太瞧瞧，太太也喜歡喜歡。」

……王夫人聽了，早知道來意了，又見她說的不倫不類，也不便

4.蝎蝎螫螫——扭扭捏捏，膽小怕事。

5.展樣——像樣，指有氣派。

不理她，說道：「妳自管收了去給環哥頑罷。」趙姨娘來時興興頭頭，誰知抹了一鼻子灰，滿心生氣，又不敢露出來，只得訕訕的出來了。到了自己房中，將東西丟在一邊，嘴裡咕咕噥噥自言自語道：「這個又算了個什麼兒呢。」一面坐著，各自生了一回悶氣。

∴卻說鶯兒帶著老婆子送東西回來，回覆了寶釵，將眾人道謝的話並賞賜的銀錢都回完了，那老婆子便出去了。鶯兒走近前來一步，挨著寶釵悄悄的說道：「剛才我到璉二奶奶那邊，看見二奶奶一臉的怒氣，叫了平兒去，唧唧咕咕的不知說了什麼。看那個光景，倒像有什麼大事似的。姑娘沒聽見老太太那邊有什麼事？」

寶釵聽了，也自己納悶，想不出鳳姐是為什麼有氣。便道：「各人家有各人的事，咱們那裡管得。妳去倒茶罷。」鶯兒於是出來，自去倒茶不提。

……且說寶玉送了黛玉回來，想著黛玉的孤苦，不免也替她傷感起來。因要將這話告訴襲人，進來時卻只有麝月、秋紋在房中。因問：「妳襲人姐姐那裡去了？」

麝月道：「左不過在這幾個院裡，那裡就丟了她。一時不見，就這樣找。」

寶玉笑著道：「不是怕丟了她。因我方才到林姑娘那邊，見林姑娘又正傷心呢。問起來卻是為寶姐姐送了她東西，她看見是她家鄉的土物，不免對景傷情。我要告訴妳襲人姐姐，叫她閒時過去勸勸。」

正說著，晴雯進來了，因問寶玉道：「你回來了，你又要叫勸誰？」寶玉將方才的話說了一遍。

晴雯道：「襲人姐姐才出去，聽見她說要到璉二奶奶那邊去。

保不住還到林姑娘那裡。」寶玉聽了，便不言語。秋紋倒了茶來，寶玉漱了一口，遞給小丫頭子，心中著實不自在，就隨便歪在床上。

※　※　※

……卻說襲人因寶玉出門，自己作了回活計，忽想起鳳姐身上不好，這幾日也沒有過去看看，況聞賈璉出門，正好大家說說話兒。便告訴晴雯：「好生在屋裡，別都出去了，叫寶玉回來抓不著人。」

晴雯道：「嗳喲，這屋裡單你一個人記掛著他，我們都是白閒著混飯吃的。」

……襲人笑著，也不答言，就走了。剛來到沁芳橋畔，那時正是夏末秋初，池中蓮藕新殘相間，紅綠離披。襲人走著，沿堤看頑了一回。猛抬頭看見那邊葡萄架底下有人拿著撣子在那裡撣什麼呢，走到跟前，卻是老祝媽。

那老婆子見了襲人，便笑嘻嘻的迎上來，說道：「姑娘怎麼今日得工夫出來逛逛？」

襲人道：「可不是。我要到璉二奶奶家瞧瞧去。妳在這裡做什麼呢？」

那婆子道：「我在這裡趕蜜蜂兒。今年三伏裡雨水少，這果子樹上都有蟲子，把果子吃的疤瘌流星的掉了好些下來。姑娘還不知道呢，這馬蜂最可惡的，一嘟嚕上只咬破三兩個兒，那破的水滴到好的上頭，連這一嘟嚕都是要爛的。姑娘你瞧，咱們說話的空兒沒趕，就落上許多了。」

襲人道：「妳就是不住手的趕，也趕不了許多。你倒是告訴買辦，叫他多多做些小冷布口袋兒，一嘟嚕套上一個，又透風，又不糟蹋。」

婆子笑道：「倒是姑娘說的是。我今年才管上，那裡知道這個巧法兒呢。」因又笑著說道：「今年果子雖糟蹋了些，味兒倒好，不信摘一個姑娘嘗嘗。」

襲人正色道：「這那裡使得。不但沒熟吃不得，就是熟了，上頭還沒有供鮮，咱們倒先吃了。妳是府裡使老了的，難道連這個規矩都不懂了。」

老祝忙笑道：「姑娘說得是。我見姑娘很喜歡，我才敢這麼說，可就把規矩錯了，我可是老糊塗了。」

襲人道：「這也沒有什麼。只是妳們有年紀的老奶奶們，別先領著頭兒這麼著就好了。」說著，遂一逕出了園門，來到鳳姐這邊。

……一到院裡，只聽鳳姐說道：「天理良心，我在這屋裡熬的越發成了賊了。」

襲人聽見這話，知道有原故了，又不好回來，又不好進去，遂把腳步放重些，隔著窗子問道：「平姐姐在家裡呢麼？」平兒忙答應著迎出來。襲人便問：「二奶奶也在家裡呢麼，身上可大安了？」說著，已走進來。

……鳳姐裝著在床上歪著呢，見襲人進來，也笑著站起來，說：「好些了，叫妳惦著。怎麼這幾日不過我們這邊坐坐？」襲人道：「奶奶身上欠安，本該天天過來請安才是。但只怕奶奶身上不爽快，倒要靜靜兒的歇歇兒，我們來了，倒吵的奶奶煩。」

鳳姐笑道：「煩是沒的話。倒是寶兄弟屋裡雖然人多，也就靠著妳一個照看他，也實在的離不開。我常聽見平兒告訴我，說妳背地裡還惦著我，常常問我。這就是妳盡心了。」

一面說著，叫平兒挪了張杌子放在床旁邊，讓襲人坐下。豐兒端進茶來，襲人欠身道：「妹妹坐著罷。」一面說閒話兒。

……只見一個小丫頭子在外間屋裡悄悄的和平兒說：「旺兒來了。在二門上伺候著呢。」又聽見平兒也悄悄的道：「知道了。叫他先去，回來再來，別在門口兒站著。」

襲人知她們有事，又說了兩句話，便起身要走。

鳳姐道：「閒來坐坐，說說話兒，我倒開心。」

因命平兒：「送送妳妹妹。」

平兒答應著送出來。只見兩三個小丫頭子，都在那裡屏聲息氣齊齊的伺候著。襲人不知何事，便自去了。

……卻說平兒送出襲人，進來回道：「旺兒才來了，因襲人在這裡我叫他先到外頭等等兒，這會子還是立刻叫他呢，還是等著？請奶奶的示下。」

鳳姐道：「叫他來。」平兒忙叫小丫頭去傳旺兒進來。

這裡鳳姐又問平兒：「妳到底是怎麼聽見說的？」

平兒道：「就是頭裡那小丫頭子的話。她說她在二門裡頭聽見外頭兩個小廝說：『這個新二奶奶比咱們舊二奶奶還俊呢，脾氣兒也好。』不知是旺兒是誰，吆喝了兩個一頓，說：『什麼新奶奶舊奶奶的，還不快悄悄兒的呢，叫裡頭知道了，把你的舌頭還割了呢。』」

平兒正說著，只見一個小丫頭進來回說：「旺兒在外頭伺候著呢。」鳳姐聽了，冷笑了一聲說：「叫他進來。」

那小丫頭出來說：「奶奶叫呢。」旺兒連忙答應著進來。

……旺兒請了安，在外間門口垂手侍立。鳳姐兒道：「你過來，我問你話。」旺兒才走到裡間門旁站著。

鳳姐兒道：「你二爺在外頭弄了人，你知道不知道？」

旺兒又打著千兒回道：「奴才天天在二門上聽差事，如何能知道二爺外頭的事呢。」

鳳姐冷笑道：「你自然不知道。你要知道，你怎麼攔人呢。」

旺兒見這話，知道剛才的話已經走了風了，料著瞞不過，便又跪回道：「奴才實在不知。就是頭裡興兒和喜兒兩個人在那裡混說，奴才吆喝了他們兩句。內中深情底裡奴才不知道，不敢妄回。求奶奶問興兒，他是長跟二爺出門的。」

鳳姐聽了，下死勁啐了一口，罵道：「你們這一起沒良心的混帳忘八崽子！都是一條藤兒，打量我不知道呢。先去給我把興兒那個忘八崽子叫了來，你也不許走。問明白了他，回來再問你。好，好，好，這才是我使出來的好人呢！」那旺兒只得連聲答應幾個是，磕了個頭爬起來出去，去叫興兒。

……卻說興兒正在賬房兒裡和小廝們玩呢，聽見說二奶奶叫，先唬了一跳，卻也想不到是這件事發作了，連忙跟著旺兒進來。旺兒先進去，回說：「興兒來了。」

鳳姐兒厲聲道：「叫他！」

那興兒聽見這個聲音兒，早已沒了主意了，只得乍著膽子進來。鳳姐兒一見，便說：「好小子啊！你和你爺辦的好事啊！你只實說罷！」

興兒一聞此言，又看見鳳姐兒氣色及兩邊丫頭們的光景，早唬軟了，不覺跪下，只是磕頭。

……鳳姐兒道：「論起這事來，我也聽見說不與你相干。但只你不早來回我知道，這就是你的不是了。你要實說了，我還饒你，再有一字虛言，你先摸摸你腔子上幾個腦袋瓜子！」

興兒戰兢兢的朝上磕頭道：「奶奶問的是什麼事，奴才同爺辦壞了？」

鳳姐聽了，一腔火都發作起來，喝命：「打嘴巴！」旺兒過來才要打時，鳳姐兒罵道：「什麼糊塗忘八崽子！叫他自己打，用你打嗎！一會子你再各人打你那嘴巴子還不遲呢。」那興兒真個自己左右開弓打了自己十幾個嘴巴。

鳳姐兒喝聲「站住」，問道：「你二爺外頭娶了什麼新奶奶舊奶奶的事，你大概不知道啊。」

興兒見說出這件事來，越發著了慌，連忙把帽子抓下來在磚地上咕咚咕咚碰的頭山響，口裡說道：「只求奶奶超生，奴才再不敢撒一個字兒的謊。」

鳳姐道：「快說！」興兒直蹶蹶的跪起來回道：「這事頭裡奴

才也不知道。就是這一天，東府裡大老爺送了殯，俞祿往珍大爺廟裡去領銀子。二爺同著蓉哥兒到了東府裡，道兒上爺兒兩個說起珍大奶奶那邊的二位姨奶奶來。二爺誇她好，蓉哥兒哄著二爺，說把二姨奶奶說給二爺。」

鳳姐聽到這裡，使勁啐道：「呸，沒臉的忘八蛋！她是你那一門子的姨奶奶！」興兒忙又磕頭說：「奴才該死！」往上瞅著，不敢言語。

鳳姐兒道：「完了嗎？怎麼不說了？」

興兒方才又回道：「奶奶恕奴才，奴才才敢回。」

鳳姐啐道：「放你媽的屁，這還什麼恕不恕了。你好生給我往下說，好多著呢。」

……興兒又回道：「二爺聽見這個話就喜歡了。後來奴才也不知道怎麼就弄真了。」

鳳姐微微冷笑道：「這個自然麼，你可那裡知道呢！你知道的，只怕都煩了呢。是了，說底下的罷！」

興兒回道：「後來就是蓉哥兒給二爺找了房子。」

鳳姐忙問道：「如今房子在那裡？」

興兒道：「就在府後頭。」

鳳姐兒道：「哦。」回頭瞅著平兒道：「咱們都是死人哪。妳聽聽！」平兒也不敢作聲。

……興兒又回道：「珍大爺那邊給了張家不知多少銀子，那張家就不問了。」

鳳姐道：「這裡頭怎麼又扯拉上什麼張家李家咧呢？」

興兒回道：「奶奶不知道，這二奶奶……」剛說到這裡，又自己打了個嘴巴，把鳳姐兒倒慪笑了。兩邊的丫頭也都抿嘴兒笑。

興兒想了想，說道：「那珍大奶奶的妹子……」

鳳姐兒接著道：「怎麼樣？快說呀。」

興兒道：「那珍大奶奶的妹子原來從小兒有人家的，姓張，叫什麼張華，如今窮的待好討飯。珍大爺許了他銀子，他就退了親了。」

……鳳姐兒聽到這裡，點了點頭兒，回頭便望丫頭們說道：「妳們都聽見了？小忘八崽子，頭裡他還說不知道呢！」

興兒又回道：「後來二爺才叫人裱糊了房子，娶過來了。」

鳳姐道：「打那裡娶過來的？」

興兒回道：「就在她老娘家抬過來的。」

鳳姐道：「好罷咧。」又問：「沒人送親麼？」

興兒道：「就是蓉哥兒。還有幾個丫頭老婆子們，沒別人。」

鳳姐道：「你大奶奶沒來嗎？」

興兒道：「過了兩天，大奶奶才拿了些東西來瞧的。」

鳳姐兒笑了一笑，回頭向平兒道：「怪道那兩天二爺稱讚大奶奶不離嘴呢。」掉過臉來又問興兒：「誰服侍呢？自然是你了。」興兒趕著碰頭不言語。

鳳姐又問：「前頭那些日子說給那府裡辦事，想來辦的就是這個了。」

興兒回道：「也有辦事的時候，也有往新房子裡去的時候。」

……鳳姐又問道：「誰和她住著呢。」

興兒道：「她母親和她妹子。昨兒她妹子自己抹了脖子了。」

鳳姐道：「這又為什麼？」興兒隨將柳湘蓮的事說了一遍。

鳳姐道：「這個人還算造化高，省了當那出名兒的忘八。」

因又問道：「沒了別的事了麼？」

興兒道：「別的事奴才不知道。奴才剛才說的字字是實話，一字虛假，奶奶問出來只管打死奴才，奴才也無怨的。」

鳳姐低了一回頭，便又指著興兒說道：「你這個猴兒崽子就該打死。這有什麼瞞著我的？你想著瞞了我，就在你那糊塗爺跟前討了好兒了，你新奶奶好疼你。我不看你剛才還有點怕懼兒，不敢撒謊，我把你的腿不給你砸折了呢。」

說著喝聲：「起去。」興兒磕了個頭，才爬起來，退到外間門口，不敢就走。

鳳姐道：「過來，我還有話呢。」

興兒趕忙垂手敬聽。

鳳姐道：「你忙什麼，新奶奶等著賞你什麼呢？」

興兒也不敢抬頭。鳳姐道：「你從今日不許過去。我什麼時候叫你，你什麼時候到。遲一步兒，你試試！出去罷。」

興兒忙答應幾個「是」，退出門來。

鳳姐又叫道：「興兒！」興兒趕忙答應回來。

鳳姐道：「快出去告訴你二爺去，是不是啊？」

興兒回道：「奴才不敢。」

鳳姐道：「你出去提一個字兒，提防你的皮！」興兒連忙答應著才出去了。

……鳳姐又叫：「旺兒呢？」旺兒連忙答應著過來。鳳姐把眼直瞪瞪的瞅了兩三句話的工夫，才說道：「好旺兒，很好，去罷！外頭有人提一個字兒，全在你身上。」旺兒答應著也出去了。

……鳳姐便叫倒茶。小丫頭子們會意，都出去了。這裡鳳姐才和平兒說：「妳都聽見了？這才好呢。」平兒也不敢答言，只好陪笑兒。

鳳姐越想越氣，歪在枕上只是出神，忽然眉頭一皺，計上心來，便叫：「平兒來。」平兒連忙答應過來。鳳姐道：「我想這件事竟該這麼著才好。也不必等你二爺回來再商量了。」未知鳳姐如何辦理，下回分解。

◎第六八回◎

苦尤娘賺入大觀園
酸鳳姐大鬧寧國府

……話說賈璉起身去後，偏值平安節度巡邊在外，約一個月方回。賈璉未得確信，只得住在下處等候。及至回來相見，將事辦妥，回程已是將兩個月的限了。

……誰知鳳姐心下早已算定，只待賈璉前腳走了，回來便傳各色匠役，收拾東廂房三間，照依自己正室一樣裝飾陳設。至十四日，便回明賈母、王夫人，說十五一早要到姑子廟進香去。只帶了平兒、豐兒、周瑞媳婦、旺兒媳婦四人，未曾上車，便將原故告訴了眾人。又吩咐眾男人，素衣素蓋，一逕前來。

……興兒引路，一直到了二姐門前叩門。鮑二家的開了。興兒笑說：「快回二奶奶去，大奶奶來了。」鮑二家的聽了這話，頂梁骨走了真魂[1]，忙飛跑進報與尤二姐。

……尤二姐雖也一驚，但已來了，只得以禮相見，於是忙整衣迎了出來。至門前，鳳姐方下車進來。尤二姐一看，只見頭上皆是素白銀器，身上月白緞襖，青緞披風，白綾素裙。眉彎柳葉，高吊兩梢，目橫丹鳳，神凝三角[2]。俏麗若三春之桃，清素如九秋之菊。周瑞家的、旺兒家的二人攙入院來。尤二姐陪笑，忙迎上來萬福，張口便叫：「姐姐下降，不曾遠近，望恕倉促之罪。」說著，便福了下來。鳳姐忙陪笑還禮不迭。二人攜手同入室中。

……鳳姐上座，尤二姐命丫鬟拿褥子來便行禮，說：「奴家年

1. 頂梁骨走了真魂——形容人極度驚慌。

2. 神凝三角——形容眼光尖利有神。

輕，一從到了這裡，諸事皆係家母和家姐商議主張。今日有幸相會，若姐姐不棄奴家寒微，凡事求姐姐的指示教訓。奴亦傾心吐膽，只服侍姐姐。」說著，便行下禮去。

……鳳姐兒忙下座，以禮相還，口內忙說：「皆因奴家婦人之見，一味勸夫慎重，不可在外眠花臥柳，恐惹父母擔憂。此皆是妳我之痴心，怎奈二爺錯會奴意。

「眠花宿柳之事，瞞奴或可；今娶姐姐作二房之大事，亦人家大禮，亦不曾對奴說。奴亦曾勸二爺早行此禮，以備生育。不想二爺反以奴為那等嫉妒之婦，私自行此大事，並未說知。使奴有冤難訴，惟天地可表。

「前於十日之先，奴已風聞，恐二爺不樂，遂不敢先說。今可巧遠行在外，故奴家親自拜見過，還求姐姐下體奴心，起動大駕，挪至家中。妳我姊妹同居同處，彼此合心，諫勸二爺，慎重世務，保養身體，方是大禮。

「若姐姐在外，奴在內，雖愚賤不堪相伴，奴心又何安？再者，使外人聞知，亦甚不雅觀。二爺之名也要緊，倒是談論奴家，奴亦不怨。所以今生今世奴之名節全在姐姐身上。

「那起下人小人之言，未免見我素日持家太嚴，背後加減些言語，自是常情。姐姐乃何等樣人物，豈可信真！若我實有不好之處，上頭三層公婆，中有無數姊妹妯娌，況賈府世代名家，豈容我到今日？

「今日二爺私娶姐姐在外，若別人則怒，我則以為幸。正是天地神佛不忍我被小人們誹謗，故生此事。我今來求姐姐進去和我一樣同居同處，同分同例，同侍公婆，同諫丈夫。喜則同喜，悲則同悲；情似親妹，和比骨肉。不但那起小人見了，自悔從前錯認了我；就是二爺來家一見，他作丈夫之人，心中也未免暗悔。所以姐姐竟是我的大恩人，使我從前之名一洗無餘了。

「若姐姐不隨奴去，奴亦情願在此相陪。奴願作妹子，每日服侍姐姐梳頭洗面。只求姐姐在二爺跟前替我好言方便方便，容我一席之地安身，奴死也願意。」說著，便嗚嗚咽咽哭將起來。尤二姐見了這般，也不免滴下淚來。

……二人對見了禮，分序座下。平兒忙也上來要見禮。尤二姐見她打扮不俗，舉止品貌不凡，料定是平兒，連忙親身挽住，只叫：「妹子快休如此，妳我是一樣的人。」

鳳姐忙也起身笑說：「折死她了！妹子只管受禮，她原是咱們的丫頭。以後快別如此。」說著，又命周家的從包袱裡取出四匹上色尺頭、四對金珠簪環為拜見之禮。尤二姐忙拜受了。

……二人吃茶，對訴已往之事。鳳姐口內全是自怨自錯，「怨不得別人，如今只求姐姐疼我」等語。尤二姐見了這般，便認她是個極好的人，小人不遂心，誹謗主子，亦是常理，故傾心吐膽，敘了一會，竟把鳳姐認為知己。又見周瑞等媳婦在旁邊稱揚鳳姐素日許多善政，只是吃虧心太痴了，惹人怨。又說：「已經預備了房屋，奶奶進去一看便知。」尤氏心中早已要進去同住方好，今又見如此，豈有不允之理，便說：「原該跟了姐姐去，只是這裡怎樣？」

……鳳姐兒道：「這有何難，姐姐的箱籠細軟，只管著小廝搬了進去。這些粗笨貨要它無用，還叫人看著。姐姐說誰妥當，就叫誰在這裡。」

尤二姐忙說：「今日既遇見姐姐，這一進去，凡事只憑姐姐料理。我也來的日子淺，也不曾當過家，世事不明白，如何敢作主？這幾件箱籠拿進去罷。我也沒有什麼東西，那也不過是二爺的。」

鳳姐聽了，便命周瑞家的記清，好生看管著，抬到東廂房去。

…於是催著尤二姐穿戴了，二人攜手上車，又同坐一處，又悄悄的告訴她：「我們家的規矩大。這事老太太一概不知，倘或知二爺孝中娶妳，管把他打死了。如今且別見老太太、太太。我們有一個花園子極大，姊妹們住著，輕易沒人去的。妳這一去且在園裡住兩天，等我設個法子回明白了，那時再見方妥。」

尤二姐道：「任憑姐姐裁處。」

…那些跟車的小廝們皆是預先說明的，如今不去大門，只奔後門而來。下了車，趕散眾人。鳳姐便帶尤氏進了大觀園的後門，來到李紈處相見了。彼時大觀園中十停[3]人已有九停人知道了，今忽見鳳姐帶了進來，引動多人來看問。尤二姐一一見過。

眾人見她標緻和悅，無不稱揚。鳳姐一一的吩咐了眾人：「都不許在外走了風聲，若老太太、太太知道，我先叫妳們死。」園中婆子丫鬟都素懼鳳姐的，況又係賈璉國孝家孝中所行之事，知道關係非常，都不管這事。

鳳姐悄悄的求李紈收養幾日，「等回明了，我們自然過去的。」李紈見鳳姐那邊已收拾了房屋，況在服中不好倡揚，自是正理，只得收下權住。

鳳姐又變法將她的丫頭一概退出，又將自己的一個丫頭送她使喚。暗暗吩咐園中媳婦們：「好生照看著她。若有走失逃亡，一概和妳們算帳。」自己又去暗中行事。

3.十停——十成。

…合家之人都暗暗的納罕說：「看她如何這等賢惠起來了？」那尤二姐得了這個所在，又見園中姊妹各各相好，倒也安心樂業的自為得其所矣。誰知三日之後，丫頭善姐便有些不服使喚起來。

尤二姐因說：「沒了頭油了，妳去回聲大奶奶，拿些來。」善姐便道：「二奶奶，妳怎麼不知好歹，沒眼色？我們奶奶天天承應了老太太，又要承應這邊太太、那邊太太。這些妯娌姊妹，上下幾百男女，天天起來，都等她的話。一日少說，大事也有一二十件，小事還有三五十件。外頭的從娘娘算起，以及王公侯伯家，多少人情客禮，家裡又有這些親友的調度。銀子上千錢上萬，一日都從她一個手、一個心、一個口裡調度，哪裡為這點子小事去煩瑣她！

「我勸妳能著些兒罷。咱們又不是明媒正娶來的，這是她亙古少有一個賢良人，才這樣待妳，若差些兒的人，聽見了這話，吵嚷起來，把妳丟在外，死不死，活不活，妳又敢怎樣呢！」

……一席話說得尤氏垂了頭，自為有這一說，少不得將就些罷了。那善姐漸漸的連飯也怕端來與她吃，或早一頓，或晚一頓，所拿來之物，皆是剩的。尤二姐說過兩次，她反先亂叫起來。尤二姐又怕人笑她不安分，少不得忍著。

隔上五日八日，見鳳姐一面，那鳳姐卻是和容悅色，滿嘴裡「姐姐」不離口。又說：「倘有下人不到之處，妳降不住她們，只管告訴我，我打她們。」又罵丫頭媳婦說：「我深知妳們，軟的欺，硬的怕，背開我的眼，還怕誰。倘或二奶奶告訴我一個『不』字，我要妳們的命！」

……尤氏見她這般的好心，想道：「既有她，何必我又多事？下人不知好歹也是常情。我若告了她們，受了委曲，反叫人說我不賢良。」因此，反替她們遮掩。

……鳳姐一面使旺兒在外打聽細事，這尤二姐之事，皆已深知。原來已有了婆家的，女婿現在才十九歲，成日在外嫖賭，不理生業，家私花盡，父親攆他出來，現在賭錢廠[4]存身。父親得了尤婆十兩銀子，退了親的，這女婿尚不知道。原來這小伙子名叫張華。

4. 賭錢廠——賭場。

……鳳姐都一一盡知原委，便封了二十兩銀子與旺兒，悄悄命他將張華勾來養活，著他寫一張狀子，只管往有司衙門中告去，就告璉二爺「國孝家孝之中，背旨瞞親，仗財依勢，強逼退親，停妻再娶」等語。這張華也深知利害，先不敢造次。旺兒回了鳳姐，鳳姐氣得罵：「癩狗扶不上牆的種子！你細細的說給他，便告我們家謀反，也沒事的。不過是借他一鬧，大家沒臉。若告大了，我這裡自然能夠平息的。」旺兒領命，只得細說與張華。

……鳳姐又吩咐旺兒：「他若告了你，你就和他對詞去。」如此如此，這般這般，「我自有道理。」旺兒聽了有她做主，便又命張華狀子上添上自己，說：「你只告我來往過付，一應調唆二爺做的。」張華便得了主意，和旺兒商議定了，寫了一紙狀子，次日便往都察院喊了冤。

……察院坐堂看狀，見是告賈璉的事，上面有家人旺兒一人，只得遣人去賈府傳旺兒來對詞。青衣[5]不敢擅入，只命人帶信。那旺兒正等著此事，不用人帶信，早在這條街上等候。見了青衣，反迎上去笑道：「驚動衆位兄弟的事犯了。說

5. **青衣**——這裡指穿黑衣的衙役。即「皁隸」。

不得，快來套上。」眾青衣不敢，只說：「你老去罷，別鬧了。」於是來至堂前跪了。

……察院命將狀子與他看。旺兒故意看了一遍，碰頭說道：「這事小的盡知，小的主人實有此事。但這張華素與小的有仇，故意攀扯小的在內。其中還有別人，求老爺再問。」張華碰頭說：「雖還有人，小的不敢告他，所以只告他下人。」旺兒故意急得說：「糊塗東西，還不快說出來！這是朝廷公堂之上，憑是主子，也要說出來。」張華便說出賈蓉來。察院聽了無法，只得去傳賈蓉。

……鳳姐又差了慶兒，暗中打聽告了起來，便忙將王信喚來，告訴他此事，命他托察院只虛張聲勢，警唬而已，又拿了三百銀子與他去打點。是夜，王信到了察院私第，安了根子。

那察院深知原委，收了贓銀。次日回堂，只說張華無賴，因拖欠了賈府銀兩，誑捏虛詞，誣賴良人。都察院又素與王子騰相好，王信也只到家說了一聲，況是賈府之人，巴不得了事，便也不提此事，且都收下，只傳賈蓉對詞。

……且說賈蓉等正忙著賈珍之事，忽有人來報信，說有人告你們如此如此，這般這般，快作道理。賈蓉慌了，忙來回賈珍。賈珍說：「我防了這一著，只虧他好大膽子。」即刻封了二百銀子著人去打點察院；又命家人去對詞。

……正商議之間，人報：「西府二奶奶來了。」賈珍聽了這個，倒吃了一驚，忙要同賈蓉藏躲。不想鳳姐進來了，說：「好大哥哥，帶著兄弟幹的好事！」賈蓉忙請安，鳳姐拉了他就進來。

……賈珍還笑說：「好生伺候你嬸娘，吩咐他們殺牲口備飯。」說了，忙命備馬，躲往別處去了。

……這裡鳳姐兒帶著賈蓉走來上房，尤氏正迎了出來，見鳳姐氣色不善，忙笑說：「什麼事情這等忙？」鳳姐照臉一口唾沫，啐道：「妳尤家的丫頭沒人要了，偷著只往賈家送！難道賈家的人都是好的，普天下死絕了男人了！妳就願意給，也要三媒六證，大家說明，成個體統才是。妳痰迷了心，脂油蒙了竅！國孝家孝，兩重在身，就把個人送了來。

「這會子被人家告我們，我又是個沒腳蟹[6]，連官場中都知道我利害吃醋，如今指名提我，要休我。我來了妳家，幹錯了什麼不是，妳這等害我？或是老太太、太太有了話在妳心裡，使妳們做這圈套要擠我出去？

6. 沒腳蟹—比喻行動不得，手足無措。

「如今咱們兩個一同去見官，分證明白。回來咱們公同請了合族中人，大家覿面[7]說個明白。給我休書，我就走路。」一面說，一面大哭，拉著尤氏，只要去見官。

7. 覿（音敵）面──當面。

……急得賈蓉跪在地下碰頭，只求「姑娘嬸子息怒」。鳳姐兒一面又罵賈蓉：「天雷劈腦子、五鬼分屍的沒良心的種子！不知天有多高，地有多厚，成日家調三窩四，幹出這些沒臉面沒王法敗家破業的營生。你死了的娘陰靈也不容你！祖宗也不容你，還敢來勸我！」哭罵著，揚手就打。賈蓉忙磕頭有聲說：「嬸子別生氣，仔細手，讓我自己打。嬸子別動氣。」說著，自己舉手，左右開弓，自己打了一頓嘴巴子，又自己問著自己說：「以後可再顧三不顧四的混管閒事了？以後還單聽叔叔的話，不聽嬸子的話了？」眾人又是勸，又要笑，又不敢笑。

…鳳姐兒滾到尤氏懷裡，嚎天動地，大放悲聲，只說：「給你兄弟娶親，我不惱。為什麼使他違旨背親，將混帳名兒給我背著？咱們只去見官，省得捕快皂隸來拿。

「再者，咱們只過去見了老太太、太太和眾族人，大家公議了，我既不賢良，又不容丈夫娶親買妾，只給我一紙休書，我即刻就走。妳妹妹我也親身接了來家，生怕老太太、太太生氣，也不敢回，現在三茶六飯，金奴銀婢的住在園裡。我這裡趕著收拾房子，和我的一樣，只等老太太知道了，原說接過來大家安分守己的，我也不提舊事了。

「誰知又是有了人家的。不知你們幹的什麼事，我一概又不知道。如今告我，我昨日急了，縱然我出去見官，也丟的是你賈家的臉，少不得偷把太太的五百兩銀子去打點。如今把我的人還鎖在那裡。」

……說了又哭，哭了又罵，後來放聲又哭起祖宗爹媽來，又要尋死撞頭。把個尤氏揉搓成一個麵團，衣服上全是眼淚鼻涕，尤氏並無別話，只罵賈蓉：「孽障種子，和你老子作的好事！我當初就說使不得。」

……鳳姐兒聽說，哭著兩手搬著尤氏的臉，緊對相問道：「妳發昏了？妳的嘴裡難道有茄子塞著？不然，他們給妳嚼子[8]銜上了？為什麼妳不告訴我去？妳若告訴了我，這會子不平安了？怎得經官動府，鬧到這步田地？妳這會子還怨他們！『自古說：『妻賢夫禍少』，『表壯不如裡壯。』妳但凡是個好的，他們怎得鬧出這些事來！妳又沒才幹，又沒口齒，鋸了嘴子的葫蘆，就只會一味瞎小心，圖賢良的名兒。總是他們也不怕妳，也不聽妳。」說著，啐了幾口。

8.嚼子——勒在牲口嘴裡的小鐵鏈，兩端連在轡繩上，以便駕馭。

……尤氏也哭道：「何曾不是這樣，妳不信，問問跟的人，我何曾不勸的，也得他們聽。叫我怎麼樣呢？怨不得妹妹生氣，我只好聽著罷了。」

……眾姬妾丫鬟媳婦已是烏壓壓跪了一地，陪笑求說：「二奶奶最聖明的。雖是我們奶奶的不是，奶奶也作踐夠了。當著奴才們，奶奶們素日何等的好來，如今還求奶奶給留臉。」說著，捧上茶來。

鳳姐也摔了，一面止了哭，挽頭髮，又喝罵賈蓉：「出去請大哥哥來。我對面問他，親大爺的孝才五七，姪兒娶親，這個禮我竟不知道。我問問，也好學著日後教導子姪的。」

……賈蓉只跪著磕頭，說：「這事原不與我父母相干，都是兒子一時吃了屎，調唆著叔叔作的。我父親也並不知道。如今我父親正要商量接太爺出殯，嬸子若鬧起來，兒子也是個死。只求嬸嬸責罰兒子，兒子謹領。這官司還求嬸子料理，兒子竟不能幹這大事。

「嬸嬸是何等樣人，豈不知俗語說的『胳膊只折在袖子裡』。兒子糊塗死了，既作了不肖的事，就同那貓兒狗兒一般。嬸嬸既教訓，就不和兒子一般見識了，少不得還要嬸嬸費心費力，將外頭的壓住了才好。原是嬸嬸有這個不肖的兒子，既惹了禍，少不得委屈還要疼兒子。」說著，又磕頭不絕。

……鳳姐見他母子這般，也再難往前施展了，只得又轉過了一副形容言談來，與尤氏反陪禮說：「我是年輕不知事的人，一聽見有人告訴了，把我嚇昏了，不知方才怎樣得罪了嫂子。可是蓉兒說的『胳膊折了往袖子裡藏』，少不得嫂子要體諒我。還要嫂子轉替哥哥說了，先把這官司按下去才好。」

尤氏、賈蓉一齊都說：「嬸嬸放心，橫豎一點兒連累不著叔叔。嬸嬸方才說用過了五百兩銀子，少不得我娘兒們打點五百兩銀子與嬸嬸送過去，好補上。不然豈有反教嬸嬸又添上虧空之名，越發我們該死了。但還有一件，老太太、太太們跟前，嬸嬸還要周全方便，別提這些話方好。」

……鳳姐兒又冷笑道：「你們饒壓著我的頭幹了事，這會子反哄著我替你們周全。我雖然是個呆子，也呆不到如此。嫂子的兄弟是我的丈夫，嫂子既怕他絕後，我豈不比嫂子更怕絕後？嫂子的令妹就是我的妹子一樣。我一聽見這話，連夜喜歡得連覺也睡不成，趕著傳人收拾了屋子，就要接進來同住。

「倒是奴才小人的見識，他們倒說：『奶奶太好性了。若是我們的主意，先回了老太太、太太，看是怎樣，再收拾房子去接也不遲。』我聽了這話，教我要打要罵的，才不言語了。

「誰知偏不稱我的意，偏打我的嘴，半空裡又跑出一個張華來告了一狀。我聽見了，嚇得兩夜沒合眼兒，又不敢聲張，只得求人去打聽這張華是什麼人，這樣大膽。打聽了兩日，誰知是個無賴的花子。我年輕不知事，反笑了說：『他告什麼？』

「倒是小子們說：『原是二奶奶許了他的。他如今正是急了，凍死餓死，也是個死，現在有這個理他抓著，縱然死了，死得倒比凍死餓死還值些。怎麼怨得他告呢？這事原是爺做得太急了。國孝一層罪，家孝一層罪，背著父母私娶一層罪，停妻再娶一層罪。俗語說：拚著一身剮，敢把皇帝拉下馬。他窮瘋了的人，什麼事作不出來？況且他又拿著這滿理，不告等請不成？』

「嫂子說，我便是個韓信、張良，聽了這話，也把智謀嚇回去了。妳兄弟又不在家，又沒個商議，少不得拿錢去墊補。誰知越使錢越被人拿住了刀靶兒，越發來訛。我是耗子尾巴上長瘡，多少膿血兒呢？所以又急又氣，少不得來找嫂子。」

……尤氏、賈蓉不等說完，都說：「不必操心，自然要料理的。」賈蓉又道：「那張華不過是窮急，故捨了命去告咱們。我如今想了一個法兒，竟許他些銀子，只叫他應個妄告不實之罪，咱們替他打點完了官司。他出來時，再給他些個銀子就完了。」

……鳳姐冷笑道：「好孩子，怨不得你顧一不顧二的，做這些事出來。原來你竟糊塗。若依你說的這話，他暫且依了，且打出官司來，又得了銀子，眼前自然了事。這些人既是無賴之徒，銀子到手，一旦光了，他又尋事故訛詐。倘又叨登起來這事，咱們雖不怕，也終擔心。擱不住他說，既沒毛病，為什麼反給他銀子？終久是不了之局。」

……賈蓉原是個明白人，聽如此一說，便笑道：「我還有個主意，『來是是非人，去是是非者』，這事還得我了才好。如今我竟去問張華個主意，或是他定要人，或是他願意了事，得錢再娶。他若說一定要人，少不得我去勸我二姨，叫她出來，仍嫁他去；若說要錢，我們這裡少不得給他。」

鳳姐兒忙道：「雖如此說，我斷捨不得你姨娘出去，我也斷不肯使她去。好姪兒，你若疼我，只能可多給他錢為是。」賈蓉深知鳳姐口雖如此，心卻是巴不得只要本人出來，她卻做賢良人。如今怎說怎依。

鳳姐兒歡喜了，又說：「外頭好處了，家裡終久怎麼樣？妳也同我過去回明才是。」尤氏又慌了，拉鳳姐討主意，如何撒謊才好。

⋯鳳姐冷笑道：「既沒這本事，誰叫妳幹這事了？這會子又這個腔兒，我又看不上！待要不出個主意，我又是個心慈面軟的人，憑人撮弄我，我還是一片痴心。說不得讓我應起來。

「如今妳們只別露面，我只領了妳妹妹去與老太太、太太們磕頭，只說原係妳妹妹，我看上了很好。正因我不大生長，原說買兩個人放在屋裡的，今既見妳妹妹很好，而又是親上做親的，我願意娶來做二房。

「皆因她家中父母姊妹新近一概死了，日子又艱難，不能度日，若等百日之後，無奈無家無業，實難等得。我的主意接了進來，已經廂房收拾了出來，暫且住著。等滿了服再圓房。

「仗著我這不怕臊的臉，死活賴去，有了不是，也尋不著你們了。你們母子想想，可使得？」

……尤氏、賈蓉一齊笑說：「到底是嬸子寬洪大量，足智多謀。等事妥了，少不得我們娘兒兩個過去拜謝。」尤氏忙命丫鬟們服侍鳳姐梳妝洗臉，又擺酒飯，親自遞酒揀菜。

……鳳姐也不多坐，執意就走了。進園中，將此事告訴與尤二姐，又說，我怎麼操心打聽，又怎麼設法子，須得如此如此，方能救下眾人無罪，少不得我去拆開這魚頭[9]，大家才好。要知端詳，且聽下回分解。

9.拆開這魚頭——也作「擇魚頭」。比喻處理和排解複雜難辦的事。引申為與人方便，寧可自找麻煩。

◎第六九回◎

弄小巧用借劍殺人
覺大限[1]吞生金自逝

……話說尤二姐聽了，又感謝不盡，只得跟了她來。尤氏那邊怎好不過來的，少不得也過來跟著鳳姐去回。鳳姐笑說：「妳只別說話，等我去說。」

尤氏道：「這個自然。但一有個不是，是往妳身上推的。」說著，大家先來至賈母房中。

……正值賈母和園中姊妹們說笑解悶，忽見鳳姐帶了一個標緻小媳婦進來，忙覷著眼瞧，說：「這是誰家的孩子？好可憐見的。」

鳳姐上來笑道：「老祖宗倒細細的看看，好不好？」

1.大限——壽數，亦指死期。

說著，忙拉二姐說：「這是太婆婆，快磕頭。」二姐忙行了大禮，展拜起來。又指著眾姊妹說：這是某人某人，妳先認了，太太瞧過了，再見禮。二姐聽了，一一又從新故意的問過，垂頭站在旁邊。

賈母上下瞧了一遍，因又笑問：「妳姓什麼？今年十幾了？」鳳姐忙又笑說：「老祖宗且別問，只說比我俊不俊。」賈母又戴了眼鏡，命鴛鴦琥珀：「把那孩子拉過來，我瞧瞧肉皮兒。」眾人都抿嘴兒笑著，只得推她上去。賈母細瞧了一遍，又命琥珀：「拿出手來我瞧瞧。」鴛鴦又揭起裙子來。賈母瞧畢，摘下眼鏡來，笑說道：「更是個齊全孩子，我看比妳俊些。」

……鳳姐聽說，笑著忙跪下，將尤氏那邊所編之話一五一十細細的說了一遍，「少不得老祖宗發慈心，先許她進來，住一年後再圓房。」

賈母聽了道：「這有什麼不是。既妳這樣賢良，很好。只是一年後方可圓得房。」

鳳姐聽了，叩頭起來，又求賈母著兩個女人一同帶去見太太們，說是老祖宗的主意。賈母依允，遂使二人帶去，見了邢夫人等。

王夫人正因她風聲不雅，深為憂慮，見她今行此事，豈有不樂之理。於是尤二姐自此見了天日，挪到廂房住居。

∴鳳姐一面使人暗暗調唆張華，只叫他要原妻。這裡還有許多賠送外，還給他銀子安家過活。張華原無膽無心告賈家的，後來又見賈蓉打發人來對詞，那人原說的：「張華先退了親，我們皆是親戚。接到家裡住著是真，並無娶嫁之說。皆因張華拖欠了我們的債務，追索不與，方誣賴小的主人那些個。」察院都和賈、王兩處有瓜葛，況又受了賄，只說張華無賴，以窮訛詐，狀子也不收，打了一頓趕出來。

……慶兒在外替張華打點，也沒打重。又調唆張華說：「親原是你家定的，你只要親事，官必還斷給你。」於是又告。王信那邊又透了消息與察院，察院便批：「張華所欠賈宅之銀，令其限內按數交還，其所定之親，仍令其有力時娶回。」又傳了他父親來，當堂批准。他父親亦係慶兒說明，樂得人財兩進，便去賈家領人。

……鳳姐兒一面嚇得來回賈母，說如此這般，都是珍大嫂子幹事不明，並沒和那家退准，惹人告了，如此官斷。

賈母聽了，忙喚了尤氏過來，說她作事不妥，「既是妳妹子從小曾與人指腹為婚，又沒退斷，使人混告了。」

尤氏聽了，只得說：「他連銀子都收了，怎麼沒准？」

鳳姐在旁又說：「張華的口供上現說不曾見銀子，也沒見人去。他老子又說：『原是親家母說過一次，並沒應准。親家母死了，你們就接進去作二房。』如此沒有對證，只好由他去混說。

「幸而璉二爺不在家，沒曾圓房，這還無妨。只是人已來了，怎好送回去，豈不傷臉。」

⋯賈母道：「又沒圓房，沒的強占人家有夫之人，名聲也不好，不如送給他去。哪裡尋不出好人來。」

尤二姐聽了，又回賈母說：「我母親實於某年月日給了他十兩銀子退准的。他因窮急了告，又翻了口。我姐姐原沒錯辦。」賈母聽了，便說：「可見刁民難惹。既這樣，鳳丫頭去料理料理。」鳳姐聽了，無法，只得應著。回來只命人去找賈蓉。

……賈蓉深知鳳姐之意，若要使張華領回，成何體統！便回了賈珍，暗暗遣人去說張華：「你如今既有許多銀子，何必定要原人。若只管執定主意，豈不怕爺們一怒，尋出個由頭，你死無葬身之地。你有了銀子，回家去，什麼好人尋不出來。你若走時，還賞你些路費。」張華聽了，心中想了一想：「這倒是好主意」，和父親商議已定，約共也得了有百金，父子次日起個五更，便回原籍去了。

……賈蓉打聽得真了，來回了賈母鳳姐，說：「張華父子妄告不實，懼罪逃走，官府已知此情，也不追究，大事完畢。」鳳姐聽了，心中一想：若必定著張華帶回二姐去，未免賈璉回來再花幾個錢包占住，不怕張華不依。還是二姐不去，自己相伴著還妥當，且再作道理。

只是張華此去，不知何往，倘或他再將此事告訴了別人，或日後再尋出這由頭來翻案，豈不是自己害了自己？原先不該如此將刀靶付與外人去的。因此，悔之不迭，復又想了一條主意出來，悄命旺兒遣人尋著了他，或訛他作賊，和他打官司，將他治死，或暗中使人算計，務將張華治死，方剪草除根，保住自己的名譽。

……旺兒領命出來，回家細想：「人已走了完事，何必如此大作！人命關天，非同兒戲，我且哄過他去，再作道理。」因此在外躲了幾日，回來告訴鳳姐，只說張華因有幾兩銀子在身上，逃去第三日在京口地界五更天已被截路人打悶棍打死了。他老子唬死在店房，在那裡驗屍掩埋。

鳳姐聽了不信，說：「你要扯謊，我再使人打聽出來敲你的牙！」自此方丟過不究。鳳姐和尤二姐和美非常，更比親姊親妹還勝十倍。

……那賈璉一日事畢回來，先到了新房中，已竟悄悄的封鎖，只有一個看房子的老頭兒。賈璉問他原故，老頭子細說原委，賈璉只在鐙中跌足。少不得來見賈赦與邢夫人，將所完之事回明。

賈赦十分歡喜，說他中用，賞了他一百兩銀子，又將房中一個十七歲的丫鬟名喚秋桐者，賞他為妾。賈璉叩頭領去，喜之不盡。

見了賈母和家中人，回來見鳳姐，未免臉上有些愧色。誰知鳳姐兒她反不似往日容顏，同尤二姐一同出迎，敍了寒溫。

賈璉將秋桐之事說了，未免臉上有些得意之色，驕矜之容。鳳姐聽了，忙命兩個媳婦坐車往那邊接了來。心中一刺未除，又平空添了一刺，說不得且吞聲忍氣，將好顏面換出來遮掩。一面又命擺酒接風，一面帶了秋桐來見賈母與王夫人等。賈璉心中也暗暗的納罕。

……那日已是臘月十二日，賈珍起身，先拜了宗祠，然後過來辭拜賈母等人。和族中人直送到灑淚亭方回，獨賈璉賈蓉二人送出三日三夜方回。一路上，賈珍命他好生收心治家等語，二人口內答應，也說些大禮套話，不必煩敘。

……※……※……※……

……且說鳳姐在家，外面待尤二姐自不必說得，只是心中又懷別意。無人處只和尤二姐說：「妹妹的聲名很不好聽，連老太太、太太們都知道了，說妹妹在家做女孩兒就不乾淨，又和姐夫有些首尾，『沒人要的了你揀了來，還不休了再尋好的！』

「我聽見這話，氣了個倒仰，查是誰說的，又查不出來。這日久天長，這些個奴才們跟前怎麼說嘴？我反弄了個魚頭來拆。」說了兩遍，自己又氣病了，茶飯也不吃，除了平兒，眾丫頭媳婦無不言三語四，指桑說槐暗相譏刺。

……秋桐自為係賈赦之賜，無人僭她的，連鳳姐、平兒皆不放在眼裡，豈肯容她。張口是「先姦後娶、沒漢子要的娼婦，也來要我的強。」鳳姐聽了，暗樂，尤二姐聽了，暗愧暗怒暗氣。

……鳳姐既裝病，便不和尤二姐吃飯了。每日只命人端了菜飯，到她房中去吃，那茶飯都係不堪之物。平兒看不過，自拿了錢出來，弄菜與她吃，或是有時只說和她園中去玩，在園中廚內，另做了湯水與她吃，也無人敢回鳳姐。只有秋桐，一時撞見了，便去說舌，告訴鳳姐說：「奶奶的名聲，生是平兒弄壞了的。這樣好菜好飯，浪著不吃，卻往園裡去偷吃。」鳳姐聽了，罵平兒說：「人家養貓拿耗子，我的貓反倒咬雞。」平兒不敢多說，自此也要遠著了。又暗恨秋桐，難以出口。

……園中姊妹和李紈、迎春、惜春等人，皆為鳳姐是好意，然寶、黛一干人暗為二姐擔心。雖都不便多事，惟見二姐可憐，常來了倒還都憫恤她。每日常無人處，說起話來，尤二姐便淌眼抹淚，又不敢抱怨。鳳姐兒又並無露出一點壞形來。

……賈璉來家時，見了鳳姐賢良，也便不留心。況素習以來，因賈赦姬妾、丫鬟最多，賈璉每懷不軌之心，只未敢下手。如這秋桐輩等人，皆是恨老爺年邁昏憒，貪多嚼不爛，沒的留下這些人作什麼，因此除了幾個知禮有恥的，餘者或有與二門上小么兒們嘲戲的。甚至於與賈璉眉來眼去，私相偷期的，只懼賈赦之威，未曾到手。

這秋桐便和賈璉有舊，從未來過一次。今日天緣湊巧，竟賞了他，真是一對烈火乾柴，如膠投漆，燕爾新婚，連日那裡拆得開。那賈璉在二姐身上之心，也漸漸淡了，只有秋桐一人是命。

……鳳姐雖恨秋桐，且喜借她先可發脫[2]二姐，自己且抽頭，用「借劍殺人」之法，「坐山觀虎鬥」。等秋桐殺了尤二姐，自己再殺秋桐。主意已定，沒人處，常又私勸秋桐說：「妳年輕不知事。她現是二房奶奶，妳爺心坎兒上的人，我還讓

2. 發脫——此指處置、對待。

她三分，妳去硬碰她，豈不是自尋其死？」

那秋桐聽了這話，越發惱了，天天大口亂罵，說：「奶奶是軟弱人，那等賢惠，我卻做不來。奶奶把素日的威風，怎都沒了？奶奶寬洪大量，我卻眼裡揉不下沙子去。讓我和她這淫婦做一回，她才知道呢。」

鳳姐兒在屋裡，只裝不敢出聲兒。氣得尤二姐在房裡哭泣，連飯也不吃，又不敢告訴賈璉。

∴次日，賈母見她眼睛紅紅的腫了，問她，又不敢說。

秋桐正是抓乖賣俏[3]之時，她便悄悄的告訴賈母、王夫人等說：「她專會作死[4]，好好的成天家號喪[5]，背地裡咒二奶奶和我早死了，她好和二爺一心一計的過。」

賈母聽了便說：「人太生嬌俏了，可知心就嫉妒。鳳丫頭倒好意待她，她倒這樣爭風吃醋。可是個賤骨頭！」因此，漸次

3.抓乖賣俏——耍聰明，賣弄乖巧。

4.作死——形容不知輕重、找死。

5.號喪——罵人啼哭。

便不大喜歡。

……眾人見賈母不喜，不免又往下踏踐起來，弄得這尤二姐要死不能，要生不得。還是虧了平兒，時常背著鳳姐，看她這般，與她排解排解。

……那尤二姐原是個花為腸肚雪作肌膚的人，如何經得這般折磨，不過受了一個月的暗氣，便懨懨得了一病，四肢懶動，茶飯不進，漸次黃瘦下去。夜來合上眼，只見她小妹子手捧鴛鴦寶劍前來，說：「姐姐，妳一生為人心痴意軟，終吃了這虧。休信那妒婦花言巧語，外作賢良，內藏奸狡，她發狠定要弄妳一死方罷。

「若妹子在世，斷不肯令妳進來，即進來時，亦不容她這樣。此亦係理數應然，妳我生前淫奔[6]不才，使人家喪倫敗行，

6. 淫奔——指男女私相奔就，自行結合。

故有此報。妳還依我，將此劍斬了那妒婦，一同歸至警幻案下，聽其發落。不然，妳則白白的喪命，且無人憐惜。」

……尤二姐泣道：「妹妹，我一生品行既虧，今日之報，既係當然，何必又生殺戮之冤。隨我去忍耐。若天見憐，使我好了，豈不兩全？」

小妹笑道：「姐姐，妳終是個痴人。自古『天網恢恢，疏而不漏』，天道好還。妳雖悔過自新，然已將人父子兄弟致於麀聚之亂[7]，天怎容妳安生？」

尤二姐泣道：「既不得安生，亦是理之當然，奴亦無怨。」小妹聽了，長嘆而去。

……尤二姐驚醒，卻是一夢。等賈璉來看時，因無人在側，便泣說：「我這病不能好了。我來了半年，腹中也有身孕，但不

7. **麀（音悠）聚之亂**——暗指亂倫之事。

能預知男女。倘天見憐，生了下來還可，若不然，我這命就不保，何況於他。」賈璉亦泣說：「妳只放心，我請明人來醫治。」於是出去，即刻請醫生。

……誰知王太醫亦謀幹了軍前效力，回來好討蔭封的。小廝們走去，便請了個姓胡的太醫，名叫君榮。進來診脈。看了，說是經水不調，全要大補。

賈璉便說：「已是三月庚信[8]不行，又常作嘔酸，恐是胎氣。」胡君榮聽了，復又命老婆子們請出手來，再看看。尤二姐少不得又從帳內伸出手來。

胡君榮又診了半日，說：「若論胎氣，肝脈[9]自應洪大。然木盛則生火，經水不調，亦皆因由肝木所致。醫生要大膽，須得請奶奶將金面略露一露，醫生觀觀氣色，方敢下藥。」賈璉無法，只得命將帳子掀起一縫，尤二姐露出臉來。

8.庚信——亦稱月信，即月經。

9.肝脈——左手關脈可診肝部病情，亦稱肝脈。

胡君榮一見，魂魄如飛上九天，通身麻木，一無所知。

……一時掩了帳子，賈璉就陪他出來，問是如何。胡太醫道：「不是胎氣，只是瘀血凝結。如今只以下瘀血通經脈要緊。」於是寫了一方，作辭而去。

……賈璉命人送了藥禮，抓了藥來，調服下去。只半夜，尤二姐腹痛不止，誰知竟將一個已成形的男胎打了下來。於是血行不止，二姐就昏迷過去。賈璉聞知，大罵胡君榮。一面遣人再去請醫調治，一面命人去打告胡君榮。胡君榮聽了，早已捲包逃走。

……這裡太醫便說：「本來氣血生成虧弱，受胎以來，想是著了些氣惱，鬱結於中。這位先生擅用虎狼之劑，如今大人元氣十分傷其八九，一時難保就愈。煎丸二藥並行，還要一些閒言閒事不聞，庶可望好。」說畢而去。急得賈璉查是誰請了姓胡的來，一時查了出來，便打了個半死。

……鳳姐比賈璉更急十倍，只說：「咱們命中無子，好容易有了一個，又遇見這樣沒本事的大夫。」於是天地前燒香禮拜，自己通陳[10]禱告說：「我或有病，只求尤氏妹子身體大愈，再得懷胎生一男子，我願吃長齋念佛。」賈璉眾人見了，無不稱贊。

賈璉與秋桐在一處時，鳳姐又做湯做水的，著人送與二姐。又罵平兒不是個有福的，「也和我一樣。我因多病了，妳卻無病也不見懷胎。如今二奶奶這樣，都因咱們無福，或犯了什麼，沖她這樣。」

因又叫人出去算命打卦。偏算命的回來又說：「係屬兔的陰人

10.通陳——禱告。

沖犯。」大家算將起來，只有秋桐一人屬兔，說她沖的。

…秋桐近見賈璉請醫治藥，打人罵狗，為尤二姐十分盡心，她心中早浸了一缸醋在內了。今又聽見如此說她沖了，鳳姐兒又勸她說：「妳暫且別處去躲幾個月再來。」秋桐便氣得哭罵道：「理那起瞎肏的，混咬舌根！我和她『井水不犯河水』，怎麼就沖了她？好個愛八哥兒[11]，在外頭什麼人不見，偏來了就有人沖了。

「白眉赤臉，哪裡來的孩子？她不過指著哄我們那個棉花耳朵的爺罷了。總有孩子，也不知姓張姓王。奶奶希罕那雜種羔子，我不喜歡！老了誰不成？誰不會養？一年半載養一個，倒還是一點攙雜沒有的呢！」罵得眾人又要笑，又不敢笑。

…可巧邢夫人過來請安，秋桐便哭告邢夫人說：「二爺、奶奶

11. 八哥兒—可愛的東西。亦用為反語，諷刺被寵愛的人。

要攆我回去，我沒了安身之處，太太好歹開恩！」邢夫人聽說，慌得數落鳳姐兒一陣，又罵賈璉：「不知好歹的種子！憑她怎不好，是你父親給的。為個外頭來的攆她，連老子都沒了。你要攆她，你不如還你父親去倒好。」說著，賭氣去了。秋桐更又得意，索性走到她窗戶根底下，大哭大罵起來。

……尤二姐聽了，不免更添煩惱。晚間，賈璉在秋桐房中歇了，鳳姐已睡，平兒過來瞧她，又悄悄勸她：「好生養病，不要理那畜生。」

尤二姐拉她哭道：「姐姐，我從到了這裡，多虧姐姐照應。為我，姐姐也不知受了多少閒氣。我若逃得出命來，我必答報姐姐的恩德，只怕我逃不出命來，也只好等來生罷！」

……平兒也不禁滴淚說道：「想來都是我坑了妳。我原是一片痴心，從沒瞞她的話。既聽見妳在外頭，豈有不告訴她的？誰知生出這些個事來！」

尤二姐忙道：「姐姐這話錯了。若姐姐便不告訴她，她豈有打聽不出來的？不過是姐姐說的在先。況且我也要一心進來，方成個體統，與姐姐何干！」二人哭了一回，平兒又囑咐了幾句，夜已深了，方去安息。

……這裡尤二姐心下自思：「病已成勢，日無所養，反有所傷，料定必不能好。況胎已打下，無可懸心，何必受這些零氣，不如一死，倒還乾淨。常聽見人說，生金子可以墜死，豈不比上吊自刎又乾淨？」

想畢，扎掙起來，打開箱子，找出一塊生金，也不知多重，恨命含淚，便吞入口中，幾次狠命直脖，方咽了下去。於是趕忙將衣服首飾穿戴齊整，上炕躺下了。當下人不知，鬼不覺。

……到第二日早晨，丫鬟媳婦們見她不叫人，樂得且自己去梳洗。鳳姐便和秋桐都上去了。平兒看不過，說丫頭們：「妳們就只配沒人心的打著罵著使也罷了，一個病人，也不知可憐可憐。她雖好性兒，妳們也該拿出個樣兒來，別太過逾了，牆倒眾人推！」

丫鬟聽了，急推房門進來看時，卻穿戴得齊齊整整，死在炕上。於是方嚇慌了，喊叫起來。平兒進來看了，不禁大哭。眾人雖素習懼怕鳳姐，然想尤二姐實在溫和憐下，比鳳姐原強，如今死去，誰不傷心落淚，只不敢與鳳姐看見。

……當下合宅皆知。賈璉進來，摟屍大哭不止。鳳姐也假意哭：「狠心的妹妹！妳怎麼丟下我去了！辜負了我的心！」尤氏賈蓉等也來哭了一場，勸住賈璉。

……賈璉便回了王夫人，討了梨香院停放五日，挪到鐵檻寺去，王夫人依允。賈璉忙命人去開了梨香院的門，收拾出正房來停靈。賈璉嫌後門出靈不像，便對著梨香院的正牆上，通街現開了一個大門。兩邊搭棚，安壇場做佛事。用軟榻鋪了錦緞衾褥，將二姐抬上榻去，用衾單蓋了。八個小廝和幾個媳婦圍隨，從內子牆一帶抬往梨香院來。

……那裡已請下天文生[12]預備，揭起衾單一看，只見這尤二姐面色如生，比活著還美貌。賈璉又摟著大哭，只叫「奶奶，妳死的不明，都是我坑了妳！」賈蓉忙上來勸：「叔叔解著些兒，我這個姨娘自己沒福。」說著，又向南指大觀園的界牆，賈璉會意，只悄悄跌腳說：「我忽略了，終久對出來，我替妳

12. 天文生——舊指占卜吉凶、選擇日子、勘察風水的人。

報仇。」

……天文生回說：「奶奶卒於今日正卯時，五日出不得，或是三日，或是七日方可。明日寅時入殮大吉。」

賈璉道：「三日斷乎使不得，竟是七日。因家叔、家兄皆在外，小喪不敢多停，等到外頭，還放五七，做大道場才掩靈。明年往南去下葬。」

天文生應諾，寫了殃榜[13]而去。寶玉已早過來，陪哭一場。眾族中人也都來了。

……賈璉忙進去找鳳姐，要銀子治辦棺槨喪禮。鳳姐見抬了出去，推有病，回：「老太太、太太說我病著，忌三房[14]，不許我去。」

因此，也不出來穿孝，且往大觀園中來。繞過群山，至北界牆

13. 殃榜——舊時由陰陽先生給死者寫的文書，上有死者的年壽及招魂的話。

14. 忌三房——舊俗生病的人忌進新房、產房和靈房，稱為「忌三房」。

根下往外聽，隱隱綽綽聽了一言半語，回來又回賈母說如此這般。

賈母道：「信他胡說！誰家癆病死的孩子不燒了一撒？也認真的開喪破土起來。既是二房一場，也是夫妻之分，停五七日抬出來，或一燒，或亂葬地上埋了完事。」

鳳姐笑道：「可是這話。我又不敢勸他。」

……正說著，丫鬟來請鳳姐，說：「二爺等著奶奶拿銀子呢。」鳳姐只得來了，便問他：「什麼銀子？家裡近來艱難，你還不知道？咱們的月例，一月趕不上一月，雞兒吃了過年糧。昨兒我把兩個金項圈當了三百銀子，你還做夢呢！這裡還有二三十兩銀子，你要就拿去。」說著，命平兒拿了出來，遞與賈璉，指著賈母有話，又去了。

……恨的賈璉沒話可說，只得開了尤氏箱櫃，去拿自己的梯己。及開了箱櫃，一滴無存，只有些折簪爛花，並幾件半新不舊的綢絹衣裳，都是尤二姐素習所穿的，不禁又傷心哭了起來。自己用個包袱一齊包了，也不命小廝丫鬟來拿，便自己提著來燒。

……平兒又是傷心，又是好笑，忙將二百兩一包的碎銀子偷了出來，到廂房拉住賈璉，悄遞與他說：「你只別作聲才好，你要哭，外頭多少哭不得，又跑了這裡來點眼[15]。」賈璉聽說，便說：「妳說的是。」接了銀子，又將一條裙子遞與平兒，說：「這是她家常穿的，妳好生替我收著，作個念心兒。」平兒只得接了，自己收去。賈璉拿了銀子與衣服，走來命人先去買板。好的又貴，中的又不要。賈璉騎馬自去要瞧，至晚間，果抬了一副好板進來，

15. **點眼**——哭、落淚。

價銀五百兩賒著，連夜趕造。一面分派了人口穿孝守靈，晚來也不進去，只在這裡伴宿。要知端的，且聽下回分解。

◎第七〇回◎

林黛玉重建桃花社
史湘雲偶填柳絮詞

…話說賈璉自在梨香院伴宿七日夜，天天僧道不斷做佛事。賈母喚了他去，吩咐不許送往家廟中。賈璉無法，只得又和時覺說了，就在尤三姐之上點了一個穴，破土埋葬。那日送殯，只不過族中人與王信夫婦、尤氏婆媳而已。鳳姐一應不管，只憑他自去辦理。

…因又年近歲逼，諸務猬集不算外，又有林之孝開了一個人名單子來，共有八個二十五歲的單身小廝，應該娶妻成房，等裡面有該放的丫頭們好求指配。鳳姐看了，先來問賈母和王夫人。大家商議，雖有幾個應該發配的，奈各人皆有原故：第一個鴛鴦發誓不去。自那日之後，一向未和寶玉說話，也不盛妝濃飾。眾人見她志堅，也不好相強。第二個琥珀，現有病，這次不能了。彩雲因近日和賈環分崩，也染了無醫之症。只有鳳姐兒和李紈房中粗使的幾個大丫頭配出去了。其餘年紀未足，令他們外頭自娶去了。

……※……※……※……

……原來這一向因鳳姐病了，李紈探春料理家務，不得閒暇，接著過年過節，出來許多雜事，竟將詩社擱起。如今仲春天氣，雖得了工夫，爭奈寶玉因冷遁了柳湘蓮，劍刎了尤小妹，金逝了尤二姐，氣病了柳五兒，連連接接，閒愁胡恨，一重不了一重添。弄得情色若痴，語言常亂，似染怔忡之疾。慌的襲人等又不敢回賈母，只百般逗他頑笑。

……這日清晨方醒，只聽外間房內咭咭呱呱，笑聲不斷。襲人因笑說：「你快出去解救，晴雯和麝月兩個人按住溫都里那膈肢[1]呢。」

寶玉聽了，忙披上灰鼠襖子，出來一瞧，只見她三人被褥尚未疊起，大衣也未穿。那晴雯只穿蔥綠院綢小襖，紅小衣，紅睡鞋，披著頭髮，騎在雄奴身上。麝月是紅綾抹胸，披著一身舊衣，在那裡抓雄奴的肋肢。雄奴卻仰在炕上，穿著撒花緊身兒，紅褲綠襪，兩腳亂蹬，笑的喘不過氣來。

寶玉忙上前笑說：「兩個大的欺負一個小的，等我助力。」說著，也上床來膈肢晴雯。晴雯觸癢，笑的忙丟下雄奴，和寶玉對抓，雄奴趁勢又將晴雯按倒，向她肋下抓動。

襲人笑說：「仔細凍著了。」看他四人裹在一處倒好笑。

……忽有李紈打發碧月來說：「昨兒晚上，奶奶在這裡把塊手帕

1. 膈肢——以手探人腋下使發癢而笑。

子忘了去，不知可在這裡？」

小燕說：「有，有，有，我在地下拾了起來，不知是那一位的，才洗了出來，晾著還未乾呢。」

碧月見他四人亂滾，因笑道：「倒是這裡熱鬧，大清早起就咭呱呱的玩到一處。」

寶玉笑道：「妳們那裡人也不少，怎麼不玩？」

碧月道：「我們奶奶不玩，把兩個姨娘和琴姑娘也賓住[2]了。如今琴姑娘又跟了老太太前頭去，更寂寞了。兩個姨娘今年過了，到明年冬天都去了，又更寂寞呢。你瞧寶姑娘那裡，出去了一個香菱，就冷清了多少，把個雲姑娘落了單。」

……正說著，只見湘雲又打發了翠縷來說：「請二爺快出去瞧好詩。」

寶玉聽了，忙問：「那裡的好詩？」

2. 賓住——勉強忍住、拘束住的意思。

翠縷笑道：「姑娘們都在沁芳亭上，你去了便知。」

寶玉聽了，忙梳洗了出來，果見黛玉、寶釵、湘雲、寶琴、探春都在那裡，手裡拿著一篇詩看。見他來時，都笑說：「這會子還不起來，咱們的詩社散了一年，也沒有人作興。如今正是和春時節，萬物更新，正該鼓舞另立起來才好。」

湘雲笑道：「一起詩社時是秋天，就不應發達。如今恰好萬物逢春，皆主生盛。況這首桃花詩又好，就把海棠社改作桃花社。」寶玉聽著，點頭說：「很好。」且忙著要詩看。眾人都又說：「咱們此時就訪稻香老農去，大家議定好起社。」說著，一齊起來，都往稻香村來。

寶玉一壁走，一壁看那紙上寫著《桃花行》一篇，曰：

桃花簾外東風軟，桃花簾內晨妝懶。

簾外桃花簾內人，人與桃花隔不遠。
東風有意揭簾櫳，花欲窺人簾不卷。
桃花簾外開仍舊，簾中人比桃花瘦。
花解憐人花也愁，隔簾消息風吹透。
風透湘簾花滿庭，庭前春色倍傷情。
閑苔院落門空掩，斜日欄杆人自憑。
憑欄人向東風泣，茜裙偷傍桃花立。
桃花桃葉亂紛紛，花綻新紅葉凝碧。
霧裹煙封一萬株，烘樓照壁紅模糊。
天機燒破鴛鴦錦[3]，春酣欲醒移珊枕。
侍女金盆進水來，香泉影蘸胭脂冷。
胭脂鮮艷何相類，花之顏色人之淚；
若將人淚比桃花，淚自長流花自媚。
淚眼觀花淚易乾，淚乾春盡花憔悴。

3.天機燒破鴛鴦錦——這裡是形容盛開的桃花猶如天上的紋錦燒成碎片落到了人間一樣。**天機**，傳說中天上仙女用的織機。**燒**，極喻其紅。

憔悴花遮憔悴人，花飛人倦易黃昏。
一聲杜宇春歸盡，寂寞簾櫳空月痕！

寶玉看了並不稱贊，卻滾下淚來。便知出自黛玉，因此落下淚，又怕眾人看見，又忙自己擦了。

因問：「妳們怎麼得來？」

寶琴笑道：「你猜是誰做的？」

寶玉笑道：「自然是瀟湘子稿。」

寶琴笑道：「現是我作的呢。」

寶玉笑道：「我不信。這聲調口氣，迥乎不像蘅蕪之體，所以不信。」

……寶釵笑道：「所以你不通。難道杜工部首首都作『叢菊兩開他日淚』之句不成？一般的也有『紅綻雨肥梅』『水荇牽風翠帶長』之媚語。」

寶玉笑道：「固然如此說。但我知道姐姐斷不許妹妹有此傷悼語句，妹妹雖有此才，是斷不肯作的。比不得林妹妹曾經離喪，作此哀音。」眾人聽說，都笑了。

……說著，已至稻香村中，將詩與李紈看了，自不必說，稱賞不已。說起詩社，大家議定：明日乃三月初二日，就起社，便改「海棠社」為「桃花社」，林黛玉就為社主。明日飯後，齊集瀟湘館。

因又大家擬題。黛玉便說：「大家就要桃花詩一百韻。」寶釵道：「使不得。從來桃花詩最多，縱作了必落套，比不得妳這一首古風。須得再擬。」

……正說著，人回：「舅太太來了。請姑娘們出去請安。」因此大家都往前頭來見王子騰的夫人，陪著說話。吃飯畢，又陪入園中來各處遊玩一遍。至晚飯後掌燈方去。

……次日乃是探春的壽日，元春早打發了兩個小太監送了幾件玩器。合家皆有壽儀，自不必說。飯後，探春換了禮服各處行禮。黛玉笑向眾人道：「我這一社開得又不巧了，偏忘了這兩日是她的生日。雖不擺酒唱戲的，少不得都要陪她在老太太、太太跟前玩笑一日，如何能得閒空兒。」因此改至初五。

……這日眾姊妹皆在房中侍早膳畢，便有賈政書信到了。寶玉請安，將請賈母的安稟拆開念與賈母聽，上面不過是請安的話，說六月中准進京等語。其餘家信事務之帖，自有賈璉和王夫人開讀。眾人聽說六七月回京，都喜之不盡。

……偏生近日王子騰之女許與保寧侯之子為妻，擇日於五月初十日過門，鳳姐兒又忙著張羅，常三五日不在家。這日王子騰的夫人又來接鳳姐兒，一並請眾甥男甥女閒樂一日。賈母和王夫人命寶玉、探春、黛玉、寶釵四人同鳳姐去。眾人不敢違拗，只得回房去另妝飾了起來。五人作辭，去了一日，掌燈方回。

……寶玉進入怡紅院，歇了半刻，襲人便乘機見景勸他收一收心，閒時把書理一理預備著。

寶玉屈指算一算，說：「還早呢。」

襲人道：「書是第一件，字是第二件。到那時，你縱有了書，你的字寫的在那裡呢？」

寶玉笑道：「我時常也有寫下的好些，難道都沒收著？」

……襲人道：「何曾沒收著。你昨兒不在家，我就拿出來，共總數了一數，才有五六十篇。這三四年的工夫，難道只有這幾張字不成？依我說，從明日起，把別的心全收了起來，天天快臨幾張字補上。雖不能按日都有，也要大概看得過去。」寶玉聽了，忙得自己又親檢了一遍，實在搪塞不去，便說：「明日為始，一天寫一百字才好。」說話時，大家安息。

……至次日起來，梳洗了，便在窗下研墨，恭楷臨帖。賈母因不見他，只當病了，忙使人來問。寶玉方去請安，便說：「寫字之故，先將早起清晨的工夫盡了出來，再作別的，因此出來遲了。」賈母聽了，便十分歡喜，就吩咐他：「以後只管寫字念書，不用出來也使得。你去回你太太知道。」寶玉聽說，便往王夫人房中來說明。王夫人便說：「臨陣磨槍也中用？有這會子著急，天天寫寫念念，有多少完不了的！這一趕，又趕出病來才罷。」寶玉回說不妨事。

……這裡賈母也說怕急出病來。探春、寶釵等都笑說：「老太太不用急。書雖替他不得，字卻替得的。我們每人每日臨一篇給他，搪塞過這一步就完了。一則老爺到家不生氣，二則他也急不出病來。」賈母聽說，喜之不盡。

……原來林黛玉聞得賈政回家，必問寶玉的功課，寶玉肯分心，恐臨期吃了虧。因此自己只裝作不耐煩，把詩社便不起，也不以外事去勾引他。探春、寶釵二人每日也臨一篇楷書字與寶玉，寶玉自己每日也加工，或寫二百三百不拘。至三月下旬，便將字又集湊出許多來。

……這日正算，再得五十篇也就混得過去了。誰知紫鵑走來，送了一捲東西與寶玉，拆開看時，卻是一色老油竹紙上臨的鍾王蠅頭小楷[4]，字跡且與自己十分相似。喜得寶玉向紫鵑作了一個揖，又親自來道謝。接著湘雲、寶琴二人亦皆臨了幾篇相送。湊成雖不足功課，亦足搪塞了。寶玉放了心，於是將所應讀之書，又溫理過幾遍，正是天天用功。

4. **鍾王蠅頭小楷**——鍾王，指三國時魏的鍾繇和晉代的王羲之，都是大書法家，被歷代推尊為楷、行書法之祖。蠅頭，比喻小字。

……可巧近海一帶海嘯，又糟蹋了幾處生民。地方官題本奏聞，奉旨就著賈政順路查看賑濟回來。如此算去，至冬底方回。寶玉聽了，便把書字又擱過一邊，仍是照舊遊蕩。

……時值暮春之際，史湘雲無聊，因見柳花飄舞，便偶成一小令[5]，調寄《如夢令》，其詞曰：

豈是繡絨殘吐，捲起半簾香霧，纖手自拈來，

5. **小令**——詞中體製短小的稱「小令」。

空使鵑啼燕妒。且住，且住！莫使春光別去。

自己作了，心中得意，便用一條紙兒寫好，與寶釵看了，又來找黛玉。黛玉看畢，笑道：「好！也新鮮有趣。我卻不能。」

……湘雲笑道：「咱們這幾社總沒有填詞。妳明日何不起社填詞，改個樣兒，豈不新鮮些？」黛玉聽了，偶然興動，便說：「這話說得極是。我如今便請他們去。」說著，一面吩咐預備了幾色果點之類，一面就打發人分頭去請眾人。這裡她二人便擬了柳絮之題，又限出幾個調來，寫了綰在壁上。

……眾人來看時：「以柳絮為題，限各色小調。」又都看了史湘雲的，稱賞了一回。寶玉笑道：「這詞上我倒平常，少不得也要胡謅起來。」於是大家拈鬮，寶釵便拈得了《臨江仙》，寶琴拈得《西江月》，探春拈得了《南柯子》，黛玉拈得了《唐多令》，寶玉拈得了《蝶戀花》。紫鵑炷了一支夢甜香，大家思索起來。

……一時黛玉有了，寫完。接著寶琴、寶釵都有了。她三人寫完，互相看時，寶釵便笑道：「我先瞧完了妳們的，再看我的。」探春笑道：「噯呀，今兒這香怎麼這樣快，已剩了三分了！我才有了半首。」因又問寶玉可有了。寶玉雖作了些，只是自己嫌不好，又都抹了要另作，回頭看香，已將燼了。

……李紈等笑道：「這算輸了。蕉丫頭的半首且寫出來。」探春聽說，忙寫了出來。眾人看時，上面卻只半首《南柯子》，寫道是：

空挂纖纖縷，徒垂絡絡絲，也難綰繫也難羈，一任東西南北各分離。

李紈笑道：「這卻也好作，何不續上？」寶玉見香沒了，情願認負，不肯勉強塞責，將筆擱下，來瞧這半首。見沒完時，反倒動了興，開了機，乃提筆續道是：

落去君休惜，飛來我自知。

鶯愁蝶倦晚芳時，縱是明春再見隔年期。

眾人笑道：「正經你分內的又不能，這卻偏有了。縱然好，也不算得。」

……說著，看黛玉的《唐多令》：

粉墮百花州，香殘燕子樓。一團團逐對成毬。

飄泊亦如人命薄，空繾綣，說風流。

草木也知愁，韶華竟白頭。嘆今生誰拾誰收？
嫁與東風春不管，憑爾去，忍淹留。

眾人看了，俱點頭感嘆，說：「太作悲了，好是固然好的。」因又看寶琴的是《西江月》：

漢苑零星有限，隋堤點綴無窮。
三春事業付東風，明月梅花一夢。
幾處落紅庭院？誰家香雪簾櫳？
江南江北一般同，偏是離人恨重！

眾人都笑說：「到底是她的聲調壯。『幾處』『誰家』兩句最妙。」

寶釵笑道：「終不免過於喪敗。我想，柳絮原是一件輕薄無根無絆的東西，然依我的主意，偏要把它說好了，才不落套。所以我謅了一首來，未必合你們的意思。」

眾人笑道：「不要太謙。我們且賞鑒，自然是好的。」因看這一首《臨江仙》道是：

白玉堂前春解舞，東風捲得均勻。

湘雲先笑道：「好一個『東風捲得均勻』！這一句就出人之上了。」又看底下道：

蜂團蝶陣亂紛紛。幾曾隨逝水，豈必委芳塵。

萬縷千絲終不改，任他隨聚隨分。

韶華休笑本無根，好風頻借力，送我上青雲！

眾人拍案叫絕，都說：「果然翻得好氣力，自然是這首為尊。纏綿悲戚，讓瀟湘妃子，情致嫵媚，卻是枕霞，小薛與蕉客今日落第，要受罰的。」

寶琴笑道：「我們自然受罰，但不知交白卷子的，又怎麼罰？」

李紈道：「不要忙，這定要重重罰他。下次為例。」

……一語未了，只聽窗外竹子上一聲響，恰似簾屜子倒了一般，眾人嚇了一跳。丫鬟們出去瞧時，簾外丫鬟嚷道：「一個大蝴蝶風箏，掛在竹梢上了。」眾丫鬟笑道：「好一個齊整風箏！不知是誰家放斷了繩。拿下它來。」

寶玉等聽了，也都出來看時，寶玉笑道：「我認得這風箏。這是大老爺那院裡嬌紅姑娘放的，拿下來給她送過去罷。」

紫鵑笑道：「難道天下沒有一樣的風箏，單她有這個不成？我不管，我且拿起來。」探春道：「紫鵑也學小氣了。妳們一般的也有，這會子拾人走了的，也不怕忌諱！」

黛玉笑道：「可是呢，知道是誰放晦氣[6]的，快丟出去罷！把

6.放晦氣—一項古老的習俗，即將風箏放上天空後，將線剪斷，任其飄逝，認為這樣就可以將自身的病痛和煩惱一同帶走。

咱們的拿出來，咱們也放晦氣。」

紫鵑聽了，趕著命小丫頭們將這風箏送出與園門上值日的婆子去，倘有人來找，好還他們去的。

……這裡小丫頭們聽見放風箏，巴不得一聲兒七手八腳，都忙著拿出一個美人風箏來。也有搬高凳去的，也有捆剪子股的，也有撥籰子[7]的。寶釵等都立在院門前，命丫頭們在院外敞地下放去。寶琴笑道：「妳這個不大好看，不如三姐姐的那一個軟翅子大鳳凰好。」

寶釵笑道：「果然。」

因回頭向翠墨笑道：「妳去把妳們的拿來也放放。」翠墨笑嘻嘻的果然也取去了。

……寶玉又興頭起來，也打發個小丫頭子家去，說：「把昨兒賴大

7. 籰（音月）子——纏絲、紗、線等用的工具，這裡是指放風箏用的線車子。

娘送我的那個大魚取來。」小丫頭子去了半天，空手回來，笑道：「晴姑娘昨兒放走了。」

寶玉道：「我還沒放一遭兒呢。」

探春笑道：「橫豎是給你放晦氣罷了。」

寶玉道：「也罷。再把那個大螃蟹拿來罷。」

丫頭去了，同了幾個人扛了一個美人並籰子來，說道：「襲姑娘說，昨兒把螃蟹給了三爺了。這一個是林大娘才送來的，放這一個罷。」寶玉細看了一回，只見這美人做的十分精緻。心中歡喜，便命叫放起來。

……此時探春的也取了來，翠墨帶著幾個小丫頭子們在那邊山坡上已放了起來。寶琴也命人將自己的一個大紅蝙蝠也取來。寶釵也高興，也取了一個來，卻是一連七個大雁的，都放起來。

獨有寶玉的美人放不起來。寶玉說丫頭們不會放，自己放了半天，只起房高，便落下來了。急得寶玉頭上出汗，眾人又笑。寶玉恨得擲在地下，指著風箏道：「若不是個美人，我一頓腳，跺個稀爛！」

黛玉笑道：「那是頂線不好，拿出去另使人打了頂線，就好了。」寶玉一面使人拿去打頂線，一面又取一個來放。大家都仰面看天上，這幾個風箏都起在半空中去了。

……一時，丫鬟們又拿了許多各式各樣的送飯的[8]來，頑了一回。

……紫鵑笑道：「這一回的勁大，姑娘來放罷。」黛玉聽說，用手帕墊著手，頓了一頓，果然風緊力大，接過籰子來，隨著風箏的勢將籰子一鬆，只聽一陣「豁剌剌」響，登時籰子線盡。黛玉因讓眾人來放。眾人都笑道：「各人都有，妳先請罷。」

8. **送飯的**——放風箏的一種附加物，俗稱送飯的。

黛玉笑道：「這一放，雖有趣，只是不忍。」

李紈道：「放風箏圖的是這一樂，所以又說放晦氣，妳更該多放些，把妳這病根兒都帶了去就好了。」

紫鵑笑道：「我們姑娘越發小氣了。哪一年不放幾個子。今忽然又心疼了。姑娘不放，等我放。」說著，向雪雁手中接過一把西洋小銀剪子來，齊籰子根下寸絲不留，「咯登」一聲鉸斷，笑道：「這一去把病根兒可都帶了去了！」

那風箏飄飄颻颻，只管往後退了去，一時只有雞蛋大小，展眼只剩了一點黑星兒，再展眼便不見了。

……眾人皆仰面睃眼說：「有趣，有趣。」

寶玉道：「可惜不知落在那裡去了。若落在有人煙處，被小孩子得了還好，若落在荒郊野外，無人煙處，我替它寂寞。想起來，把我這個放去，教它兩個作伴兒罷。」於是也用剪子剪斷，照先放了去。

……探春正要剪自己的鳳凰，見天上也有一個鳳凰，因道：「這也不知是誰家的？」眾人皆笑說：「且別剪妳的，看他倒像要來絞的樣兒。」說著，只見那鳳凰漸逼近來，遂與這鳳凰絞在一處。

眾人方要往下收線，那一家也要收線，正不開交，又見一個門扇大的玲瓏「喜」字兒帶響鞭，在半天如鐘鳴一般，也逼近來。

眾人笑道：「這一個也來絞了。且別收，讓它三個絞在一處，倒有趣呢！」說著，那「喜」字果然與這兩個鳳凰絞在一處。三下齊收亂頓，誰知線都斷了，那三個風箏，飄飄颻颻都去了。

……眾人拍手，哄然一笑，說：「倒有趣，可不知那「喜」字是誰家的，忒促狹了些！」

黛玉說：「我的風箏也放去了，我也乏了，我也要歇息去了。」

寶釵說：「且等我們放了去，大家好散。」說著，看她姊妹都放去了，大家方散。

黛玉回房，歪著養乏。要知端的，下回便見。

◎第七一回◎ 嫌隙人有心生嫌隙 鴛鴦女無意遇鴛鴦

⋯⋯話說賈政回京之後，諸事完畢，賜假一月，在家歇息。因年景漸老，事重身衰，又近因在外幾年，骨肉離分，今得晏然復聚於庭室，自覺喜幸不盡。一應大小事務，一概益發付於度外，只是看書，悶了便與清客們下棋吃酒，或日間在裡面，母子夫妻共敘天倫庭闈之樂。

⋯⋯因今歲八月初三日，乃賈母八旬之慶，又因親友全來，恐筵宴排設不開，便早同賈赦及賈珍、賈璉等商議，議定於七月二十八日起至八月初五日止，榮、寧兩處，齊開筵宴。

寧國府中單請官客[1]，榮國府中單請堂客，大觀園中收拾出綴錦閣並嘉蔭堂等幾處大地方來做退居[2]。二十八日請皇親、駙馬、王公、公主、郡主、王妃、太君、夫人等，二十九日便是各府督鎮及誥命等，三十日便是諸官長及誥命並遠近親友及堂客。初一日是賈赦的家宴，初二日是賈政，初三日是賈珍、賈璉；初四日，是賈府中合族長幼大小共湊家宴。初五日，是賴大、林之孝等家下管事人等，共湊一日。

……自七月上旬，送壽禮者便絡繹不絕。禮部奉旨：欽賜金玉如意一柄，彩緞四端，金玉環四個，帑銀五百兩。元春又命太監送出金壽星一尊，沉香拐一隻，伽南珠一串，福壽香一盒，金錠一對，銀錠四對，彩緞十二匹，玉杯四隻，餘者自親王、駙馬以及大小文武官員之家，凡所來往者，莫不有禮，不能勝記。

1. **官客**──男客。

2. **退居**──供臨時休息的房屋。

堂屋內設下大桌案，鋪了紅氈，將凡所有精細之物，都擺上，請賈母過目。賈母先一二日，還高興過來瞧瞧，後來煩了，也不過目，只說：「叫鳳丫頭收了，改日悶了再瞧。」

⋯至二十八日，兩府中俱懸燈結彩，屏開鸞鳳，褥設芙蓉，笙簫鼓樂之音，通衢越巷。寧府中本日只有北靜王、南安郡王、永昌駙馬，樂善郡王並幾個世交公侯應襲，榮府中，南安王太妃、北靜王妃並世交王侯誥命。賈母等俱是按品大妝迎接。大家廝見，先請入大觀園內嘉蔭堂，茶畢更衣後，方出至榮慶堂上拜壽入席。大家謙遜半日，方才入席。

⋯上面兩席是南北王妃，下面依序便是眾公侯命婦。下手一席陪客，是錦鄉侯誥命與臨昌伯誥命。右邊下手，方是賈母主位。邢夫人、王夫人帶領尤氏、鳳姐並族中幾個媳婦，兩溜雁翅，站在賈母身後侍立。

林之孝、賴大家的帶領眾媳婦，都在竹簾外面侍候上菜上酒，周瑞家的帶領幾個丫鬟，在圍屏後侍候呼喚。凡跟來的人，早又有人款待別處去了。

……一時臺上參了場[3]，臺下一色十二個未留髮的小丫頭，都是小廝打扮，垂手伺候。須臾，一小廝捧了戲單至階下，先遞與回事的媳婦，接了，才遞與林之孝家的，用一小茶盤托上，挨身入簾來，遞與尤氏的侍妾佩鳳；佩鳳接了，才奉與尤氏；尤氏托著，走至上席，南安太妃謙讓了一回，點了一齣吉慶戲文，然後又讓北靜王妃，也點了一齣。眾人又讓了一回，命隨便揀好的唱罷了。

……少時，菜已四獻，湯始一道，跟來各家的放了賞，大家便更

3.參了場——舊時喜慶祝壽等演戲時，演員在開場前須出臺致賀，叫「參場」。

衣復入園來，另獻好茶。

……南安太妃因問寶玉，賈母笑道：「今日幾處裡念《保安延壽經》，他跪經[4]去了。」又問眾小姐們，賈母笑道：「她們姊妹們病的病，弱的弱，見人靦腆，所以叫她們給我看屋子去了。有的是小戲子，傳了一班，在那邊廳上，陪著她姨娘家姊妹們也看戲呢。」

南安太妃笑道：「既這樣，叫人請來。」

……賈母回頭命鳳姐兒去把史、薛、林帶來，「再只叫妳三妹妹陪著來罷。」鳳姐答應了，來至賈母這邊，只見她姊妹們正吃果子看戲呢，寶玉也才從廟裡跪經回來。鳳姐兒說了話，寶釵姊妹與黛玉、探春、湘雲五人來至園中，見了大家，不過請安、問好、讓坐等事。

4.跪經—做佛事或祭典時，施主跟着跪拜，以表虔誠。

……眾人中內中也有見過的，還有一兩家不曾見過的，都齊聲誇讚不絕。其中湘雲最熟，南安太妃因笑道：「妳在這裡，聽見我來了，還不出來？還等請去。我明兒和妳叔叔算帳。」因一手拉著探春，一手拉著寶釵，問幾歲了，又連聲誇讚。因又鬆了她兩個，又拉著黛玉、寶琴，也著實細看極誇一回。又笑道：「都是好的，不知叫我誇哪一個的是。」

……早有人將備送禮物，打點出幾分來：金玉戒指各五個，腕香珠五串。南安太妃笑道：「妳們姊妹們別笑話，留著賞丫頭們罷。」五人忙拜謝過。北靜王妃也有五樣禮物，餘者不必細說。

……吃了茶，園中略逛了一逛，賈母等因又讓入席。南安太妃便告辭，說：「身上不快，今日若不來，實在使不得，因此恕我竟先要告別了。」賈母等聽說，也不便強留，大家又讓了一回，送至園門，坐轎而去。接著北靜王妃略坐一坐，也就告辭了。餘者也有終席的，也有不終席的。

……賈母勞乏了一日，次日便不會人，一應都是邢夫人款待。有那些世家子弟拜壽的，只到廳上行禮，賈赦、賈政、賈珍等還禮管待，至寧府坐席，不在話下。

……這幾日，尤氏晚間也不回那府裡去，白日間待客，晚間陪賈母頑笑，又幫著鳳姐料理出入大小器皿，以及收放禮物，晚間在李氏房中歇宿。這日晚間，服侍過賈母晚飯後，因說：「妳們也乏了，我也乏了，早些尋一點子吃了歇歇去，明兒還要起早呢。」尤氏答應著，退了出去，到鳳姐兒房裡來吃飯。

……鳳姐在樓上看著人收送來的圍屏呢，只有平兒在房裡與鳳姐疊衣服。尤氏想起二姐在時多承平兒照應，便點著頭兒說道：「好丫頭！妳這樣好心人兒，難為妳在這裡熬。」

平兒把眼圈一紅，拿別的話岔過去。

尤氏因笑問道：「妳們奶奶吃了飯了沒有？」

平兒笑道：「吃飯豈不請奶奶去的？」

尤氏笑道：「既這樣，我別處找吃的去罷。餓得我受不得了。」說著就走。

平兒忙笑道：「奶奶請回來。這裡有點心，且點補一點兒，回來再吃飯。」

尤氏笑道：「妳們忙得這樣，我園裡和她姊妹們鬧去。」一面說，一面就走。平兒留不住，只得罷了。

……且說尤氏來至園中，只見園中正門與各處角門仍未關好，猶吊著各色彩燈，因回頭命小丫頭叫該班的女人。那丫鬟走入班房中，竟沒一個人影兒，回來回了尤氏。尤氏便命傳管家的女人。

⋯⋯這丫頭應了便出去，到二門外鹿頂[5]內，乃是管事的女人議事聚齊之所。到了這裡，只有兩個婆子分果菜吃。因問：「哪一位管事的奶奶在這裡？東府裡的奶奶，立等一位奶奶，有話吩咐。」

這兩個婆子只顧分菜果，又聽見是東府裡的奶奶，不大在心上，因就回說：「管家奶奶們才散了。」

小丫頭道：「既散了，妳們家裡傳她去。」

婆子道：「我們只管看屋子，不管傳人。姑娘要傳人，再派傳人的去。」

小丫頭聽了道：「噯喲，這可反了！怎麼妳們不傳去？妳哄新

5.鹿頂——借指廂房。

來的，怎麼哄起我來了！素日妳們不傳誰傳去？這會子打聽了梯己信兒，或是賞了那位管家奶奶的東西，妳們爭著狗顛屁股兒的傳去，不知誰是誰呢！璉二奶奶要傳，妳們可也這麼回？」

……※……※……※……

……這兩個婆子一則吃了酒，二則被這丫頭揭著弊病，便羞惱成怒了，因回口道：「扯妳的臊！我們的事，傳不傳不與妳相干，妳倒會挑揭我們，妳想想妳那老子娘，在那邊管家爺們跟前，比我們還更會溜呢。什麼『清水下雜麵，你吃我也見』的事，各家門，另家戶，妳有本事，排場妳們那邊人去。我們這邊，妳們還早些呢！」

丫頭聽了，氣白了臉，因說道：「好，好，這話說得好！」一面轉身進來回話。

……尤氏已早入園來，因遇見了襲人、寶琴、湘雲三人同著地藏庵的兩個姑子，正說故事頑笑，尤氏因說餓了，先到怡紅院，襲人裝了幾樣葷素點心出來與尤氏吃。兩個姑子、寶琴、湘雲等都吃茶，仍說故事。

……那小丫頭子一逕找了來，氣狠狠的把方才的話都說了出來。尤氏聽了冷笑道：「這是兩個什麼人？」兩個姑子並寶琴、湘雲聽了，生怕尤氏生氣，忙勸說：「沒有的事，必是這一個聽錯了。」兩個姑子笑推這丫頭道：「妳這姑娘好氣性大，那糊塗老嬤嬤們的話，妳也不該來回才是。咱們奶奶萬金[6]之軀，勞乏了幾日，黃湯辣水沒吃，咱們哄她歡喜一會還不得一半兒，說這些話做什麼。」襲人也忙笑著拉出她去，說：「好妹子，妳且出去歇歇，我打

6. 萬金——用以形容貴重或比喻貴重之物。

發人叫她們去。」

…尤氏道：「妳不要叫人，妳去就叫這兩個婆子來，到那邊把她們家的鳳兒叫來。」

襲人笑道：「我請去。」

尤氏笑道：「偏不要妳去。」

兩個姑子忙立起身來笑說：「奶奶素日寬宏大量，今日老祖宗千秋，奶奶生氣，豈不惹人議論。」寶琴、湘雲二人也都笑勸。

尤氏道：「不為老太太的千秋，我一定不依。且放著就是了。」

…說話之間，襲人早又遣了一個丫頭去到園門外找人，可巧遇見周瑞家的，這小丫頭子就把這話告訴她了。周瑞家的雖不管事，因她素日仗著是王夫人的陪房，原有些體面，心性乖滑[7]，專管各處獻勤討好，所以各處房主人都喜歡她。她今日聽了這話，忙跑入怡紅院來，一面飛走，口裡又一面說：「可了不得，氣壞了奶奶了。偏我不在跟前，且打她幾個嘴巴子，再等過了這幾天算帳。」

…尤氏見了她，也便笑道：「周姐姐妳來，有個理妳說說。這早晚門還大開著，明燈蠟燭，出入的人又雜，倘有不防的事，如何使得？因此叫該班的人吹燈關門。誰知一個人芽兒[8]也沒有。」

周瑞家的道：「這還了得！前兒二奶奶還吩咐了她們，說這幾日事多人雜，一就關門吹燈，不是園裡人不許放進去。今日就沒了人。過了這幾日，必要打幾個才好。」

…尤氏又說小丫頭子的話。周瑞家的道：「奶奶不要生氣，等

7. 乖滑——此指狡獪。

8. 人芽兒——指人影。

過了事，我告訴管事的，打她個臭死。只問她們，誰叫她們說這『各門各戶』的話！我已經叫她們吹了燈，關上正門和角門子。」正亂著，只見鳳姐兒打發人來請吃飯。

尤氏道：「我也不餓了，才吃了幾個餑餑[9]，請妳奶奶自吃罷。」

……一時周瑞家的得便出去，便把方才之事回了鳳姐，又說：「這兩個婆子就是管家奶奶，時常我們和她說話，都似狠蟲一般。奶奶若不戒飭，打大奶奶臉上過不去。」

鳳姐道：「既這麼著，記上兩個的名字，等過了這幾日，捆了送到那府裡，憑大嫂子開發，或是打幾下子，或是開恩，隨她就完了。什麼大事。」

……周瑞家的聽了，巴不得一聲。素日因與這幾個人不睦，出來

9. 餑餑——糕點或用雜糧麵製成的塊狀食物。

便命一個小廝到林之孝家傳鳳姐的話，立刻叫林之孝家的進來見大奶奶，一面又傳人立刻捆起這兩個婆子來，交到馬圈裡派人看守。

……林之孝家的不知什麼事，此時已點燈，忙坐車進來，先見鳳姐。至二門上傳進話去，丫頭們出來說：「奶奶才歇了。大奶奶在園內，叫大娘見大奶奶就是了。」

林之孝家的只得進園來到稻香村，丫鬟們回進去，尤氏聽了反過意不去，忙喚進她來，因笑向她道：「我不過為找人找不著因問妳，妳既去了，也不是什麼大事，誰又把妳叫進來，倒要妳白跑一趟。不大的事，已經撂過手[10]了。」

林之孝家的也笑回道：「二奶奶打發人傳我，說奶奶有話吩咐。」

尤氏笑道：「這是哪裡的話，只當妳沒去，白問你。這是誰又

10. 撂過手——放過不問。

多事告訴了鳳丫頭，大約周姐姐說的。妳家去歇著罷，沒有什麼大事。」李紈又要說原故，尤氏反攔住了。

……林之孝家的見如此，只得便回身出園去。可巧遇見趙姨娘，姨娘因笑道：「噯喲喲，我的嫂子！這會子還不家去歇歇，還跑些什麼？」

林之孝家的便笑說：「何曾不家去？如此這般進來了，又是個齊頭故事[11]。」

……趙姨娘原是好察聽這些事的，且素日又與管事的女人們扳厚[12]，互相連絡，好作首尾。方才之事，已竟聞得八九，便恁般如此告訴了林之孝家的一遍。林之孝家的聽了，笑道：「原來是這事，也值一個屁！開恩呢，就不理論；心窄些兒，也不過打幾下就完了。」

11. 齊頭故事——有頭有尾的故事。

12. 扳厚——因扳關係而有交情。

趙姨娘道：「我的嫂子，事雖不大，可見她們太張狂了些。巴巴的傳妳進來，明明戲弄妳，頑算妳。快歇歇去，明兒還有事呢，也不留妳吃茶去。」

……說畢，林之孝家的出來，到了側門前，就有方才兩個婆子的女兒上來哭著求情。林之孝家的笑道：「妳這孩子好糊塗！誰叫妳娘吃酒混說了，惹出事來，連我也不知道。二奶奶打發人捆她，連我還有不是呢。我替誰討情去！」

這兩個小丫頭子才七八歲，原不識事，只管哭啼求告。纏得林之孝家的沒法，因說道：「糊塗東西！妳放著門路不去，卻纏我來。妳姐姐現給了那邊大太太作陪房的費大娘的兒子，妳過去告訴妳姐姐，叫親家娘和大太太一說，什麼完不了的事！」

一語提醒了一個，那一個還求。林之孝家的啐道：「糊塗攮的！她過去一說，自然都完了。沒有個單放了她媽又打你媽的理。」說畢，上車去了。

……這一個小丫頭果然過來告訴了她姐姐，和費婆子說了。這費婆子原是邢夫人的陪房，起先也曾興過時，只因賈母近來不大作興邢夫人，所以連這邊的人也減了威勢。凡賈政這邊也些體面的人，那邊各各皆虎視眈眈。

這費婆子常倚老賣老，仗著邢夫人，常吃些酒，嘴裡胡罵亂怨的出氣。如今賈母慶壽這樣大事，乾看著人家才賣技辦事，呼么喝六弄手腳，心中早已不自在，指雞罵狗，閒言閒語的亂鬧。這邊的人也不和她較量。

……如今聽了周瑞家的捆了她親家，越發火上澆油，仗著酒興，指著隔斷的牆大罵了一陣，便走上來求邢夫人，說她親家並沒有什麼不是，「不過和那府裡的大奶奶的小丫頭白鬥了兩句話，周瑞家的便挑唆了咱家二奶奶捆到馬圈裡，等過了這兩日還要打。求太太——我那親家娘也是七八十歲的老婆子——和二奶奶說聲，饒她一次罷。」

……邢夫人自為要鴛鴦之後討了沒意思，後來見賈母越發冷淡了她，鳳姐的體面反勝自己；且前日南安太妃來了，要見她姊妹，賈母又只令探春出來，迎春竟似有如無，自己心內早已怨忿不樂，只是使不出來。又值這一干小人在側，她們心內嫉妒挾怨之事不敢施展，便背地裡造言生事，調撥主人。先不過是告那邊的奴才，後來漸次告到鳳姐，說鳳姐：「只哄著老太太喜歡了，她好就中作威作福，轄治著璉二爺，調唆二太太，把這邊的正經太太倒不放在心上。」

後來又告到王夫人，說：「老太太不喜歡太太，都是二太太和璉二奶奶調唆的。」邢夫人縱是鐵心銅膽的人，婦女家終不免生些嫌隙之心，近日因此著實厭惡鳳姐。今聽了如此一篇話，也不說長短。

……至次日一早，見過賈母。眾族人到齊開戲。賈母高興，又今日都是自己族中子姪輩，只便衣常妝出來，堂上受禮。當中獨設一榻，引枕、靠背、腳踏俱全，自己歪在榻上。榻之前後左右，皆是一色的矮凳，寶釵、寶琴、黛玉、湘雲、迎春、探春、惜春姊妹等圍繞。

因賈㻞之母帶了女兒喜鸞，賈瓊之母也帶了女兒四姐兒，還有幾房的孫女兒，大小共有二十來個。賈母獨見喜鸞和四姐兒生得又好，說話行事與眾不同，心中喜歡，便命她兩個也過來榻前同坐。寶玉卻在榻上與賈母捶腿。首席便是薛姨媽，下邊兩溜順著房頭輩數下去。簾外兩廊，都是族中男客，也依次而坐。

……先是那女客一起一起行禮，後方是男客行禮。賈母歪在榻上，只命人說「免了罷。」然後賴大等帶領眾人，從儀門直跪至大廳上磕頭。禮畢，又是眾家下媳婦，然後各房的丫鬟，足鬧了兩三頓飯時。然後又抬了許多雀籠來，在當院中放了生。賈赦等焚過了天地壽星紙馬，方開戲飲酒。直到歇了中臺，賈母方進來歇息，命他們取便，因命鳳姐兒留下喜鸞、四姐兒，頑兩日再去。鳳姐兒出來便和她母親說，她兩個母親素日承鳳姐的照顧，也巴不得一聲兒。她兩個也願意在園內頑耍，至晚便不回家了。

……邢夫人直至晚間散時，當著許多人陪笑和鳳姐求情說：「我聽見昨兒晚上二奶奶生氣，打發周管家的娘子捆了兩個老婆子，可也不知犯了什麼罪。論理我不該討情，我想老太太好日子，發狠的還捨錢捨米，周貧濟老，咱們家先倒折磨起老人家來了。不看我的臉，權且看老太太，竟放了她們罷。」說畢，上車去了。

……鳳姐聽了這話，又當著許多人，又羞又氣，一時抓尋不著頭腦，憋得臉紫脹，回頭向賴大家的等冷笑道：「這是哪裡的話。昨兒因為這裡的人得罪了那府裡的大嫂子，我怕大嫂子多心，所以盡讓她發放，並不為得罪了我。這又是誰的耳報神[13]這麼快？」

王夫人因問：「為什麼事？」鳳姐兒笑將昨日的事說了。

……尤氏也笑道：「連我並不知道。妳原也太多事了。」

13. 耳報神——暗中通風報信的人。

鳳姐兒道：「我為妳臉上過不去，所以等妳開發，不過是個禮。就如我在妳那裡有人得罪了我，妳自然送了來盡我開發。憑她是什麼好奴才，到底錯不過這個禮去。這又不知誰過去，沒的獻勤兒，這也當作一件事情去說。」

王夫人道：「妳太太說得是。就是珍哥媳婦，也不是外人，也不用這些虛禮。老太太的千秋要緊，放了她們為是。」說著，回頭便命人去放了那兩個婆子。

……鳳姐由不得越想越氣越愧，不覺的一陣心灰，落下淚來。因賭氣回房哭泣，又不使人知覺。偏是賈母打發了琥珀來叫，立等說話。

琥珀見了詫異道：「好好的，這是什麼原故？那裡立等妳呢。」

鳳姐聽了，忙擦乾了淚，洗了洗臉，另施了脂粉，方同琥珀過來。

…賈母因問道：「前兒這些人家送禮來的，共有幾家有圍屏？」

鳳姐兒道：「共有十六家，有十二架大的，四架小的炕屏。內中只有甄家一架大屏十二扇，大紅緞子刻絲[14]『滿床笏』，一面是泥金『百壽圖』的是頭等的。還有粵海將軍鄔家一架玻璃的還罷了。」

賈母道：「既這樣，這兩架別動，好生擱著，我要送人的。」

鳳姐兒答應了。

…鴛鴦忽過來向鳳姐兒面上細瞧，引得賈母問說：「妳不認得她？只管瞧什麼？」

鴛鴦笑道：「怎麼她的眼腫腫的，所以我詫異，只管看。」賈母便叫近來，也細看著。

鳳姐笑道：「才覺得一陣癢癢，揉腫了些。」

鴛鴦笑道：「別又是受了誰的氣不成？」

14. 刻絲——我國特有的一種絲織品。利用色絲經緯交織而成。質地堅韌，色澤鮮豔，其花紋圖案有如雕刻而成，故稱為「刻絲」。多用於織摹花鳥、山水、人物、歷史故事等。

鳳姐道：「誰敢給我氣受！便受了氣，老太太好日子，我也不敢哭的。」

賈母道：「正是呢。我正要吃晚飯，妳在這裡打發我吃，剩下的就妳和珍兒媳婦吃了。妳兩個在這裡幫著兩個師父替我揀佛豆兒，妳們也積積壽，前兒妳姊妹們和寶玉都揀了，如今也叫妳們揀揀，別說我偏心。」

……說話時，先擺上一桌素的來。兩個姑子吃了，然後才擺上葷的，賈母吃畢，抬出外間。尤氏、鳳姐兒二人正吃著，賈母又叫把喜鸞、四姐兒二人叫來，跟她二人吃畢，洗了手，點上香，捧上一升豆子來。兩個姑子先念了佛偈，然後一個一個的揀在一個笸籃內，明日煮熟了，令人在十字街結壽緣。賈母歪著，聽兩個姑子說些因果。

……鴛鴦早已聽見琥珀說鳳姐哭之事，又和平兒跟前打聽得原故。晚間人散時，便回說：「二奶奶還是哭的，那邊大太太當著人給二奶奶沒臉。」

賈母因問：「為什麼原故？」鴛鴦便將原故說了。

賈母道：「這才是鳳丫頭知禮處，難道為我的生日由著奴才們把一族中的主子都得罪了也不管罷？這是大太太素日沒好氣，不敢發作，所以今兒拿著這個作法子，明是當著眾人給鳳兒沒臉罷了！」正說著，只見寶琴來了，也就不說了。

……賈母因問：「妳在那裡來？」

寶琴道：「在園裡林姐姐屋裡大家說話的。」賈母忽想起一事來，忙喚一個老婆子來，吩咐她：「到園裡各處女人們跟前囑咐囑咐，留下的喜姐兒和四姐兒雖然窮，也和家裡的姑娘們是一樣，大家照看經心些。我知道咱們家的男男女女都是

『一個富貴心，兩隻體面眼』，未必把她兩個放在眼裡。有人小看了她們，我聽見可不依。」

婆子應了方要走時，鴛鴦道：「我說去罷。她們那裡聽她的話。」說著，便一徑往園子來。

……先到稻香村中，李紈與尤氏都不在這裡。問丫鬟們，說：「都在三姑娘那裡呢。」鴛鴦回身又來至曉翠堂，果見那園中人都在那裡說笑。見她來了，都笑說：「妳這會子又跑到這裡做什麼？」又讓她坐。

鴛鴦笑道：「不許我也逛逛麼？」於是把方才的話說了一遍。李紈忙起身聽了，即刻就叫人把各處的頭兒喚了一個來。令她們傳與諸人知道。不在話下。

……這裡尤氏笑道：「老太太也太想得到，實在我們年輕力壯的人，捆上十個也趕不上。」

李紈道：「鳳丫頭仗著鬼聰明兒，還離腳踪兒不遠。咱們是不能的了。」

……鴛鴦道：「罷喲，還提鳳丫頭、虎丫頭呢，她也可憐見兒的。雖然這幾年沒有在老太太、太太跟前有個錯縫兒，暗裡也不知得罪了多少人。總而言之，為人是難作的：若太老實了，沒有個機變，公婆又嫌太老實了，家裡人也不怕；若有些機變，未免又治一經損一經[15]。「如今咱們家便好，新出來的這些底下字號的奶奶們，一個個心滿意足，都不知要怎麼樣才好，稍有不得意，不是背地裡嚼舌根，就是挑三窩四的。我怕老太太生氣，一點兒也不肯說。不然我告訴出來，大家別過太平日子。這不是我當著三姑娘說，老太太偏疼寶玉，有人背地裡怨言還罷了，算

15. 治一經損一經——比喻顧此失彼。

是偏心。如今老太太偏疼妳，我聽著也是不好。這可笑不可笑？」

……探春笑道：「糊塗人多，那裡較量得許多。我說倒不如小人家人少，雖然寒素些，倒是歡天喜地，大家快樂。我們這樣人家人多，外頭看著我們不知千金萬金小姐，何等快樂，殊不知我們這裡說不出來的煩難，更利害。」

寶玉道：「誰都像三妹妹好多心。我常勸妳，總別聽那些俗語，想那些俗事，只管安富尊榮才是。比不得我們，沒有這清福，該應濁鬧的。」

尤氏道：「誰都像你，真是一心無掛礙，只知道和姊妹們頑笑，餓了吃，困了睡，再過幾年，不過還是這樣，一點後事也不慮。」

寶玉笑道：「我能夠和姊妹們過一日是一日，死了就完了。什麼後事不後事。」

…李紈等都笑道：「這可又是胡說。就算你是個沒出息的，終老在這裡，難道她姊妹們都不出門的？」

尤氏笑道：「怨不得人都說假長了一個胎子，究竟是個又傻又呆的。」

寶玉笑道：「人事莫定，誰死誰活？倘或我在今日、明日、今年、明年死了，也算是隨心一輩子了。」

眾人不等說完，便說：「可又瘋了，別和他說話才好。若和他說話，不是呆話，便是瘋話了。」

喜鸞因笑道：「二哥哥，你別這樣說，等這裡姐姐們果然都出了門，橫豎老太太、太太也寂寞，我來和你作伴兒。」

李紈、尤氏等都笑道：「姑娘也別說呆話，難道妳是不出門的？這話哄誰？」說得喜鸞也低了頭。當下已起更時分，大家各自歸房安歇不提。

※※※

……且說鴛鴦一逕回來，剛至園門前，只見角門虛掩，猶未上門。此時園內無人來往，只有該班的房內燈光掩映，微月半天。鴛鴦又不曾有個作伴的，也不曾提燈，獨自一人，腳步又輕，所以該班的人皆不理會。偏生又要小解，因下了甬路，找微草處走動。行至一湖山石後，大桂樹陰下來。

……剛轉至石後，只聽一陣衣衫響，嚇了一驚不小。定睛一看，只見是兩個人在那裡，見她來了，便想往樹叢石後藏躲。鴛鴦眼尖，趁月色見準一個穿紅裙子，梳鬅頭[16]，高大豐壯身材的，是迎春房裡的司棋。鴛鴦只當她和別的女孩子也在此方便，見自己來了，故意藏躲嚇著頑耍，因便笑叫道：「司

16.鬅（音朋）頭——一種髮髻鬆散而高起的髮式。

棋，妳不快出來，嚇著我，我就喊起來當賊拿了。這麼大丫頭，也沒個黑夜白日的，只是頑不夠。」

……這本是鴛鴦戲語叫她出來。誰知她賊人膽虛，只當鴛鴦已看見她的首尾了，生恐叫喊起來，使眾人知覺更不好，且素日鴛鴦又和自己親厚，不比別人，便從樹後跑出來，一把拉住鴛鴦，便雙膝跪下，只說：「好姐姐，千萬別嚷！」鴛鴦反不知為的什麼，忙拉她起來，問道：「這是怎麼說。」司棋滿臉紅脹，又流下淚來。

……鴛鴦再一回想，那一個人影恍惚像個小廝，心下便猜疑了八九，自己反羞的面紅耳赤，又怕起來。因定了一會，忙悄問：「那個是誰？」司棋復跪下道：「是我姑舅兄弟。」鴛鴦啐了一口，道：「要死，要死。」

司棋又回頭悄道：「你不用藏著，姐姐已看見了，快出來磕頭。」那小廝聽了，只得也從樹後爬出來，磕頭如搗蒜。

鴛鴦忙要回身，司棋拉住苦求，哭道：「我們的性命，都在姐姐身上，只求姐姐超生要緊！」

鴛鴦道：「妳放心，我橫豎不告訴一個人就是了。」

一語未了，只聽角門上有人說道：「金姑娘已出去了，角門上鎖罷。」鴛鴦正被司棋拉住，不得脫身，聽見如此說，便接聲道：「我在這裡有事，且略住手，我出來了。」

司棋聽了，只得鬆手，讓她去了。

◎第七二回◎

王熙鳳恃強羞說病
來旺婦倚勢霸成親

……且說鴛鴦出了角門，臉上猶紅，心內突突的，真是意外之事。因想這事非常，若說出來，姦盜相連，關係人命，還保不住帶累了旁人。橫豎與己無干，且藏在心內，不說與一人知道。回房覆了賈母的命，大家安息。

從此凡晚間便不大往園中來。因思園中尚有這樣奇事，何況別處，因此連別處也不大輕走動了。

……原來那司棋因從小兒和她姑表兄弟在一處頑笑起住時，小兒戲言，便都訂下將來不娶不嫁。近年大了，彼此又出落的品貌風流，常時司棋回家時，二人眉來眼去，舊情不忘，只不能入手。又彼此生怕父母不從，二人便設法彼此裡外買囑園內老婆子們留門看道，今日趁亂方初次入港。雖未成雙，卻也海誓山盟，私傳表記，已有無限風情了。忽被鴛鴦驚散，那小廝早穿花度柳，從角門出去了。司棋一夜不曾睡著，又後悔不來。至次日見了鴛鴦，自是臉上一紅一白，百般過不去。心內懷著鬼胎，茶飯無心，起坐恍惚。挨了兩日，竟不聽見有動靜，方略放下了心。

……這日晚間，忽有個婆子來悄告訴她道：「妳兄弟竟逃走了，三四天沒歸家。如今打發人四處找他呢。」司棋聽了，氣個倒仰，因想道：「縱是鬧了出來，也該死在一處。他自為是男人，先就走了，可見是個沒情意的。」因此又添了一層氣。次日便覺心內不快，支持不住，一頭睡倒，懨懨的成了大病。

……鴛鴦聞知那邊無故走了一個小廝，園內司棋又病重，要往外挪，心下料定是二人懼罪之故：「生怕我說出來，方嚇到這樣。」

因此自己反過意不去，指著來望候司棋，支出人去，反自己立身發誓，與司棋：「我告訴一個人，立刻現死現報！妳只管放心養病，別白糟蹋了小命兒。」

司棋一把拉住，哭道：「我的姐姐，咱們從小兒耳鬢廝磨，妳不曾拿我當外人待，我也不敢待慢了妳。如今我雖一著走錯，妳若果然不告訴一個人，妳就是我的親娘一樣。

「從此後我活一日是妳給我一日，我的病好之後，把妳立個長生牌位，我天天焚香禮拜，保佑妳一生福壽雙全。我若死了時，變驢變狗報答妳。

「再俗語說，『千里搭長棚，沒有不散的筵席。』再過三二年，咱們都是要離這裡的。俗語又說，『浮萍尚有相逢日，人豈全無見面時。』倘或日後咱們遇見了，那時我又怎麼報妳的德行。」一面說，一面哭。

……這一席話反把鴛鴦說的心酸，也哭起來了。因點頭道：「正是這話。我又不是管事的人，何苦我壞妳的聲名，我白去獻勤。況且這事我自己也不便開口向人說。妳只放心。從此養好了，可要安分守己，再不許胡行亂作了。」

司棋在枕上點首不絕。

……鴛鴦又安慰了她一番，方出來。因知賈璉不在家中，又因這兩日鳳姐兒聲色怠惰了些，不似往日一樣，便順路來望候。因進入鳳姐院門，二門上的人見是她來，便站立待她進去。

……鴛鴦剛至堂屋中，只見平兒從裡頭出來，見了她來，忙上來悄聲笑道：「才吃了一口飯，歇了午覺了，妳且這屋裡略坐坐。」鴛鴦聽了，只得同平兒到東邊房裡來。小丫頭倒了茶來。

鴛鴦悄問：「妳奶奶這兩日是怎麼了？我只看她懶懶的。」平兒見問，因房內無人，便嘆道：「她這懶懶的也不止今日了，這有一月之前便是這樣。這幾日忙亂了幾天，又受了些閑氣，從新又勾起來。這兩日比先又添了些病，所以支持不住，便露出馬腳來了。」

……鴛鴦忙道：「既這樣，怎麼不早請大夫治？」

平兒嘆道：「我的姐姐，妳還不知道那脾氣的。別說請大夫來吃藥，我看不過，白問一聲：『身上覺怎麼樣？』她就動了氣，反說我咒她病了。饒這樣天天還是察三訪四，自己再不肯看破些，且養身子。」

……鴛鴦道：「雖然如此，到底該請大夫來瞧瞧是什麼病，也都好放心。」

平兒嘆道：「我的姐姐，說起病來，據我看也不是什麼小症候。」

……鴛鴦忙道：「是什麼病呢？」

平兒見問，又往前湊了一湊，向耳邊說道：「只從上月行了經之後，這一個月竟瀝瀝淅淅的沒有止住。這可是大病不是？」

鴛鴦聽了，忙答道：「噯喲！依妳這話，這可不成了血山崩[1]了。」

……平兒忙啐了一口，又悄笑道：「妳女孩兒家，這是怎麼說？

1. 血山崩——血崩的俗稱。

妳倒會咒人呢。」

鴛鴦見說，不禁紅了臉，又悄笑道：「究竟我也不知什麼是崩不崩的，妳倒忘了不成，先我姐姐不是害這病死了？我也不知是什麼病，因無心中聽見媽和親家媽說，我還納悶，後來聽見原故，才明白了一二分。」

平兒笑道：「妳該知道的，我竟也忘了。」

……二人正說著，只見小丫頭進來向平兒道：「方才朱大娘又來了。我們回了她奶奶才歇午覺，她往太太上頭去了。」平兒聽了點頭。

鴛鴦問：「哪一個朱大娘？」

平兒道：「就是官媒婆那朱嫂子。因個什麼孫大人來和咱們求親，所以她這兩日天天弄個帖子來賴死賴活。」

……一語未了，小丫頭跑來說：「二爺進來了。」說話之間，賈璉已走至堂屋門口，平兒忙迎出來，賈璉見平兒在東屋裡，便也過這間房內來，走至門前，忽見鴛鴦坐在炕上，便煞住腳，笑道：「鴛鴦姐姐，今兒貴腳踏賤地。」

鴛鴦只坐著笑道：「來請爺、奶奶的安，偏又不在家的不在家，睡覺的睡覺。」

賈璉笑道：「姐姐一年到頭辛苦服侍老太太，我還沒看妳去，那裡還敢勞動來看我們！

「正是巧的很，我才要找姐姐去。因為穿著這袍子熱，先來換了夾袍子，再過去找姐姐。不想老天爺可憐省我走這一趟，姐姐先在這裡等我了。」一面說，一面在椅子上坐下。

……鴛鴦因問：「又有什麼說的？」

賈璉未語先笑道：「因有一件事竟忘了，只怕姐姐還記得。上年老太太生日，曾有一個外路和尚來孝敬一個蠟油凍的佛手[2]，因老太太愛，就即刻拿過來擺著了。因前日老太太生日，我看古董賬上還有這一筆，卻不知此時這件東西著落何處。古董房裡的人，也回過我兩次，等我問準了好注上一筆。所以我問姐姐，如今還是老太太擺著呢，還是交到誰手裡去了呢？」

……鴛鴦聽說，便說道：「老太太擺了幾日，厭煩了，就給你們奶奶了。你這會子又問我來了，我連日子還記得，還是我打發了老王家的送來。你忘了，或是問你們奶奶和平兒。」平兒正拿衣服，聽見如此說，忙出來回說：「交過來了，現在放在樓上。奶奶已經打發過人出去說過給了這屋裡了，他們發昏沒記上，又來叨登這些沒要緊的事。」

2.蠟油凍的佛手——臘油凍是一種名貴的石料，像南方肥臘肉的顏色質感的凍石，屬於浙江青田石之一種，尤其罕見名貴。

……賈璉聽說笑道：「既然給了妳奶奶，我怎麼不知道，妳們竟昧下了。」

平兒道：「奶奶告訴二爺，二爺還要送人，奶奶不肯，好容易留下的。這會子自己忘了，倒說我們昧下。那是什麼好東西，什麼沒有的物兒！比那強十倍的東西，也沒昧下一遭，這會子就愛上那不值錢的！」

……賈璉垂頭含笑想了一想，拍手道：「我如今竟糊塗了！丟三忘四，惹人抱怨，竟大不像先了。」

鴛鴦笑道：「也怨不得。事情又多，口舌又雜，你再吃兩杯酒，那裡清楚的許多。」一面說，一面起身要去。

……賈璉忙也立身說道：「好姐姐，再坐一坐，兄弟還有事相求。」說著便罵小丫頭：「怎麼不沏好茶來！快拿乾淨蓋碗，把昨兒進上的新茶沏一碗來。」

說著向鴛鴦道：「這兩日因老太太的千秋，所有的幾千兩銀子都使了。幾處房租地稅通在九月才得，這會子竟接不上。明兒又要送南安府裡的禮，又要預備娘娘的重陽節禮，還有幾家紅白大禮，至少還得三二千兩銀子用，一時難去支借。「俗語說，『求人不如求己』。說不得，姐姐擔個不是，暫且把老太太查不著的金銀傢伙偷著運出一箱子來，暫押千數兩銀子支騰過去。不上半年的光景，銀子來了，我就贖了交還，斷不能叫姐姐落不是。」

…鴛鴦聽了，笑道：「你倒會變法兒，虧你怎麼想來。」

賈璉笑道：「不是我扯謊，若論除了姐姐，也還有人手裡管的起千數兩銀子的，只是他們為人都不如妳明白有膽量。我若和他們一說，反嚇住了他們。所以我『寧撞金鐘一下，不打破鼓三千』。」

……一語未了，忽有賈母那邊的小丫頭子忙忙走來找鴛鴦，說：「老太太找姐姐半日，我們那裡沒找到，卻在這裡。」鴛鴦聽說，忙的且去見賈母。

……賈璉見她去了，只得回來瞧鳳姐。誰知鳳姐已醒了，聽他和鴛鴦借當，自己不便答話，只躺在榻上。聽見鴛鴦去了，賈璉進來，鳳姐因問道：「她可應准了？」賈璉笑道：「雖然未應准，卻有幾分成手，須得妳晚上再和她一說，就十成了。」

鳳姐笑道：「我不管這事。倘或說准了，這會子說得好聽，到有了錢的時節，你就丟在脖子後頭，誰去和你打飢荒去。倘或老太太知道了，倒把我這幾年的臉面都丟了。」

…賈璉笑道：「好人，妳若說定了，我謝妳如何？」

鳳姐笑道：「你說，謝我什麼？」

賈璉笑道：「妳說要什麼就給妳什麼。」

平兒一旁笑道：「奶奶倒不要謝的。昨兒正說，要作一件什麼事，恰少一二百銀子使，不如借了來，奶奶拿一二百銀子，豈不兩全其美。」

鳳姐笑道：「幸虧提起我來，就是這樣也罷。」

賈璉笑道：「妳們太也狠了。妳們這會子別說一千兩的當頭，就是現銀子要三五千，只怕也難不倒。我不和妳們借就罷了。這會子煩妳說一句話，還要個利錢，真真了不得。」

鳳姐聽了，翻身起來說：「我有三千五萬，不是賺的你的。如今裡裡外外，上上下下，背著我嚼說我的不少，就差你來說了，可知沒家親引不出外鬼來。我們王家可那裡來的錢，都是你們賈家賺的。別叫我噁心了。

「你們看著你家甚麼石崇、鄧通的，把我王家的地縫子掃一掃，就夠你們過一輩子呢。說出來的話也不怕臊！現有對證：把太太和我的嫁妝細看看，比一比你們的，那一樣是配不上你們的。」

……賈璉笑道：「說句頑話就急了。這有什麼這樣的，要使一二百兩銀子值什麼，多的沒有，這還有，先拿進來，妳使了再說，如何？」

鳳姐道：「我又不等著銜口墊背[3]，忙什麼。」

賈璉道：「何苦來，不犯著這樣肝火盛。」

……鳳姐聽了，又自笑起來：「不是我著急，你說的話戳人的心。我因為我想著後日是尤二姐的周年，我們好了一場，雖不能別的，到底給她上個墳燒張紙，也是姊妹一場。她雖沒

3.銜口墊背——殮葬時給死者口中含珠玉或米糧，叫「銜口」；在死者褥下放錢叫「墊背」。

留下個男女，也要『前人撒土迷了後人的眼』才是。」

一語倒把賈璉說沒了話，低頭打算了半晌，方道：「難為妳想的周全，我竟忘了。既是後日才用，若明日得了這個，妳隨便使多少就是了。」

……一語未了，只見旺兒媳婦走進來。鳳姐便問：「可成了沒有？」

旺兒媳婦道：「竟不中用。我說須得奶奶作主就成了。」

賈璉便問：「又是什麼事？」

鳳姐兒見問，便說道：「不是什麼大事。旺兒有個小子，今年十七歲了，還沒得女人，因要求太太房裡的彩霞，不知太太心裡怎麼樣，就沒有計較得。

「前日太太見彩霞大了，二則又多病多災的，因此開恩打發她出去了，給她老子娘隨便自己揀女婿去罷。因此旺兒媳婦來求我。我想他兩家也就算門當戶對的，一說去自然成的，誰知他這會子來了，說不中用。」

……賈璉道：「這是什麼大事，比彩霞好的多著呢。」旺兒家的陪笑道：「爺雖如此說，連她家還看不起我們，別人越發看不起我們了。好容易相看準一個媳婦，我只說求爺奶奶的恩典，替作成了。奶奶又說她必肯的，我就煩了人走過去試一試，誰知白討了沒趣。若論那孩子倒好，據我素日私意兒試她，她心裡沒有甚說的，只是她老子娘兩個老東西太心高了些。」

……一語戳動了鳳姐和賈璉，鳳姐因見賈璉在此，且不作一聲，只看賈璉的光景。賈璉心中有事，那裡把這點子事放在心裡。待要不管，只是看著她是鳳姐兒的陪房，且又素日出過力的，臉上實在過不去，因說道：「什麼大事，只管咕咕唧唧的。妳放心且去，我明兒作媒打發兩個有體面的人，一面說，一面帶著定禮去，就說我的主意。她十分不依，叫來見我。」

……旺兒家的看著鳳姐，鳳姐便扭嘴兒。旺兒家的會意，忙爬下就給賈璉磕頭謝恩。

賈璉忙道：「妳只給妳姑娘磕頭。我雖如此說了這樣行，到底也得妳姑娘打發個人叫他女人上來，和她好說更好些。雖然他們必依，然這事也不可霸道了。」

……鳳姐忙道：「連你還這樣開恩操心呢，我倒反袖手旁觀不成。旺兒家妳聽見，說了這事，妳也忙忙的給我完了事來。說給妳男人，外頭所有的賬，一概趕今年年底下收了進來，少一個錢我也不依的。我的名聲不好，再放一年，都要生吃了我呢。」

旺兒媳婦笑道：「奶奶也太膽小了。誰敢議論奶奶，若收了時，公道說，我們倒還省些事，不大得罪人。」

鳳姐冷笑道：「我也是一場痴心白使了。我真個的還等錢作什麼，不過為的是日用出的多，進的少。這屋裡有的沒的，我和你姑爺一月的月錢，再連上四個丫頭的月錢，通共一二十兩銀子，還不夠三五天的使用呢。

「若不是我千湊萬挪的，早不知道到什麼破窯裡去了。如今倒落了一個放賬破落戶的名兒。既這樣，我就收了回來。我比誰不會花錢，咱們以後就坐著花，到多早晚是多早晚。

「這不是樣兒：前兒老太太生日，太太急了兩個月，想不出法兒來，還是我提了一句，後樓上現有些沒要緊的大銅錫傢伙四五箱子，拿去弄了三百銀子，才把太太遮羞禮兒搪過去了。我是妳們知道的，那一個金自鳴鐘賣了五百六十兩銀子。

「沒有半個月，大事小事倒有十來件，白填在裡頭。今兒外頭也短住了，不知是誰的主意，搜尋上老太太了。明兒再過一年，各人搜尋到頭面、衣服，可就好了！」

旺兒媳婦笑道：「那一位太太、奶奶的頭面衣服折變了，不夠過一輩子的，只是不肯罷了。」

……鳳姐道：「不是我說沒了能耐的話，要像這樣，我竟不能了。昨晚上忽然作了一個夢，說來也可笑，夢見一個人，雖然面善，卻又不知名姓，找我。問他作什麼，他說娘娘打發他來要一百匹錦。我問他是那一位娘娘，他說的又不是咱們家的娘娘。我就不肯給他，他就上來奪。正奪著，就醒了。」

旺兒家的笑道：「這是奶奶的日間操心，常應候宮裡的事。」

……一語未了，人回：「夏太府打發了一個小內監[4]來說話。」

賈璉聽了，忙皺眉道：「又是什麼話，一年他們也搬夠了。」

鳳姐道：「你藏起來，等我見他，若是小事罷了，若是大事，我自有話回他。」賈璉便躲入內套間去。

……這裡鳳姐命人帶進小太監來，讓他椅子上坐了，吃茶，因問何事。那小太監便說：「夏爺爺因今兒偶見一所房子，如今竟短二百兩銀子，打發我來問舅奶奶家裡，有現成的銀子暫借一二百，過一兩日就送過來。」

鳳姐兒聽了，笑道：「什麼是送過來，有的是銀子，只管先兌了去。改日等我們短了，再借去也是一樣。」

……小太監道：「夏爺爺還說了，上兩回還有一千二百兩銀子沒送來，等今年年底下，自然一齊都送過來。」

4.內監——內宮的太監。

鳳姐笑道：「你夏爺爺好小氣，這也值得提在心上。我說一句話，不怕他多心，若都這樣記清了還我們，不知還了多少了。只怕沒有，若有，只管拿去。」

因叫旺兒媳婦來：「出去不管那裡先支二百兩來。」旺兒媳婦會意，因笑道：「我才因別處支不動，才來和奶奶支的。」

……鳳姐道：「妳們只會裡頭來要錢，叫妳們外頭算去就不能了。」說著叫平兒：「把我那兩個金項圈拿出去，暫且押四百兩銀子。」

平兒答應了，去半日，果然拿了一個錦盒子來，裡面兩個錦袱包著。打開時，一個金纍絲攢珠的，那珍珠都有蓮子大小，一個點翠嵌寶石的。兩個都與宮中之物不離上下。一時拿去，果然拿了四百兩銀子來。

鳳姐命與小太監打疊起一半，那一半命人與了旺兒媳婦，命她拿去辦八月中秋的節。那小太監便告辭了，鳳姐命人替他拿著銀子，送出大門去了。

……這裡賈璉出來笑道：「這一起外崇何日是了！」

鳳姐笑道：「剛說著，就來了一股子。」

賈璉道：「昨兒周太監來，張口一千兩。我略應慢了些，他就不自在。將來得罪人之處不少。這會子再發個三二百萬的財就好了。」一面說，一面平兒服侍鳳姐另洗了面，更衣往賈母處去伺候晚飯。

……這裡，賈璉出來，剛至外書房，忽見林之孝走來。賈璉因問何事。林之孝說道：「方才聽得雨村降了，卻不知因何事，只怕未必真。」

賈璉道：「真不真，他那官兒也未必保得長。將來有事，只怕未必不連累咱們，寧可疏遠著他好。」

林之孝道：「何嘗不是，只是一時難以疏遠。如今東府大爺和他更好，老爺又喜歡他，時常來往，那個不知。」

賈璉道：「橫豎不和他謀事，也不相干。你去再打聽真了，是為什麼。」

……林之孝答應了，卻不動身，坐在下面椅子上，且說些閒話。因又說起家道艱難，便趁勢又說：「人口太重了。不如揀個空日回明老太太老爺，把這些出過力的老家人用不著的，開恩放幾家出去。一則他們各有營運，二則家裡一年也省些口糧月錢。

「再者裡頭的姑娘也太多。俗語說，『一時比不得一時』，如今說不得先時的例了，少不得大家委屈些，該使八個的使六個，該使四個的便使兩個。若各房算起來，一年也可以省得許多月米月錢。況且裡頭的女孩子們一半都太大了，也該配人的配人。成了房，豈不又孳生出人來。」

賈璉道：「我也這樣想著，只是老爺才回家來，多少大事未回，那裡議到這個上頭。前兒官媒拿了個庚帖來求親，太太還說老爺才來家，每日歡天喜地的說骨肉完聚，忽然就提起這事，恐老爺又傷心，所以且不叫提這事。」

林之孝道：「這也是正理，太太想的周到。」

賈璉道：「正是，提起這話我想起了一件事來。我們旺兒的小子要說太太房裡的彩霞。他昨兒求我，我想什麼大事，不管誰去說一聲去。這會子有誰閒著，我打發個人去說一聲，就說我的話。」

林之孝聽了，只得應著，半晌笑道：「依我說，二爺竟別管這件事。旺兒的那小兒子雖然年輕，在外頭吃酒賭錢，無所不至。雖說都是奴才們，到底是一輩子的事。彩霞那孩子這幾年我雖沒見，聽得越發出挑的好了，何苦來白糟蹋一個人。」

賈璉道：「他小兒子原會吃酒，不成人？」

林之孝冷笑道：「豈只吃酒賭錢，在外頭無所不為。我們看他是奶奶的人，也只見一半不見一半罷了。」

賈璉道：「我竟不知道這些事。既這樣，那裡還給他老婆，且給他一頓棍，鎖起來，再問他老子娘。」

林之孝笑道：「何必在這一時。那是錯也等他再生事，我們自然回爺處治。如今且恕他。」賈璉不語，一時林之孝出去。

晚間鳳姐已命人喚了彩霞之母來說媒。那彩霞之母滿心縱不願意，見鳳姐親自和他說，何等體面，便心不由意的滿口應了出去。

今鳳姐問賈璉可說了沒有，賈璉因說：「我原要說的，打聽得他小兒子大不成人，故還不曾說。若果然不成人，且管教他兩日，再給他老婆不遲。」

鳳姐聽說，便說：「你聽見誰說他不成人？」

賈璉道：「不過是家裡的人，還有誰。」

鳳姐笑道：「我們王家的人，連我還不中你們的意，何況奴才呢。我才已竟和她母親說了，她娘已經歡天喜地應了，難道又叫進她來不要了不成？」

賈璉道：「既妳說了，又何必退，明兒說給他老子好生管他就是了。」這裡說話不提。

……※……※……※……

……且說彩霞因前日出去，等父母擇人，心中雖是與賈環有舊，尚未作準。今日又見旺兒每每來求親，早聞得旺兒之子酗酒賭博，而且容顏醜陋，一技不知，自此心中越發懊惱。生恐旺兒仗鳳姐之勢，一時作成，終身為患，不免心中急躁。遂至晚間悄命她妹子小霞進二門來找趙姨娘，問了端的。

……趙姨娘素日深與彩霞契合，巴不得與了賈環，方有個膀臂，不承望王夫人又放了出去。每唆賈環去討，一則賈環羞口難開，二則賈環也不大甚在意，不過是個丫頭，她去了，將來自然還有，遂遷延住不說，意思便丟開。無奈趙姨娘又不捨，又見她妹子來問，是晚得空，便先求了賈政。

賈政因說道：「且忙什麼，等他們再念一二年書再放人不遲。我已經看中了兩個丫頭，一個與寶玉，一個給環兒。只是年紀還小，又怕他們誤了書，所以再等一二年。」

趙姨娘道：「寶玉已有了二年了，老爺還不知道？」賈政聽了忙問道：「誰給的？」

……趙姨娘方欲說話，只聽外面一聲響，不知何物，大家吃了一驚不小。要知端的，且聽下回分解。

◎第七三回◎

痴丫頭誤拾繡春囊　懦小姐不問纍金鳳

……話說那趙姨娘和賈政說話，忽聽外面一聲響，不知何物。忙問時，原來是外間窗屜不曾扣好，滑了屈戌[1]了掉下來。趙姨娘罵了丫頭幾句，自己帶領丫鬟上好，方進來打發賈政安歇。不在話下。

※……※……※

……卻說怡紅院中，寶玉才睡下，丫鬟們正欲各散安歇，忽聽有人來敲院門。老婆子開了門，見是趙姨娘房內的丫鬟名喚小鵲的。問她什麼事，小鵲不答，直往房內來找寶玉。

只見寶玉才睡下，晴雯等猶在床邊坐著，大家頑笑，見她來了，都問：「什麼事，這時候又跑來作什麼？」

小鵲笑向寶玉道：「我來告訴你一個信兒。方才我們奶奶咕咕唧唧在老爺前不知說了你些什麼，我只聽見『寶玉』二字。我來告訴你，仔細明兒老爺向你說話，著實留神。」說著，回身去了。襲人命留她吃茶，因怕關門，遂一直去了。

……這裡寶玉知道趙姨娘心術不正，合自己仇人似的，又不知她說些什麼，聽了便如孫大聖聽見了緊箍咒一般，登時四肢五內，一齊皆不自在起來。想來想去，別無它法，且理熟了書，預備明兒盤考。只能書不舛錯，便有他事，也可搪塞。想罷，忙披衣起來要讀書。心中又自後悔，這些日子只說不提了，偏又丟生，早知該天天好歹溫習些的。如今打算打算，肚子內現可背誦的，不過只有《學》《庸》《二論》是背得出的。至上本《孟子》，就有一半是夾生的，若憑空提一句，斷

1.屈戌——門窗、屏風等的環紐、搭扣。

不能接背的，至下《孟》，就有大半生的。算起《五經》來，因近來作詩，常把《五經》集些，雖不甚熟，還可塞責。別的雖不記得，素日賈政幸未叫讀的，縱不知也還不妨。

……至於古文這道，那幾年所讀過的幾篇，連《左傳》、《國策》、《公羊》、《穀梁》、漢、唐等文，這幾年未曾讀得，不過一時之興，隨看隨忘，未曾下過苦功，如何記得？這是更難塞責的。

……更有時文八股一道，因平素深惡此道，原非聖賢之製撰，焉能闡發聖賢之奧，不過是後人餌名釣祿之階。雖賈政當日起身時，選了百十篇命他讀的，不過是後人的時文，偶因見其中一二股內，或承起之中，有做得精緻，或流蕩，或遊戲，或悲感，稍能動性者，偶一讀之，不過供一時之興趣，究竟何曾成篇潛心玩索。

……如今若溫習這個，又恐明日盤究那個；若溫習那個，又恐盤駁這個。況一夜之功，亦不能全然溫習。因此越添了焦躁。自己讀書不知緊要，卻帶累著一房丫鬟們都不能睡。襲人等在旁剪燭斟茶，那些小的都困倦起來，前仰後合。

晴雯因罵道：「什麼蹄子！一個個黑日白夜挺屍挺不夠，偶然一次睡遲了些，就裝出這腔調兒來了。再這樣，我拿針戳妳們兩下子！」

……話猶未了，只聽外間「咕咚」一聲，急忙看時，原來是一個小丫頭子坐著打盹，一頭撞到壁上了，從夢中驚醒，恰正是晴雯說這話之時，她怔怔的只當是晴雯打了她一下，遂哭著央說：「好姐姐，我再不敢了！」眾人都發起笑來。寶玉忙勸道：「饒她罷，原該叫她們睡去。妳們也該替換著睡去。」

……襲人忙道：「小祖宗，你只顧你的罷！統共這一夜的功夫，你把心暫且用在這幾本書上，等過了這一關，由你再張羅別的，也不算誤了什麼。」寶玉聽她說的懇切，只得又讀。

……讀了沒有幾句，麝月斟了一杯茶來潤舌，寶玉接茶吃了。因見麝月只穿著短襖，解了裙子，寶玉道：「夜靜了，冷，到底穿一件大衣裳才是。」

麝月笑指著書道：「你暫且把我們忘了，心且略對著它些罷。」

話猶未了，只聽金星玻璃從後房門跑進來，口內喊說：「不好了，一個人從牆上跳下來了！」

眾人聽說，忙問：「在哪裡？」即喝起人來，各處找尋。

⋯⋯晴雯因見寶玉讀書苦惱，勞費一夜神思，明日也未必妥當，心下正要替寶玉想出一個主意來脫此難，正好忽然逢此一驚，即便生計，向寶玉道：「趁這個機會快裝病，只說唬著了。」

此話正中寶玉心懷，因而叫起上夜人等來，打著燈籠各處搜尋，並無蹤跡，都說：「小姑娘們想是睡花了眼出去，風搖的樹枝兒錯認作人了。」

⋯⋯晴雯便道：「別放屁！你們查得不嚴，怕耽不是，還拿這話來支吾。才剛並不是一個人見的，寶玉和我們出去有事，大家親見的。如今寶玉唬得顏色都變了，滿身發熱，我如今還要上房裡取安魂丸藥去。太太問起來，是要回明白的，難道依你說就罷了不成？」

眾人聽了，嚇得不敢則聲，只得又各處去找。晴雯和玻璃二人果出去要藥，故意鬧得眾人皆知寶玉嚇著了。王夫人聽了，忙命人來看視給藥，又吩咐各處上夜人仔細搜查，又一面叫查二門外鄰園牆上夜的小廝們。於是園內燈籠火把，整鬧了一夜。至五更天，就傳管家男女，命仔細查一查，拷問內外上夜男女等人。

……賈母聞知寶玉被嚇，細問原由，不敢再隱，只得回明。賈母道：「我必料到有此事。如今各處上夜都不小心，還是小事，只怕他們就是賊也未可知。」

當下邢夫人並尤氏等都過來請安，鳳姐、李紈及姊妹等皆陪侍，聽賈母如此說，都默無所答。

……獨探春出位笑道：「近因鳳姐姐身子不好幾日，園裡的人比先放肆許多。先前不過是大家偷著一時半刻，或夜裡坐更時，三四個人聚在一處，或擲骰，或鬥牌，小小的頑意，不過為熬困。邇來漸次放誕，竟開了賭局，甚至頭家局主，或二十吊、五十吊大輸贏。半月前竟有爭鬥相打之事。」

賈母聽了，忙說：「妳既知道，為何不早回我們來？」

探春道：「我因想著太太事多，且連日不自在，所以沒回。只告訴大嫂子和管事的人們，誡飭過幾次，近日好些。」

……賈母忙道：「妳姑娘家如何知道這裡頭的利害。妳以為賭錢常事，不過怕起爭論。殊不知夜間既耍錢，就保不住不吃酒，既吃酒，就免不得門戶任意開鎖。或買東西。其中夜靜人稀，趨便藏賊，引奸引盜，何等事作不出來！況且園內妳姊妹們起居所伴者皆係丫頭、媳婦們，賢愚混雜，賊盜事小，再有別事，略沾帶些，關係非小。這事豈可輕恕？」探春聽說，便默然歸坐。

…鳳姐雖未大愈，精神未嘗稍減，今見賈母如此說，便忙道：「偏生我又病了。」遂回頭命人速傳林之孝家的等總理家事四個媳婦到來，當著賈母申飭了一頓。賈母命即查了頭家賭家來，有人出首者賞，隱情不告者罰。林之孝家的等見賈母動怒，誰敢徇私，忙至園內傳齊了人，又一一盤查。雖然大家賴一回，終不免水落石出。查得大頭家三人，小頭家八人，聚賭者通共二十多人，都帶來見賈母，跪在院內，磕響頭求饒。

…賈母先問大頭家名姓，利錢之多少。原來這三個大頭家，一個是林之孝的兩姨親家，一個是園內廚房裡柳家媳婦之妹，一個是迎春之乳母。這是三個為首的，餘者不能多記。

…賈母便命將骰子牌一並燒毀，所有的錢入官，分散與眾人，將為首者每人打四十大板，攆出去，總不許再入。從者每人打二十大板，革去三月月錢，撥入圊廁行[2]內。又將林之孝家的申飭了一番。林之孝家的見她的親戚又給她打了嘴，自己也覺沒趣。

2. 圊廁行——打掃廁所的行當。圊（音青），廁所。

……迎春在坐也覺沒意思。黛玉、寶釵、探春等見迎春的乳母如此，也是物傷其類的意思，遂都起身笑向賈母討情說：「這個奶奶素日原不頑的，不知怎麼也偶然高興。求看二姐姐面上，饒過這次罷。」

賈母道：「妳們不知。大約這些奶子們，一個個仗著奶過哥兒姐兒，原比別人有些體面，她們就生事，比別人更可惡，專管調唆主子護短偏向。我都是經過的。況且要拿一個作法，恰好果然就遇見了一個。妳們別管，我自有道理。」寶釵等聽說，只得罷了。

……一時賈母歇晌，大家散出，都知賈母今日生氣，皆不敢各散回家，只得在此暫候。尤氏便往鳳姐兒處來閒話一回，因她也不自在，只得往園內尋眾姑娘閒談。

……邢夫人在王夫人處坐了一回，也就往園內散散心來。剛至園門前，只見賈母房內的小丫頭子名喚傻大姐的笑嘻嘻走來，手內拿著個花紅柳綠的東西，低頭一壁瞧著，一壁只管走，不防迎頭撞見邢夫人，抬頭看見，方才站住。邢夫人因說：「這痴丫頭，又得了個什麼狗不識兒，這麼歡喜？拿來我瞧瞧。」

……原來這傻大姐年方十四五歲，是新挑上來的與賈母這邊提水桶、掃院子，專作粗活的一個丫頭。只因她生得體肥面闊，兩隻大腳，作粗活簡捷爽利，且心性愚頑，一無知識，行事出言，常在規矩之外。賈母因喜歡她爽利便捷，又喜她出言可以發笑，便起名為「呆大姐」；常悶來便引她取笑一回，毫無避忌，因此又叫她作「痴丫頭」。她縱有失禮之處，見賈母喜歡她，眾人也就不去苛責。

……這丫頭也得了這個力，若賈母不喚她時，便入園內來頑耍。今日正在園內掏促織[3]，忽在山石背後得了一個五彩繡香囊，其華麗精緻，固是可愛，但上面繡的並非花鳥等物，一面卻是兩個人赤條條的盤踞相抱，一面是幾個字。這痴丫頭原不認得是春意，便心下盤算：「敢是兩個妖精打架？不然必是兩口子相打。」左右猜解不來，正要拿去與賈母看，是以笑嘻嘻的一壁看，一壁走，忽見了邢夫人如此說，便笑道：「太太真個說的巧，真個是狗不識呢。太太請瞧一瞧。」說著，便送過去。

3. 促織——蟋蟀的別稱。

……邢夫人接來一看，嚇得連忙死緊攥住，忙問：「妳是那裡得的？」

傻大姐道：「我掏促織兒在山石上揀的。」

邢夫人道：「快休告訴一人。這不是好東西，連妳也要打死。皆因妳素日是傻子，以後再別提起了。」這傻大姐聽了，反嚇的黃了臉，說：「再不敢了。」磕了個頭，呆呆而去。

……邢夫人回頭看時，都是些女孩兒，不便遞與，自己便塞在袖內，心內十分罕異，揣摩此物從何而至，且不形於聲色，且來至迎春室中。

……迎春正因她乳母獲罪，自覺無趣，心中不自在，忽報母親來了，遂接入內室。奉茶畢，邢夫人因說道：「妳這麼大了，妳那奶媽子行此事，妳也不說說她。如今別人都好好的，偏咱們的人做出這事來，什麼意思。」

迎春低著頭弄衣帶，半晌答道：「我說她兩次，她不聽也無法。況且她是媽媽，只有她說我的，沒有我說她的。」

邢夫人道：「胡說！妳不好了她原該說，如今她犯了法，妳就該拿出小姐的身分來。她敢不從，妳就回我去才是。如今直等外人共知，是什麼意思。

「再者，只她去放頭兒猶可，還恐怕她巧言花語的和妳借貸些簪環衣履作本錢，妳這心活面軟，未必不周接她些。若被她騙去，我是一個錢沒有的，看妳明日怎麼過節。」迎春不語，只低頭弄衣帶。

……邢夫人見她這般，因冷笑道：「總是妳那好哥哥好嫂子，一對兒赫赫揚揚[4]，璉二爺、鳳奶奶，兩口子遮天蓋日，百事周到，竟通共這一個妹子，全不在意。但凡是我身上掉下來

4. 赫赫揚揚——光明盛大的樣子。

的，又有一話說，只好憑他們罷了。況且妳又不是我養的，妳雖然不是同他一娘所生，到底是同出一父，也該彼此瞻顧些，也免別人笑話。

「我想天下的事也難較定，妳是大老爺跟前人養的，這裡探丫頭也是二老爺跟前人養的，出身一樣。如今妳娘死了，從前看來妳兩個的娘，只有妳娘比如今趙姨娘強十倍的，妳該比探丫頭強才是。怎麼反不及她一半！誰知竟不然，這可不是異事。倒是我一生無兒無女的，一生乾淨，也不能惹人笑話議論為高。」

……旁邊伺侯的媳婦們便趁機道：「我們的姑娘老實仁德，那裡像她們三姑娘伶牙俐齒，會要姊妹們的強。她們明知姐姐這樣，她竟不顧卹一點兒。」

邢夫人道：「連她哥哥嫂子還如是，別人又作什麼呢。」

……一言未了，人回：「璉二奶奶來了。」

邢夫人聽了，冷笑兩聲，命人出去說：「請她自去養病，我這裡不用她伺候。」接著又有探事的小丫頭來報說：「老太太醒了。」邢夫人方起身前邊來。迎春送至院外方回。

……繡橘因說道：「如何，前兒我回姑娘，那一個攢珠纍絲金鳳竟不知那裡去了。回了姑娘，姑娘竟不問一聲兒。我說必是老奶奶拿去典了銀子放頭兒的，姑娘不信，只說司棋收著呢。

「問司棋，司棋雖病著，心裡卻明白。我去問她，她說沒有收起來，還在書架上匣內暫放著，預備八月十五日恐怕要戴呢。

「姑娘就該問老奶奶一聲，只是臉軟怕人惱。如今竟怕無著，明兒要都戴時，獨咱們不戴，是何意思呢。」

迎春道：「何用問，自然是她拿去暫時藉一肩兒[5]。我只說她悄悄的拿了出去，不過一時半晌，仍舊悄悄的送來就完了，誰知她就忘了。今日偏又鬧出來，問她想也無益。」

繡橘道：「何曾是忘記！她是試準了姑娘的性格，所以才這樣。如今我有個主意：我竟走到二奶奶房裡，將此事回了她，或她著人去要，或她省事，拿幾吊錢來替她賠補。如何？」

迎春忙道：「罷，罷，罷，省些事罷。寧可沒有了，又何必生事？」

繡橘道：「姑娘怎麼這樣軟弱。都要省起事來，將來連姑娘還騙了去呢，我竟去的是。」說著便走。迎春便不言語，只好由她。

5. 藉一肩兒——挑擔時讓別人挑一會自己歇一會叫借力歇肩或借一肩，這裡是借人之物典押得錢以應急用的意思。

……誰知迎春乳母子媳王住兒媳婦，正因她婆婆得了罪，來求迎春去討情，聽她們正說金鳳一事，且不進去。也因素日迎春懦弱，她們都不放在心上。如今見繡橘立意去回鳳姐，估著這事脫不去的，且又有求迎春之事，只得進來，陪笑先向繡橘說：「姑娘，妳別去生事。姑娘的金絲鳳，原是我們老奶奶老糊塗了，輸了幾個錢，沒的撈梢[6]，所以暫借了去。「原說一日半晌就贖的，因總未撈過本兒來，就遲住了。可巧今兒又不知是誰走了風聲，弄出事來。雖然這樣，到底主子的東西，我們不敢遲誤下，終久是要贖的。如今還要求姑娘看從小兒吃奶的情上，往老太太那邊去討個情面，救出她老人家來才好。」

……迎春先便說道：「好嫂子，妳趁早兒打了這妄想，要等我去說情兒，等到明年也不中用的。方才連寶姐姐、林妹妹大夥

6. 撈梢——賭博中稱翻本為撈梢。

兒說情，老太太還不依，何況是我一個人。我自己愧還愧不來，反去討臊去。」

繡橘便說：「贖金鳳是一件事，說情是一件事，別絞在一處說。難道姑娘不去說情，妳就不贖了不成？嫂子且取了金鳳來再說。」

……王住兒家的聽見迎春如此拒絕她，繡橘的話又鋒利無可回答，一時臉上過不去，也明欺迎春素日好性兒，乃向繡橘發話道：「姑娘，妳別太仗勢了。妳滿家子算一算，誰的媽媽奶子不仗著主子哥兒多得些益，偏咱們就這樣丁是丁卯是卯的，只許妳們偷偷摸摸的哄騙了去。

「自從邢姑娘來了，太太吩咐一個月儉省出一兩銀子來與舅太太去，這裡饒添了邢姑娘的使費，反少了一兩銀子。常時短了這個，少了那個，那不是我們供給？誰又要去？不過大家將就些罷了。算到今日，少說些也有三十兩了。我們這一向的錢，豈不白填了限呢。」

……繡橘不待說完，便啐了一口，道：「作什麼的白填了三十兩，我且和妳算算賬，姑娘要了些什麼東西？」

迎春聽見這媳婦發邢夫人之私意，忙止道：「罷，罷，罷。妳不能拿了金鳳來，不必牽三扯四亂嚷。我也不要那鳳了。便是太太們問時，我只說丟了，也妨礙不著妳什麼的，出去歇息歇息倒好。」一面叫繡橘倒茶來。

……繡橘又氣又急，因說道：「姑娘雖不怕，我們是作什麼的，把姑娘的東西丟了。她倒賴說姑娘使了她們的錢，這如今竟要准折起來。倘或太太問姑娘為什麼使了這些錢，敢是我們就中取勢了？這還了得！」一行說，一行就哭了。司棋聽不過，只得勉強過來，幫著繡橘問著那媳婦。迎春勸止不住，自拿了一本《太上感應篇》來看。

…三人正沒開交，可巧寶釵，黛玉，寶琴，探春等因恐迎春今日不自在，都約來安慰她。走至院中，聽得兩三個人角口。探春從紗窗內一看，只見迎春倚在床上看書，若有不聞之狀。探春也笑了。小丫鬟們忙打起簾子，報道：「姑娘們來了。」迎春方放下書起身。那媳婦見有人來，且又有探春在內，不勸而自止了，遂趁便要去。

…探春坐下，便問：「才剛誰在這裡說話？倒像拌嘴似的。」

迎春笑道：「沒有說什麼，左不過是她們小題大作罷了。何必問她。」

探春笑道：「我才聽見什麼『金鳳』，又是什麼『沒有錢只和我們奴才要』，誰和奴才要錢了？難道姐姐和奴才要錢了不成？難道姐姐不是和我們一樣有月錢的，一樣有用度不成？」

……司棋、繡橘道：「姑娘說的是了。姑娘們都是一樣的，那一位姑娘的錢不是由著奶奶媽媽們使，連我們也不知道怎麼是算賬，不過要東西只說得一聲兒。如今她偏要說姑娘使過了頭兒，她賠出許多來了。究竟姑娘何曾和她要什麼了。」

探春笑道：「姐姐既沒有和她要，必定是我們或者和她們要了不成！妳叫她進來，我倒要問問她。」

……迎春笑道：「這話又可笑。妳們又無沾礙，何得帶累於她。」

探春笑道：「這倒不然。我和姐姐一樣，姐姐的事和我的也是一般，她說姐姐就是說我。我那邊的人有怨我的，姐姐聽見也即同怨姐姐是一理。

「咱們是主子，自然不理論那些錢財小事，只知想起什麼要什麼，也是有的事。但不知金纍絲鳳因何又夾在裡頭？」那王住兒媳婦生恐繡橘等告出他來，遂忙進來用話掩飾。

……探春深知其意，因笑道：「妳們所以糊塗。如今妳奶奶已得了不是，趁此求求二奶奶，把方才的錢尚未散人的拿出些來贖取了就完了。比不得沒鬧出來，大家都藏著留臉面，如今既是沒了臉，趁此時縱有十個罪，也只一人受罰，沒有砍兩顆頭的理。妳依我，竟是和二奶奶說說。在這裡大聲小氣，如何使得。」

這媳婦被探春說出真病，也無可賴了，只不敢往鳳姐處自首。探春笑道：「我不聽見便罷，既聽見，少不得替妳們分解分解。」誰知探春早使個眼色與待書出去了。

……這裡正說話，忽見平兒進來。寶琴拍手笑說道：「三姐姐敢是有驅神召將的符術？」

黛玉笑道：「這倒不是道家玄術，倒是用兵最精的，所謂『守如處女，脫如狡兔』，出其不備之妙策也。」二人取笑。寶釵便使眼色與二人，令其不可，遂以別話岔開。

……探春見平兒來了，遂問：「妳奶奶可好些了？真是病糊塗了，事事都不在心上，叫我們受這樣的委曲。」

平兒忙道：「姑娘怎麼委曲？誰敢給姑娘氣受，姑娘快吩咐我。」

……當時住兒媳婦兒方慌了手腳，遂上來趕著平兒叫：「姑娘坐下，讓我說原故請聽。」平兒正色道：「姑娘這裡說話，也有妳我混插口的禮！妳但凡知禮，只該在外頭伺候。不叫，妳進不來的，幾曾有外頭的媳婦子們無故到姑娘們房裡來的例？」

繡橘道：「妳不知我們這屋裡是沒禮的，誰愛來就來。」

平兒道：「都是妳們的不是。姑娘好性兒，妳們就該打出去，然後再回太太去才是。」住兒媳婦見平兒出了言，紅了臉方退出去。

……探春接著道：「我且告訴妳，若是別人得罪了我，倒還罷了。如今那住兒媳婦和她婆婆仗著是媽媽，又瞅著二姐姐好性兒，如此這般私自拿了首飾去賭錢，而且還捏造假帳折算，威逼著還要去討情，和這兩個丫頭在臥房裡大嚷大叫，二姐姐竟不能轄治，所以我看不過，才請妳來問一聲：還是她原是天外的人，不知道理？還是誰主使她如此，先把二姐姐制伏，然後就要治我和四姑娘了？」

……平兒忙陪笑道：「姑娘怎麼今日說這話出來？我們奶奶如何當得起！」

……探春冷笑道：「俗語說的，『物傷其類』，『齒竭唇亡』，我自然有些驚心。」

平兒道：「若論此事，還不是大事，極好處置。但她現是姑娘的奶嫂，據姑娘怎麼樣為是？」

……當下迎春只和寶釵閱《感應篇》故事，究竟連探春之語亦不曾聞得，忽見平兒如此說，乃笑道：「問我，我也沒什麼法子。她們的不是，自作自受，我也不能討情，我也不去苛責就是了。

「至於私自拿去的東西，送來我收下，不送來我也不要了。太太們要問，我可以隱瞞遮飾過去，是她的造化，若瞞不住，我也沒法，沒有個為他們反欺枉太太們的理，少不得直說。「妳們若說我好性兒，沒個決斷，竟有好主意可以八面周全，不使太太們生氣，任憑妳們處治，我總不知道。」

……眾人聽了，都好笑起來。

黛玉笑道：「真是『虎狼屯於階陛，尚談因果』[7]。若使二姐姐是個男人，這一家上下若許人，又如何裁治他們。」

迎春笑道：「正是。多少男人尚如此，何況我哉。」一語未了，只見又有一個人進來。正不知道是那個，且聽下回分解。

7. 虎狼屯於階陛，尚談因果——此語原意在諷喻帝王佞信佛道以致禍國殃民。這裡是指對與己生死攸關的事，採取不聞不問的態度。

◎第七四回◎

惑奸讒抄檢大觀園
避嫌隙杜絕寧國府

…話說平兒聽迎春之言，正自好笑，忽見寶玉也來了。原來管廚房柳家媳婦妹子，也因放頭開賭得了不是。這園中有素與柳家不睦的，便又告出柳家的來，說她和她妹子是夥計，雖然她妹子出名，其實賺了錢兩個人平分。因此鳳姐要治柳家之罪。

…那柳家的因得此信，便慌了手腳，因思素與怡紅院的人最為深厚，故走來悄悄的央求晴雯、金星玻璃等人。金星玻璃告訴了寶玉。寶玉因思內中迎春之乳母也現有此罪，不若來約同迎春討情，比自己獨去單為柳家說情又更妥當，故此前來。忽見許多人在此，見他來時，都問：「你的病可好了？跑來作什麼？」寶玉不便說出討情一事，只說：「來看二姐姐。」當下眾人也不在意，且說些閒話。

……平兒便出去辦纍絲金鳳一事。那王住兒媳婦緊跟在後，口內百般央求，只說：「姑娘好歹口內超生，我橫豎去贖了來。」平兒笑道：「妳遲也贖，早也贖，既有今日，何必當初。妳的意思，得過去就過去了。既是這樣，我也不好意思告人，趁早去贖了來交與我送去，我一字不提。」王住兒媳婦聽說，方放下心來，就拜謝，又說：「姑娘自去貴幹，我趕晚拿了來，先回了姑娘，再送去，如何？」平兒道：「趕晚不來，可別怨我。」說畢，二人方分路各自散了。

……平兒到房，鳳姐問她：「三姑娘叫妳作什麼？」平兒笑道：「三姑娘怕奶奶生氣，叫我勸著奶奶些，問奶奶這兩天可吃些什麼。」

鳳姐笑道：「倒是她還記掛著我。剛才又出來了一件事：有人來告柳二媳婦和她妹子通同開局，凡她妹子所為，都是她作主。

「我想，妳素日肯勸我，『多一事不如省一事』，就可閒一時的心，自己保養保養也是好的。我因聽不進去，果然應了些，先把太太得罪了，而且自己反賺了一場病。

「如今我也看破了，隨她們鬧去罷，橫豎還有許多人呢。我白操一會子心，倒惹的萬人咒罵。我且養病要緊，便是好了，我也作個好好先生，得樂且樂，得笑且笑，一概是非都憑她們去罷。所以我只答應著知道了，白不在我心上。」

平兒笑道：「奶奶果然如此，便是我們的造化。」

……一語未了，只見賈璉進來，拍手嘆氣道：「好好的，又生事。前兒我和鴛鴦借當，那邊太太又怎麼知道了。才剛太太叫過我去，叫我不管那裡先遷挪二百銀子，做八月十五日節間的使用。

「我回沒處遷挪。太太就說：『你沒有錢，就有地方遷挪。我白和你商量，你就搪塞我，你就說沒地方。前兒一千銀子的當是那裡的？連老太太的東西，你都有神通弄出來，這會子二百銀子，你就這樣。幸虧我沒和別人說去。』我想，太太分明不短，何苦來要尋事奈何人。」

鳳姐兒道：「那日並沒一個外人，誰走了這個消息？」

……平兒聽了，也細想那日有誰在此，想了半日，笑道：「是了。那日說話時沒一個外人，但晚上送東西來的時節，老太太那邊傻大姐的娘也可巧來送漿洗衣服。她在下房裡坐了一會子，見一大箱子東西，自然要問，必是小丫頭們不知道，說了出來，也未可知。」

因此便喚了幾個小丫頭來問，那日誰告訴呆大姐的娘。眾小丫頭慌了，都跪下賭咒發誓，說：「自來也不敢多說一句話。有人凡問什麼，都答應不知道。這事如何敢多說。」

……鳳姐詳情說：「她們必不敢，倒別委屈了她們。如今且把這事靠後，且把太太打發了去要緊。寧可咱們短些，又別討沒意思。」

因叫平兒：「把我的金項圈拿來，且去暫押二百銀子來送去完事。」

賈璉道：「越性多押二百，咱們也要使呢。」

鳳姐道：「很不必，我沒處使錢。這一去還不知指那一項贖呢。」

平兒拿去，吩咐一個人喚了旺兒媳婦來領去，不一時拿了銀子來。賈璉親自送去，不在話下。

……這裡鳳姐和平兒猜疑，終是誰人走的風聲，竟擬不出人來。鳳姐兒又道：「知道這事還是小事，怕的是小人趁便又造非言，生出別的事來。打緊那邊正和鴛鴦結下仇了，如今聽得她私自借給璉二爺東西，那起小人眼饞肚飽，連沒縫兒的雞蛋還要下蛆呢，如今有了這個因由，恐怕又造出些沒天理的話來也定不得。在妳璉二爺還無妨，只是鴛鴦正經女兒，帶累了她受屈，豈不是咱們的過失。」

……平兒笑道：「這也無妨。鴛鴦借東西看的是奶奶，並不為的是二爺。一則鴛鴦雖應名是她私情，其實她是回過老太太的。

「老太太因怕孫男弟女多，這個也借，那個也要，到跟前撒個嬌兒，和誰要去，因此只裝不知道。縱鬧了出來，究竟那也無礙。」

鳳姐兒道：「理固如此。只是妳我是知道的，那不知道的，焉得不生疑呢。」

……一語未了，人報：「太太來了。」

鳳姐聽了詫異，不知為何事親來，與平兒等忙迎出來。只見王夫人氣色更變，只帶一個貼己的小丫頭走來，一語不發，走至裡間坐下。

鳳姐忙奉茶，因陪笑問道：「太太今日高興，到這裡逛逛。」

王夫人喝命：「平兒出去！」

……平兒見了這般光景，心內著慌，不知怎麼樣了，忙應了一聲，帶著眾小丫頭一齊出去，在房門外站住，越性將房門掩了，自己坐在臺磯上，所有的人，一個不許進去。

……鳳姐也著了慌，不知有何等事。

只見王夫人含著淚，從袖內擲出一個香袋子來，說：「妳瞧。」

鳳姐忙拾起一看，見是十錦春意香袋，也嚇了一跳，忙問：「太太從那裡得來？」

王夫人見問，越發淚如雨下，顫聲說道：「我從那裡得來！我天天坐在井裡，拿妳當個細心人，所以我才偷個空兒。誰知妳也和我一樣。

「這樣的東西，大天白日明擺在園裡山石上，被老太太的丫頭拾著，不虧妳婆婆遇見，早已送到老太太跟前去了。我且問妳，這個東西如何遺在那裡來？」

鳳姐聽得，也變了顏色，忙問：「太太怎知是我的？」

王夫人又哭又嘆說道：「妳反問我！妳想，一家子除了你們小夫小妻，餘者老婆子們，要這個何用？再女孩子們是從那裡得來？自然是那璉兒不長進下流種子那裡弄來。你們又和氣，當作一件頑意兒，年輕人，兒女閨房私意是有的，妳還和我賴！

「幸而園內上下人還不解事，尚未揀得。倘或丫頭們揀著，妳姊妹看見，這還了得。不然有那小丫頭們揀著，出去說是園內揀著的，外人知道，這性命臉面要也不要？」

……鳳姐聽說，又急又愧，登時紫漲了面皮，便依炕沿雙膝跪下，也含淚訴道：「太太說的固然有理，我也不敢辯我並無這樣的東西。但其中還要求太太細詳其理：那香袋是外頭僱工仿著內工繡的，帶子穗子一概是市賣貨。我便年輕、不尊重些，也不要這勞什子，自然都是好的，此其一。

「二者這東西也不是常帶著的，我縱有，也只好在家裡，焉肯帶在身上各處去？況且又在園裡去，個個姊妹我們都肯拉拉扯扯，倘或露出來，不但在姊妹前，就是奴才看見，我有什麼意思？我雖年輕不尊重，亦不能糊塗至此。

「三則論主子內我是年輕媳婦，算起奴才來，比我更年輕的又不止一個人了。況且她們也常進園，晚間各人家去，焉知不是她們身上的？

「四則除我常在園裡之外，還有那邊太太常帶過幾個小姨娘來，如嫣紅翠雲等人，皆係年輕侍妾，她們更該有這個了。還有那邊珍大嫂子，她不算甚老外，她也常帶過佩鳳等人來，焉知又不是她們的？

「五則園內丫頭太多，保的住個個都是正經的不成？也有年紀大些的知道了人事，或者一時半刻人查問不到偷著出去，或藉著因由同二門上小么兒們打牙犯嘴[1]，外頭得了來的，也

1.打牙犯嘴——亂開玩笑的意思。

未可知。如今不但我沒此事，就連平兒我也可以下保的。太太請細想。」

…王夫人聽了這一席話，大近情理，因嘆道：「妳起來。我也知道妳是大家小姐出身，焉得輕薄至此，不過我氣急了，拿了話激妳。但如今卻怎麼處？妳婆婆才打發人封了這個給我瞧，說是前日從傻大姐手裡得的，把我氣了個死。」

…鳳姐道：「太太快別生氣。若被眾人覺察了，保不定老太太不知道。且平心靜氣暗暗訪察，才得確實，縱然訪不著，外人也不能知道。這叫作『胳膊折在袖內』。

「如今惟有趁著賭錢的因由革了許多的人這空兒，把周瑞媳婦、旺兒媳婦等四五個貼近、不能走話的人安插在園裡，以查賭為由。再如今她們的丫頭也太多了，保不住人大心大，生事作耗，等鬧出事來，反悔之不及。

「如今若無故裁革，不但姑娘們委曲煩惱，就連太太和我也過不去。不如趁此機會，以後凡年紀大些的，或有些咬牙難纏的，拿個錯兒攆出去配了人。一則保得住沒有別的事，二則也可省些用度。太太想我這話如何？」

⋯王夫人嘆道：「妳說的何嘗不是，但從公細想，妳這幾個姊妹也甚可憐了。也不用遠比，只說如今妳林妹妹的母親，未出閣時，是何等的嬌生慣養，是何等的金尊玉貴，那才像個千金小姐的體統。如今這幾個姊妹，不過比人家的丫頭略強些罷了。通共每人只有兩三個丫頭像個人樣，餘者縱有四五個小丫頭子，竟是廟裡的小鬼。

「如今還要裁革了去，不但於我心不忍，只怕老太太未必就依。雖然艱難，難不至此。我雖沒受過大榮華富貴，比妳們是強的。如今我寧可省些，別委曲了她們。以後要省儉先從我來倒使的。如今且叫人傳了周瑞家的等人進來，就吩咐她們快快暗地訪拿這事要緊。」

……鳳姐聽了，即喚平兒進來吩咐出去。一時，周瑞家的與吳興家的、鄭華家的、來旺家的、來喜家的現在五家陪房進來，餘者皆在南方，各有執事。

王夫人正嫌人少不能勘察，忽見邢夫人的陪房王善保家的走來，方才正是她送香囊來的。王夫人向來看視邢夫人之得力心腹人等原無二意，今見她來打聽此事，十分關切，便向她說：「妳去回了太太，也進園內照管照管，不比別人又強些。」

……這王善保家正因素日進園去那些丫鬟們不大趨奉她，她心裡大不自在，要尋她們的故事又尋不著，恰好生出這事來，以為得了把柄。又聽王夫人委托，正撞在心坎上，說：「這個容易。不是奴才多話，論理這事該早嚴緊的。太太也不大往園裡去，這些女孩子們一個個倒像受了封誥似的。她們就成了千金小姐了。鬧下天來，誰敢哼一聲兒。不然，就調唆姑娘的丫頭們，說欺負了姑娘們了，誰還耽得起？」

……王夫人道：「這也有的常情，跟姑娘的丫頭原比別的嬌貴些。妳們該勸她們。連主子們的姑娘不教導尚且不堪，何況她們。」

王善保家的道：「別的都還罷了。太太不知道，一個寶玉屋裡的晴雯，那丫頭仗著她生的模樣兒比別人標緻些。又生了一張巧嘴，天天打扮的像個西施的樣子，在人跟前能說慣道，掐尖要強。一句話不投機，她就立起兩個騷眼睛來罵人，妖妖嬌嬌[2]，大不成個體統。」

……王夫人聽了這話，猛然觸動往事，便問鳳姐道：「上次我們跟了老太太進園逛去，有一個水蛇腰、削肩膀、眉眼又有些像妳林妹妹的，正在那裡罵小丫頭。我的心裡很看不上那狂樣子，因同老太太走，我不曾說得。後來要問是誰，又偏忘了。今日對了坎兒，這丫頭想必就是她了。」

鳳姐道：「若論這些丫頭們，共總比起來，都沒晴雯生得好。論舉止言語，她原有些輕薄。方才太太說的倒很像她，我也忘了那日的事，不敢亂說。」

……王善保家的便道：「不用這樣，此刻不難叫了她來太太瞧瞧。」

王夫人道：「寶玉房裡常見我的只有襲人、麝月，這兩個笨笨

2. 妖妖嬌嬌──妖冶輕佻的樣子。

的倒好。若有這個，她自不敢來見我的。我一生最嫌這樣人，況且又出來這個事。好好的寶玉，倘或叫這蹄子勾引壞了，那還了得。」

因叫自己的丫頭來，吩咐她到園裡去：「只說我說有話問她們，留下襲人、麝月服侍寶玉不必來，有一個晴雯最伶俐，叫她即刻快來。妳不許和她說什麼。」

……小丫頭子答應了，走入怡紅院，正值晴雯身上不自在，睡中覺才起來，正發悶，聽如此說，只得隨了她來。素日這些丫鬟皆知王夫人最嫌嬌妝豔飾、語薄言輕者，故晴雯不敢出頭。今因連日不自在，並沒十分妝飾，自為無礙。及到了鳳姐房中，王夫人一見她釵嚲[3]鬢鬆，衫垂帶褪，有春睡捧心之遺風[4]，而且形容面貌恰是上月的那人，不覺勾起方才的火來。

3.釵嚲（音朵）——髮髻上的釵飾將要脫落。嚲，下垂的樣子。

4.春睡捧心之遺風——**春睡**，本喻貴妃之醉態。**捧心**，指西施蹙眉捧心之美。這裡譏刺女子的嬌慵病弱。

……王夫人原是天真爛漫之人，喜怒出於心臆，不比那些飾詞掩意之人，今既真怒攻心，又勾起往事，便冷笑道：「好個美人！真像個病西施了。妳天天作這輕狂樣兒給誰看？妳幹的事，打量我不知道呢！我且放著妳，自然明兒揭妳的皮！寶玉今日可好些？」

……晴雯一聽如此說，心內大異，便知有人暗算了她。雖然著惱，只不敢作聲。她本是個聰敏過頂的人，見問寶玉可好些，她便不肯以實話對，只說：「我不大到寶玉房裡去，又不常和寶玉在一處，好歹我不能知道，只問襲人、麝月兩個。」

王夫人道：「這就該打嘴！妳難道是死人，要妳們作什麼！」

晴雯道：「我原是跟老太太的人。因老太太說園裡空大人少，寶玉害怕，所以撥了我去外間屋裡上夜，不過看屋子。我原回過我笨，不能服侍。老太太罵了我，說『又不叫你管他的事，要伶俐的作什麼。』我聽了這話才去的。

「不過十天半個月之內，寶玉悶了，大家頑一會子就散了。至於寶玉飲食起坐，上一層有老奶奶老媽媽們，下一層又有襲人、麝月、秋紋幾個人。我閒著還要作老太太屋裡的針線，所以寶玉的事竟不曾留心。太太既怪，從此後我留心就是了。」

……王夫人信以為實了，忙說：「阿彌陀佛！妳不近寶玉是我的造化，竟不勞妳費心。既是老太太給寶玉的，我明兒回了老太太，再攆妳。」

因向王善保家的道：「妳們進去，好生防她幾日，不許她在寶玉房裡睡覺。等我回過老太太，再處治她。」

喝聲：「去罷！站在這裡，我看不上這浪樣兒！誰許妳這樣花紅柳綠的妝扮！」

……晴雯只得出來，這氣非同小可，一出門便拿手帕子握著臉，一頭走，一頭哭，直哭到園門內去。這裡王夫人向鳳姐等自怨道：「這幾年我越發精神短了，照顧不到。這樣妖精似的東西竟沒看見。只怕這樣的還有，明日倒得查查。」鳳姐見王夫人盛怒之際，又因王善保家的是邢夫人的耳目，常調唆著邢夫人生事，縱有千百樣言詞，此刻也不敢說，只低頭答應著。

……王善保家的道：「太太請養息身體要緊，這些小事只交與奴才。如今要查這個主兒也極容易，等到晚上園門關了的時節，內外不通風，我們竟給她們個猛不防，帶著人到各處丫頭們房裡搜尋。想來誰有這個，斷不單只有這個，自然還有別的東西。那時翻出別的來，自然這個也是她的。」

……王夫人道：「這話倒是。若不如此，斷不能清的清、白的白。」因問鳳姐如何。鳳姐只得答應說：「太太說的是，就行罷了。」王夫人道：「這主意很是，不然，一年也查不出來。」於是大家商議已定。

……至晚飯後，待賈母安寢了，寶釵等入園時，王善保家的便請了鳳姐一併入園，喝命將角門皆上鎖，便從上夜的婆子處抄檢起，不過抄檢出些多餘攢下蠟燭、燈油等物。王善保家的道：「這也是贓，不許動，等明兒回過太太再動。」於是先就到怡紅院中，喝命關門。

……當下寶玉正因晴雯不自在，忽見這一干人來，不知為何直撲了丫頭們的房門去，因迎出鳳姐來，問是何故。鳳姐道：「丟了一件要緊的東西，因大家混賴，恐怕有丫頭們偷了，所以大家都查一查去疑。」一面說，一面坐下吃茶。

……王善保家的等搜了一回，又細問這幾個箱子是誰的，都叫本人來親自打開。襲人因見晴雯這樣，知道必有異事，又見這番抄檢，只得自己先出來打開了箱子並匣子，任其搜檢一番，不過是平常動用之物。遂放下，又搜別人的，挨次都一一搜過。

……到了晴雯的箱子，因問：「是誰的，怎不開了讓搜？」襲人等方欲代晴雯開時，只見晴雯挽著頭髮闖進來，豁一聲將箱子掀開，兩手捉著底子，朝天往地下盡情一倒，將所有之物盡都倒出。王善保家的也覺沒趣，看了一看，也無甚私弊之物。回了鳳姐，要往別處去。

……鳳姐兒道：「妳們可細細的查，若這一番查不出來，難回話的。」眾人都道：「都細翻看了，沒什麼差錯東西。雖有幾樣男人物件，都是小孩子的東西，想是寶玉的舊物件，沒甚關係的。」

鳳姐聽了，笑道：「既如此咱們就走，再瞧別處去。」

……說著，一逕出來，因向王善保家的道：「我有一句話，不知是不是。要抄檢只抄檢咱們家的人，薛大姑娘屋裡，斷乎檢抄不得的。」

王善保家的笑道：「這個自然。豈有抄起親戚家來。」

鳳姐點頭道：「我也這樣說呢。」

……一頭說，一頭到了瀟湘館內。黛玉已睡了，忽報這些人來，也不知為甚事。才要起來，只見鳳姐已走進來，忙按住她不許起來，只說：「睡罷，我們就走。」這邊且說些閒話。

……那個王善保家的帶了眾人到丫鬟房中，也一一開箱倒籠抄檢了一番。因從紫鵑房中抄出兩副寶玉常換下來的寄名符兒，一副束帶上的披帶，兩個荷包並扇套，套內有扇子。打開看時皆是寶玉往年往日手內曾拿過的。王善保家的自為得了意，遂忙請鳳姐過來驗視，又說：「這些東西從那裡來的？」

……鳳姐笑道：「寶玉和她們從小兒在一處混了幾年，這自然是寶玉的舊東西。這也不算什麼罕事，撂下再往別處去是正經。」

紫鵑笑道：「直到如今，我們兩下裡的東西也算不清。要問這一個，連我也忘了是那年月日有的了。」王善保家的聽鳳姐如此說，也只得罷了。

……又到探春院內，誰知早有人報與探春了。探春也就猜著必有原故，所以引出這等醜態來，遂命眾丫鬟秉燭開門而待。眾人來了。探春故問何事。鳳姐笑道：「因丟了一件東西，連日訪察不出人來，恐怕旁人賴這些女孩子們，所以越性大家搜一搜，使人去疑，倒是洗淨她們的好法子。」

……探春冷笑道：「我們的丫頭，自然都是些賊，我就是頭一個窩主。既如此，先來搜我的箱櫃，她們所偷了來的，都交給我藏著呢。」說著便命丫頭們把箱櫃一齊打開，將鏡奩、妝盒、衾袱、衣包若大若小之物一齊打開，請鳳姐去抄閱。鳳姐陪笑道：「我不過是奉太太的命來，妹妹別錯怪我。何必生氣。」因命丫鬟們快快關上。平兒、豐兒等忙著替待書等關的關，收的收。

……探春道：「我的東西倒許你們搜閱，要想搜我的丫頭，這卻不能。我原比眾人歹毒，凡丫頭所有的東西我都知道，都在我這裡間收著，一針一線她們也沒的收藏，要搜所以只來搜我。妳們不依，只管去回太太，只說我違背了太太，該怎麼處治，我去自領。

「妳們別忙，自然連妳們抄的日子有呢！妳們今日早起不曾議論甄家，自己家裡好好的抄家，果然今日真抄了。咱們也漸漸的來了。可知這樣大族人家，若從外頭殺來，一時是殺不死的，這是古人曾說的『百足之蟲，死而不僵』，必須先從家裡自殺自滅起來，才能一敗塗地！」說著，不覺流下淚來。

…鳳姐只看著眾媳婦們。周瑞家的便道：「既是女孩子的東西全在這裡，奶奶且請到別處去罷，也讓姑娘好安寢。」鳳姐便起身告辭。

…探春道：「可細細的搜明白了？若明日再來，我就不依了。」

鳳姐笑道：「既然丫頭們的東西都在這裡，就不必搜了。」

探春冷笑道：「妳果然倒乖。連我的包袱都打開了，還說沒翻。明日敢說我護著丫頭們，不許妳們翻了。妳趁早說明，若還要翻，不妨再翻一遍。」

鳳姐知道探春素日與眾不同的，只得陪笑道：「我已經連妳的東西都搜查明白了。」

探春又問眾人：「妳們也都搜明白了不曾？」

周瑞家的等都陪笑說：「都翻明白了。」

……那王善保家的本是個心內沒成算的人，素日雖聞探春的名，那是為眾人沒眼力沒膽量罷了，那裡一個姑娘家就這樣起來，況且又是庶出，她敢怎麼。她自恃是邢夫人陪房，連王夫人尚另眼相看，何況別個。

今見探春如此，她只當是探春認真單惱鳳姐，與她們無干。她便要趁勢作臉獻好，因越眾向前拉起探春的衣襟，故意一掀，嘻嘻笑道：「連姑娘身上我都翻了，果然沒有什麼。」

鳳姐見她這樣，忙說：「媽媽走罷，別瘋瘋顛顛的。」

……一語未了，只聽「拍」的一聲，王家的臉上早著了探春一掌。探春登時大怒，指著王家的問道：「妳是什麼東西，敢來拉扯我的衣裳！我不過看著太太的面上，妳又有年紀，叫妳一聲媽媽，妳就狗仗人勢，天天作耗，專管生事。如今越性了不得了。

「妳打諒我是同妳們姑娘那樣好性兒，由著妳們欺負她，就錯了主意！妳搜檢東西我不惱，妳不該拿我取笑。」說著，便親自解衣卸裙，拉著鳳姐兒細細的翻。又說：「省得叫奴才來翻我身上。」

……鳳姐平兒等忙與探春束裙整袂，口內喝著王善保家的說：「媽媽吃兩口酒，就瘋瘋顛顛起來。前兒把太太也衝撞了。快出去，不要提起了。」又勸探春休得生氣。探春冷笑道：「我但凡有氣性，早一頭碰死了！不然豈許奴才來我身上翻賊贓了。明兒一早，我先回過老太太、太太，然後過去給大娘陪禮，該怎麼，我就領。」

……那王善保家的討了個沒意思，在窗外只說：「罷了，罷了，這也是頭一遭挨打。我明兒回了太太，仍回老娘家去罷。這個老命還要她做什麼！」

探春喝命丫鬟道：「妳們聽她說的這話，還等我和她對嘴去不成。」待書等聽說，便出去說道：「妳果然回老娘家去，倒是我們的造化了。只怕捨不得去。」

……鳳姐笑道：「好丫頭，真是有其主必有其僕。」

探春冷笑道：「我們作賊的人，嘴裡都有三言兩語的。這還算笨的，背地裡就只不會調唆主子。」

平兒忙也陪笑解勸，一面又拉了待書進來。周瑞家的等人勸了一番。鳳姐直待服侍探春睡下，方帶著人往對過暖香塢來。

……彼時李紈猶病在床上，她與惜春是緊鄰，又與探春相近，故順路先到這兩處。因李紈才吃了藥睡著，不好驚動，只到丫鬟們房中一一的搜了一遍，也沒有什麼東西。

……遂到惜春房中來。因惜春年少，尚未識事，嚇的不知當有什麼事，故鳳姐也少不得安慰他。誰知竟在入畫箱中尋出一大包金銀錁子來，約共三四十個，又有一副玉帶板子[5]並一包男人的靴襪等物。

5. 玉帶板子——男子腰帶上的玉質帶頭。

……入畫也黃了臉。因問是那裡來的，入畫只得跪下哭訴真情，說：「這是珍大爺賞我哥哥的。因我們老子娘都在南方，如今只跟著叔叔過日子。我叔叔嬸子只要吃酒賭錢，我哥哥怕交給他們又花了，所以每常得了，悄悄的煩了老媽媽帶進來叫我收著的。」

惜春膽小，見了這個也害怕，說：「我竟不知道。這還了得！二嫂子，妳要打她，好歹帶她出去打罷，我聽不慣的。」

鳳姐笑道：「這話若果真呢，也倒可恕，只是不該私自傳送進來。這個可以傳遞，什麼不可以傳遞。這倒是傳遞人的不是了。若這話不真，倘是偷來的，妳可就別想活了。」

入畫跪著哭道：「我不敢扯謊。奶奶只管明日問我們奶奶和大爺去，若說不是賞的，就拿我和我哥哥一同打死無怨。」

……鳳姐道：「這個自然要問的，只是真賞的也有不是。誰許妳私自傳送東西的！妳且說是誰作接應，我便饒妳。下次萬萬不可。」

惜春道：「嫂子別饒她這次方可。這裡人多，若不拿一個人作法，那些大的聽見了，又不知怎樣呢。嫂子若饒她，我也不依。」

……鳳姐道：「素日我看她還好。誰沒一個錯，只這一次。二次犯下，二罪俱罰。但不知傳遞是誰。」

惜春道：「若說傳遞，再無別個，必是後門上的張媽。她常肯和這些丫頭們鬼鬼祟祟的，這些丫頭們也都肯照顧她。」

鳳姐聽說，便命人記下，將東西且交給周瑞家的暫拿著，等明日對明再議。於是別了惜春，方往迎春房內來。

……迎春已經睡著了，丫鬟們也才要睡，眾人叩門半日才開。鳳姐吩咐：「不必驚動小姐。」遂往丫鬟們房裡來。因司棋是王善保的外孫女兒，鳳姐倒要看看王家的可藏私不藏，遂留神看她搜檢。先從別人箱子搜起，皆無別物。及到了司棋箱子中搜了一回，王善保家的說：「也沒有什麼東西。」

……才要蓋箱時，周瑞家的道：「且住，這是什麼？」說著，便伸手掣出一雙男子的錦帶襪並一雙緞鞋來。又有一個小包袱，打開看時，裡面有一個同心如意並一個字帖兒。一總遞與鳳姐。鳳姐因當家理事，每每看開帖並帳目，也頗識得幾個字了。

便看那帖子是大紅雙喜箋帖，上面寫道：「上月妳來家後，父母已覺察妳我之意。但姑娘未出閣，尚不能完妳我之心願。若園內可以相見，妳可托張媽給一信息。若得在園內一見，倒比來家得說話。千萬，千萬。再所賜香袋二個，今已查收外，特寄香珠一串，略表我心。千萬收好。表弟潘又安拜具。」

……鳳姐看罷，不怒而反樂。別人並不識字。王家的素日並不知道她姑表姊弟有這一節風流故事，見了這鞋襪，心內已是有些毛病，又見有一紅帖，鳳姐又看著笑，她便說道：「必是她們胡寫的賬目，不成個字，所以奶奶見笑。」

……鳳姐笑道：「正是這個賬竟算不過來。妳是司棋的老娘，她的表弟也該姓王，怎麼又姓潘呢？」王善保家的見問的奇怪，只得勉強告道：「司棋的姑媽給了潘家，所以她姑表兄弟姓潘。上次逃走了的潘又安就是她表弟。」

鳳姐笑道：「這就是了。」因道：「我念給妳聽聽。」說著從頭念了一遍，大家都唬了一跳。

這王善保家的一心只要拿人的錯兒，不想反拿住了她外孫女兒，又氣又臊。周瑞家的四人又都問著她道：「妳老可聽見了？明明白白，再沒的話說了。如今據妳老人家，該怎麼樣？」

這王家的只恨沒地縫兒鑽進去。鳳姐只瞅著她嘻嘻的笑，向周瑞家的笑道：「這倒也好。不用妳們作老娘的操一點兒心，她鴉雀不聞的給妳們弄了一個好女婿來，大家倒省心。」周瑞家的也笑著湊趣兒。

王家的氣無處洩，便自己回手打著自己的臉，罵道：「老不死的娼婦，怎麼造下孽了！說嘴打嘴，現世現報在人眼裡。」眾人見這般，俱笑個不住，又半勸半諷的。

……鳳姐見司棋低頭不語，也並無畏懼慚愧之意，倒覺可異。料此時夜深，且不必盤問，只怕她夜間自愧，去尋拙志[6]，遂喚兩個婆子監守起她來。帶了人，拿了贓證回來，且自安歇，等待明日料理。誰知到夜裡又連起來幾次，下面淋血不止。

……至次日，便覺身體十分軟弱，起來發暈，遂撐不住。請太醫來，診脈畢，遂立藥案云：「看得少奶奶係心氣不足，虛火乘脾，皆由憂勞所傷，以致嗜臥好眠，胃虛土弱，不思飲食。今聊用昇陽養榮之劑。」寫畢，遂開了幾樣藥名，不

6. 尋拙志——尋短見，自殺。

過是人參、當歸、黃芪等類之劑。一時退去，有老嬤嬤們拿了方子回過王夫人，不免又添一番愁悶，遂將司棋等事暫未理。

※　※　※

…可巧這日尤氏來看鳳姐，坐了一回，到園中去又看過李紈。才要望候眾姊妹們去，忽見惜春遣人來請，尤氏遂到了她房中來。惜春便將昨晚之事細細告訴與尤氏，又命將入畫的東西一概要來與尤氏過目。

尤氏道：「實是你哥哥賞她哥哥的，只不該私自傳送，如今官鹽竟成了私鹽了。」因罵入畫：「糊塗脂油蒙了心的。」

…惜春道：「妳們管教不嚴，反罵丫頭。這些姊妹，獨我的丫頭這樣沒臉，我如何去見人。昨兒我立逼著鳳姐姐帶了她去，她只不肯。我想，她原是那邊的人，鳳姐姐不帶她去，也原有理。我今日正要送過去，嫂子來的恰好，快帶了她去。或打，或殺，或賣，我一概不管。」

入畫聽說，又跪下哭求，說：「再不敢了。只求姑娘看從小兒的情常，好歹生死在一處罷。」尤氏和奶娘等人也都十分分解，說：「她不過一時糊塗了，下次再不敢的。她從小兒服侍你一場，到底留著她為是。」

……誰知惜春雖然年幼，卻天生成一種百折不回的廉介孤獨僻性，任人怎說，她只以為丟了她的體面，咬定牙斷乎不肯。更又說的好：「不但不要入畫，如今我也大了，連我也不便往妳們那邊去了。況且近日我每每風聞得有人背地裡議論什麼多少不堪的閒話，我若再去，連我也編派上了。」

尤氏道：「誰議論什麼？又有什麼可議論的！姑娘是誰，我們是誰。姑娘既聽見人議論我們，就該問著她才是。」

…惜春冷笑道：「妳這話問著我倒好。我一個姑娘家，只有躲是非的，我反去尋是非，成個什麼人了！還有一句話：我不怕妳惱，好歹自有公論，又何必去問人。古人說得好，『善惡生死，父子不能有所勖助[7]』，何況妳我二人之間。我只知道保得住我就夠了，不管妳們。從此以後，妳們有事別累我。」

…尤氏聽了，又氣又好笑，因向地下眾人道：「怪道人人都說這四丫頭年輕糊塗，我只不信。妳們聽方才一篇話，無原無故，又不知好歹，又沒個輕重。雖然是小孩子的話，卻又能寒人的心。」

眾嬤嬤笑道：「姑娘年輕，奶奶自然要吃些虧的。」

7. 勖助——勉勵幫助。

惜春冷笑道：「我雖年輕，這話卻不年輕。妳們不看書不識幾個字，所以都是些呆子，看著明白人，倒說我年輕糊塗。」

……尤氏道：「妳是狀元榜眼探花，古今第一個才子。我們是糊塗人，不如妳明白，何如？」

惜春道：「狀元榜眼難道就沒有糊塗的不成。可知他們也有不能了悟的。」

尤氏笑道：「妳倒好。才是才子，這會子又作大和尚了，又講起了悟來了。」

惜春道：「我不了悟，我也捨不得入畫了。」

尤氏道：「可知妳是個心冷口冷，心狠意狠的人。」

惜春道：「古人曾也說的，『不作狠心人，難得自了漢[8]。』我清清白白的一個人，為什麼教妳們帶累壞了我！」

8. 自了漢——俗稱只管自身、不顧大局者。

……尤氏心內原有病，怕說這些話。聽說有人議論，已是心中羞惱激射，只是在惜春分上不好發作，忍耐了大半。今見惜春又說這句，因按捺不住，因問惜春道：「怎麼就帶累了妳了？妳的丫頭的不是，無故說我，我倒忍了這半日，妳倒越發得了意，只管說這些話。妳是千金萬金的小姐，我們以後就不親近，仔細帶累了小姐的美名。即刻就叫人將入畫帶了過去！」說著，便賭氣起身去了。

……惜春道：「若果然不來，倒也省了口舌是非，大家倒還清淨。」尤氏也不答話，一逕往前邊去了。不知後事如何。

◎第七五回◎

開夜宴異兆發悲音
賞中秋新詞得佳讖

……話說尤氏從惜春處賭氣出來，正欲往王夫人處去。跟從的老嬤嬤們因悄悄的回道：「奶奶且別往上房去。才有甄家的幾個人來，還有些東西，不知是作什麼機密事。奶奶這一去恐不便。」

尤氏聽了道：「昨日聽見妳老爺說，看邸報，甄家犯了罪，現今抄沒家私，調取進京治罪。怎麼又有人來？」

老嬤嬤道：「正是呢。才來了幾個女人，氣色不成氣色，慌慌張張的，想必有什麼瞞人的事情，也是有的。」

……尤氏聽了，便不往前去，仍往李氏這邊來了。恰好太醫才診了脈去。李紈近日也略覺精爽了些，擁衾倚枕，坐在床上，正欲一二人來說些閒話。因見尤氏進來，不似往日和藹可親，只呆呆的坐著。李紈因問道：「妳過來了這半日，可在別屋裡吃些東西沒有？只怕餓了。」命素雲瞧有什麼新鮮點心揀了來。

尤氏忙止道：「不必，不必。妳這一向病著，那裡有什麼新鮮東西。況且我也不餓。」

李紈道：「昨日他姨娘家送來的好茶麵子，倒是對碗來妳喝罷。」說畢，便吩咐人去對茶。

……尤氏出神無語。跟來的丫頭媳婦們因問：「奶奶今日中晌尚未洗臉，這會子趁便可淨一淨好？」尤氏點頭。

李紈忙命素雲來取自己的妝奩。素雲一面取來，一面將自己的胭粉拿來，笑道：「我們奶奶就少這個。奶奶不嫌髒，這是我的，能著用些。」

李紈道：「我雖沒有，妳就該往姑娘們那裡取去。怎麼公然拿出妳的來？幸而是她，若是別人，豈不惱呢！」

尤氏笑道：「這又何妨。自來我凡過來，誰的沒使過，今日忽然又嫌髒了？」一面說，一面盤膝坐在炕沿上。

銀蝶上來，忙代為卸去腕鐲、戒指，又將一大袱手巾蓋在下截，將衣裳護嚴。小丫鬟炒豆兒捧了一大盆溫水，走至尤氏跟前，只彎腰捧著。

銀蝶笑道：「說一個個沒機變的，說一個葫蘆，就是一個瓢。奶奶不過待咱們寬些，在家裡不管怎樣罷了，妳就得了意！不管在家出外，當著親戚也只隨著便了。」

尤氏道：「妳隨她去罷，橫豎洗了就完事了。」炒豆兒忙趕著跪下。

……尤氏笑道：「妳們家下大小的人，只會講外面假禮假體面，究竟作出來的事都夠使的了。」

李紈聽如此說，便知她已知道昨夜的事，因笑道：「妳這話有因，誰作事究竟夠使了？」

尤氏道：「妳倒問我，妳敢是病著死過去了！」

一語未了，只見人報：「寶姑娘來了。」李紈忙說快請時，寶釵已走進來。尤氏忙擦臉起身讓坐，因問：「怎麼一個人忽然走來，別的姊妹怎麼不見？」

寶釵道：「正是，我也沒見她們。只因今日我們奶奶身上不自在，家裡兩個女人也都因時症未起炕，別的靠不得，我今兒要出去伴著老人家夜裡作伴兒。要去回老太太、太太，我想又不是什麼大事，且不用提，等好了，我橫豎進來的，所以來告訴大嫂子一聲。」

李紈聽說，只看著尤氏笑。尤氏也只看著李紈笑。

……一時，尤氏盥沐已畢，大家吃麵茶。李紈因笑道：「既這樣，且打發人去請姨娘的安，問是何病。我也病著，不能親自來得。好妹妹，妳去只管去，我自打發人去到妳那裡去看屋子。妳好歹住一兩天還進來，別叫我落不是。」

寶釵笑道：「落什麼不是呢？這也是通共常情，妳又不曾賣放了賊。依我的主意，也不必添人過去，竟把雲丫頭請了來，妳和她住一兩日，豈不省事。」

尤氏道：「可是，史大妹妹往哪裡去了。」

寶釵道：「我才打發她們找妳們探丫頭去了，叫她同到這裡來，我也明白告訴她。」

……正說著，果然報：「雲姑娘和三姑娘來了。」

大家讓坐已畢，寶釵便說要出去一事，探春道：「很好。不但姨媽好了還來的，就便好了不來，也使得。」

尤氏笑道：「這話奇怪，怎麼攆起親戚來了？」

探春冷笑道：「正是呢，有叫人攆的，不如我先攆。親戚們好，也不在必要死住著才好。咱們倒是一家子親骨肉呢，一個個不像烏眼雞，恨不得妳吃了我，我吃了妳！」

……尤氏忙笑道：「我今兒是那裡來的晦氣，偏都碰著妳姊妹們的氣頭兒上了！」

探春道：「誰叫妳趕熱灶來了！」

因問：「誰又得罪了妳呢？」

因又尋思道：「四丫頭不犯囉唣[1]妳，卻是誰呢？」尤氏只含糊答應。

探春知她畏事，不肯多言，因笑道：「妳別裝老實了。除了朝廷治罪，沒有砍頭的，妳不必畏頭畏尾。實告訴妳罷，我昨兒把王善保家那老婆子打了，我還頂著個罪呢。不過背地裡

1. **囉唣**——騷擾，吵鬧。

說我些閒話，難道她還打我一頓不成！」

寶釵忙問：「因何又打她？」探春悉把昨夜怎的抄檢，怎的打她，一一說了出來。

……尤氏見探春已經說了出來，便把惜春方才之事也說了出來。

探春道：「這是她的僻性，孤介[2]太過，我們再傲不過她的。」又告訴她們說：「今日一早不見動靜，打聽鳳辣子又病了。我就打發我奶媽子出去打聽王善保家的是怎樣。回來告訴我說，王善保家的挨了一頓打，大太太嗔著她多事。」

尤氏、李紈道：「這倒也是正理。」

探春冷笑道：「這種掩飾誰不會作！且再瞧就是了。」尤氏、李紈皆默無所答。

……一時估著前頭用飯，湘雲和寶釵回房打點衣衫，不在話下。

2.孤介——耿直方正，不流於俗。

……※……※……※……

……尤氏等遂辭了李紈，往賈母這邊來。賈母歪在榻上，王夫人說甄家因何獲罪，如今抄沒了家產，回京治罪等語。賈母聽了，正不自在，恰好見她姊妹來了，因問：「從哪裡來的？可知鳳姐妯娌兩個的病今日怎樣。」

尤氏等忙回道：「今日都好些。」

賈母點頭嘆道：「咱們別管人家的事，且商量咱們八月十五日賞月是正經。」王夫人笑道：「都已預備下了。不知老太太揀那裡好，只是園裡恐夜晚風冷。」

賈母笑道：「多穿兩件衣服何妨，那裡正是賞月的地方，豈可倒不去的。」

……說話之間，早有媳婦、丫鬟們抬過飯桌來，王夫人、尤氏等忙上來放箸捧飯。賈母見自己的幾色菜已擺完，另有兩大捧盒內盛了幾色菜來，便知是各房另外孝敬的舊規矩。賈母因問：「都是些什麼？上幾次我就吩咐過，如今可以把這些蠲了罷，妳們還不聽。如今比不得在先輻輳[3]的時光了！」鴛鴦忙道：「我說過幾次，都不聽，也只罷了。」

…王夫人笑道：「不過都是家常東西。今日我吃齋，沒有別的。那些麵筋、豆腐，老太太又不大甚愛吃，只揀了一樣椒油蓴齏[4]醬來。」賈母笑道：「這樣正好，正想這個吃。」鴛鴦聽說，便將碟子挪在跟前。

…寶琴一一的讓了，方歸坐。賈母便命探春來同吃。探春也都讓過了，便和寶琴對面坐下。待書忙去取了碗來。

3. **輻輳**—形容人物聚集像輪輻集中於轂。「**輻輳的時光**」意即「興盛的時光」。

4. **蓴齏**—用蓴菜搗碎醃成的小菜。

……鴛鴦又指那幾樣菜道：「這兩樣看不出是什麼東西來，大老爺送來的。這一碗是雞髓筍，是外頭老爺送上來的。」一面說，一面就只將這碗筍送至桌上。賈母略嘗了兩點，便命：「將那兩樣著人送回去，就說我吃了。以後不必天天送，我想吃自然來要。」媳婦們答應著，仍送過去，不在話下。

……賈母因問：「有稀飯吃些罷了。」尤氏早捧過一碗來，說是紅稻米粥。

賈母接來吃了半碗，便吩咐：「將這粥送給鳳哥兒吃去。」又指著：「這一碗筍和這一盤風醃果子狸給顰兒、寶玉兩個吃去，那一碗肉給蘭小子吃去。」

又向尤氏道：「我吃了，妳就來吃了罷。」尤氏答應。

……待賈母漱口洗手畢，賈母便下地，和王夫人說閒話行食[5]。

5.行食—飯後活動，借以幫助消化。

尤氏告坐。探春、寶琴二人也起來了，笑道：「失陪，失陪！」

尤氏笑道：「剩我一個人，大排桌的吃不慣。」

賈母笑道：「鴛鴦、琥珀來，趁勢也吃些，又作了陪客。」

尤氏笑道：「好，好，好，我正要說呢。」

賈母笑道：「看著多多的人吃飯，最有趣的。」

又指銀蝶道：「這孩子也好，也來同妳主子一塊兒來吃，等妳們離了我，再立規矩去。」

尤氏道：「快過來，不必裝假。」

⋯賈母負手看著取樂。因見伺候添飯的人手內捧著一碗下人的米飯，尤氏吃的仍是白粳米飯，賈母問道：「妳怎麼昏了，盛這個飯來給妳奶奶？」

那人道：「老太太的飯吃完了。今日添了一位姑娘，所以短了些。」

鴛鴦道：「如今都是可著頭做帽子了，要一點兒富餘也不能的。」

……王夫人忙回道：「這一二年旱澇不定，田上的米都不能按數交的。這幾樣細米更艱難了，所以都可著吃的多少關去，生恐一時短了，買的不順口。」

賈母笑道：「這正是『巧媳婦做不出沒米的粥』來。」眾人都笑起來。

鴛鴦道：「既這然，就去把三姑娘的飯拿來添上也是一樣，就這樣笨。」

尤氏笑道：「我這個就夠了，也不用取去。」

鴛鴦道：「妳夠了，我不會吃的？」地下的媳婦們聽說，方忙著取去了。一時，王夫人也去用飯。這裡尤氏直陪賈母說話取笑。

……※……※……※……

到起更的時候，賈母說：「黑了，過去罷。」尤氏方告辭出來。走至大門前上了車，銀蝶坐在車沿上。眾媳婦放下簾子來，便帶著小丫頭們先走，過那邊大門口等著去了。因二府之門相隔沒有一箭之路，每日家常來往，不必定要周備，況天黑夜晚之間，回來的遭數更多，所以老嬤嬤帶著小丫頭，只幾步便走了過來。兩邊大門上的人都到東西街口，早把行人斷住。尤氏大車上也不用牲口，只用七八個小廝挽環拽輪，輕輕的便推拽過這邊階磯上來。於是眾小廝退過獅子以外，眾嬤嬤打起簾子，銀蝶先下來，然後攙下尤氏來。大小七八個燈籠照得十分真切。尤氏因見兩邊獅子下放著四五輛大車，便知係來赴賭之人所乘，遂向銀蝶、眾人道：「妳看，坐車的是這些，騎馬的還不知有幾個呢！馬自然在圈裡拴著，咱們看不見。也不知道他娘老子掙下多少錢與他們這麼開心兒！」一面說，一面已到了廳上。賈蓉之妻帶領家下媳婦、丫頭們，也都秉燭接了出來。

……尤氏笑道：「成日家我要偷著瞧瞧他們，也沒得便。今兒倒巧，就順便打他們窗戶跟前走過去。」眾媳婦答應著，提燈引路，又有一個先去悄悄的知會服侍的小廝們，不要失驚打怪。

於是尤氏一行人悄悄的來至窗下，只聽裡面稱三贊四，耍笑之音雖多，又兼有恨五罵六，忿怨之聲亦不少。

……原來賈珍近因居喪，每不得遊玩曠朗，又不得觀優聞樂作遣。無聊之極，便生了個破悶之法。日間以習射為由，請了各世家弟兄及諸富貴親友來較射。因說：「白白的只管亂射，終無裨益，不但不能長進，而且壞了式樣，必須立個罰約，賭個利物，大家才有勉力之心。」因此，在天香樓下箭道內立了鵠子[6]，皆約定每日早飯後來射鵠子。賈珍不肯出名，便命賈蓉作局家。這些來的皆係世襲公子，人人家道豐富，且都在少年，正是鬥雞走狗，問柳評花的一干遊俠紈褲。因此，大家議定，每日輪流作晚飯之主，每日來射，不便獨擾賈蓉一人之意。於是天天宰豬割羊，屠鵝戮鴨，好似臨潼鬥寶[7]一般，都要賣弄自己家的好廚役好烹炮[8]。

……不到半月工夫，賈赦、賈政聽見這般，不知就裡，反說這才是正理，文既誤矣，武事當亦該習，況在武蔭[9]之屬。兩處遂也命賈環、賈琮、寶玉、賈蘭等四人於飯後過來，跟著賈

6.**鵠子**——即鵠的，箭靶的中心。

7.**臨潼鬥寶**——比喻誇耀豪富、爭強賭勝的行動。

8.**烹炮**——燒煮熏炙。

9.**武蔭**——因武功而得到封蔭。

珍習射一回，方許回去。

……賈珍之志不在此，再過一二日，便漸次以歇臂養力為由，晚間或抹抹骨牌，賭個酒東而已，自後漸次至錢。如今三四月的光景，竟一日一日賭勝於射了，公然鬪葉[10]擲骰，放頭開局，夜賭起來。家下人藉此各有些進益，巴不得的如此，所以竟成了勢。外人皆不知一字。

……近日邢夫人之胞弟邢德全也酷好如此，故也在其中。又有薛蟠，頭一個慣喜送錢與人的，見此豈不快樂。這邢德全雖係邢夫人之胞弟，卻居心行事，大不相同，只知吃酒賭錢，眠花宿柳為樂，手中濫漫使錢，待人無二心，好酒者喜之，不飲者則不去親近，無論上下主僕，皆出自一意，並無貴賤之分，因此都喚他「傻大舅」。薛蟠更是早已出名的「呆大

10. **鬪葉**——鬪紙牌，也稱「葉子牌」，賭博的一種。

爺」。

…今日二人皆湊在一處，都愛「搶新快」[11]爽利，便又會了兩家在外間炕上「搶新快」。別的又有幾家在當地下大桌上打么番。裡間又一起斯文些的，抹骨牌打天九。

…此間服侍的小廝都是十五歲以下的孩子，若成丁的男子到不了這裡，故尤氏方潛至窗外偷看。其中有兩個十六七歲孌童，以備奉酒的，都打扮的粉妝玉琢。

…今日薛蟠又輸了一張，正沒好氣，幸而擲第二張完了，算來，除翻過來，倒反贏了，心中只是興頭起來。賈珍道：「且打住，吃了東西再來。」因問：「那兩處怎樣？」裡頭打天九的，也作了賬等吃飯。打么番的未清，且不肯吃。於是各不

11. **搶新快**——以六骰遞擲，視所擲三子同色外，計算餘三子點數的多少，以決勝負。

能催，先擺下一大桌，賈珍陪著吃，命賈蓉落後陪那一起。

……薛蟠興頭了，便摟著一個孌童吃酒，又命將酒去敬邢傻舅。傻舅輸家，沒心緒，吃了兩碗，便有些醉意，嗔著兩個孌童只趕著贏家，不理輸家了，因罵道：「你們這起兔子，就是這樣專洑上水。天天在一處，誰的恩你們不沾？只不過我這一會子輸了幾兩銀子，你們就三六九等了！難道從此以後再沒有求著我們的事了？」眾人見他帶酒，忙說：「很是，很是。果然他們風俗不好。」因喝命：「快敬酒賠罪！」

……兩個孌童都是演就的局套，忙都跪下奉酒，說：「我們這行人，師父教的，不論遠近厚薄，只看一時有錢有勢就親近；便是活佛神仙，一時沒了錢勢了，也不許去理他。況且我們又年輕，又居這個行次，求舅太爺體恕些我們就過去了！」說著，便舉著酒俯膝跪下。

邢大舅心內雖軟了，只還故作怒意不理。眾人又勸道：「這孩子是實情說話。老舅是久慣憐香惜玉的，如何今日反這樣起來？若不吃這酒，他兩個怎樣起來？」邢大舅已撐不住了，便說道：「若不是眾位說，我再不理。」說著，方接過來一氣喝乾。又斟上一碗來。

……這邢大舅便酒勾往事，醉露真情起來，乃拍案對賈珍嘆道：「怨不得他們視錢如命。多少世宦大家出身的，若提起『錢勢』二字，連骨肉都不認了。老賢甥，昨日我和你那邊的令伯母賭氣，你可知道否？」

賈珍道：「不曾聽見。」

邢大舅嘆道：「就為錢這件混帳東西。利害，利害！」

賈珍深知他與邢夫人不睦，每遭邢夫人棄惡，故出怨言，因勸道：「老舅，你也太散漫些。若只管花去，有多少給老舅花的？」

邢大舅道：「老賢甥，你不知我邢家底裡。我母親去世時，我尚小，世事不知。她姊妹三個人，只有你令伯母年長出閣，一分家私，都是她把持帶來。如今二家姐雖也出閣，她家也甚艱窘，三家姐尚在家裡，一應用度，都是這裡陪房王善保家的掌管。我便來要錢，也非要的是你賈府的，我邢家家私，也就夠我花的了。無奈竟不得到手，所以有冤無處訴。」賈珍見他酒後叨叨，恐人聽見不雅，連忙用話解勸。

外面尤氏聽得十分真切，乃悄向銀蝶笑道：「妳聽見了？這是北院裡大太太的兄弟抱怨她呢。可憐她親兄弟還是這樣說，這就怨不得這些人了。」

因還要聽時，正值打公番者也歇住了，要吃酒。因有一個問道：「方才是誰得罪了老舅？我們竟不曾聽明白，且告訴我們評評理。」

邢德全見問，便把兩個孌童不理輸的，只趕贏的話說了一遍。這一個年少的紈褲道：「這樣說，原可惱的，怨不得舅太爺生氣。我且問你兩個：舅太爺雖然輸了，輸的不過是銀子錢，並沒有輸丟了雞巴，怎就不理他了？」眾人大笑起來，連邢德全也噴了一地飯。

……尤氏在外面悄悄的啐了一口，罵道：「妳聽聽，這一起子沒廉恥的小挨刀的！才丟了腦袋骨子，就胡唚嚼毛了。再肏攮下黃湯去，還不知唚出些什麼來呢！」一面說，一面便進去卸妝安歇。

……至四更時，賈珍方散，往佩鳳房裡去了。次日起來，就有人回，西瓜、月餅都全了，只待分派送人。賈珍吩咐佩鳳道：「妳請妳奶奶看著送罷，我還有別的事呢。」佩鳳答應去了，回了尤氏，尤氏只得一一分派，遣人送去。

……一時，佩鳳又來說：「爺問奶奶，今兒出門不出？說咱們是孝家，明兒十五過不得節，今兒晚上倒好，可以大家應個景兒，吃些瓜果餅酒。」

尤氏道：「我倒不願出門呢。那邊珠大奶奶又病了，鳳丫頭又睡倒了，我再不過去，越發沒個人了。況且又不得閒，應什麼景兒！」

佩鳳道：「爺說了，今兒已辭了眾人，直等十六才來呢，好歹定要請奶奶吃酒的。」尤氏笑道：「請我，我沒的還席。」

……佩鳳笑著去了，一時又來，笑道：「爺說連晚飯也請奶奶吃，好歹早些回來，叫我跟了奶奶去呢。」

尤氏道：「這樣，早飯吃什麼？快些吃了，我好走。」

佩鳳道：「爺說早飯在外頭吃，請奶奶自己吃罷。」

尤氏問道：「今日外頭有誰？」

佩鳳道：「聽見說外頭有兩個南京新來的，倒不知是誰。」

說話之間，賈蓉之妻也梳妝了來見過。少時，擺上飯來，尤氏在上，賈蓉之妻在下相陪，婆媳二人吃畢飯。尤氏便換了衣服，仍過榮府來，至晚方回去。

……果然賈珍煮了一口豬，燒了一腔羊，餘者桌菜及果品之類，不可勝記，就在會芳園叢綠堂中，屏開孔雀，褥設芙蓉，帶領妻子、姬妾，先飯後酒，開懷賞月作樂。

……將一更時分，真是風清月朗，上下如銀。賈珍因要行令，尤氏便叫佩鳳等四個人也都入席，下面一溜坐下，猜枚划拳，飲了一回。賈珍有了幾分酒，益發高興，便命取了一竿紫竹簫來，命佩鳳吹簫，文花唱曲，喉清嗓嫩，真令人魄醉魂飛。唱罷，復又行令。

……那天將有三更時分，賈珍酒已八分。大家正添衣飲茶，換盞更酌之際，忽聽那邊牆下有人長嘆之聲。大家明明聽見，都悚然疑畏起來。賈珍忙厲聲叱咤，問：「誰在那裡？」連問幾聲，沒有人答應。

尤氏道：「必是牆外邊家裡人，也未可知。」

賈珍道：「胡說！這牆四面皆無下人的房子，況且那邊又緊靠著祠堂，焉得有人！」

……一語未了，只聽得一陣風聲，竟過牆去了。恍惚聞得祠堂內扇開闔之聲。只覺得風氣森森，比先更覺涼颯起來，月色慘淡，也不似先明朗。眾人都覺毛髮倒豎。賈珍酒已醒了一半，只比別人撐持得住些，心下也十分疑畏，便大沒興頭起來。勉強又坐了一會子，就歸房安歇去了。

次日一早起來，乃是十五日，帶領眾子姪開祠堂，行朔望之禮，細查祠內，都仍是照舊好好的，並無怪異之跡。賈珍自為醉後自怪，也不提此事。禮畢，仍閉上門，看著鎖禁起來。

……※……※……※……

賈珍夫妻至晚飯後方過榮府來。只見賈赦、賈政都在賈母房內坐著說閒話，與賈母取笑。賈璉、寶玉、賈環、賈蘭皆在地下侍立。賈珍來了，都一一見過。說了兩句話後，賈母命坐，賈珍方在近門小杌子上告了坐，警身側坐[12]。

……賈母笑問道：「這兩日，你寶兄弟的箭如何了？」

賈珍忙起身笑道：「大長進了，不但樣式好，而且弓也長了一個力氣[13]。」

賈母道：「這也夠了，且別貪力，仔細努傷[14]。」

賈珍忙答應幾個「是」。

……賈母又道：「你昨日送來的月餅好，西瓜看著好，打開卻也罷了。」

賈珍笑道：「月餅是新來的一個專做點心的廚子，我試了試果然好，才敢做了孝敬。西瓜往年都還可以，不知今年怎麼就不好了。」

賈政道：「大約今年雨水太勤之故。」

12. 警身側坐——指言行拘謹，不敢造次。**側坐**是指側身坐於座上，這是古時地位低的人接受地位高的人賜座時的坐法。

13. 一個力氣——「力氣」在這裡是古代拉弓用力的單位，「一個力氣」也叫「一個勁」。

14. 努傷——因過分用力而受傷。

……賈母笑道：「此時月已上了，咱們且去上香。」說著，便起身，扶著寶玉的肩，帶領眾人齊往園中來。

……當下園之正門俱已大開，吊著羊角大燈。嘉蔭堂前月臺上焚著斗香[15]，秉著風燭，陳獻著瓜餅及各色果品。邢夫人等一干女客，皆在裡面久候。真是月明燈彩，人氣香煙，晶艷氤氳，不可形狀。地下鋪著拜毯錦褥。賈母盥手上香，拜畢，於是大家皆拜過。

……賈母便說：「賞月在山上最好。」因命在那山脊上的大廳上去。眾人聽說，就忙著在那裡去鋪設。賈母且在嘉蔭堂中吃茶少歇，說些閒話。一時，人回：「都齊備了。」賈母方扶著人上山來。王夫人等因說：「恐石上苔滑，還是坐竹椅上去。」

15. 斗香——一種特製的佛香。若干股香重疊攢聚堆成塔型，焚燒起來煙火旺盛，一斗香可燃一夜。

賈母道：「天天有人打掃，況且極平穩的寬路，何必不疏散疏散筋骨。」

於是賈赦、賈政等在前導引，又是兩個老婆子秉著兩把羊角手罩，鴛鴦、琥珀、尤氏等貼身攙扶，邢夫人等在後圍隨，從下逶迤而上，不過百餘步，至山之峰脊上，便是這座敞廳。因在山之高脊，故名曰凸碧山莊。於廳前平台上列下桌椅，又用一架大圍屏隔作兩間。凡桌椅形式皆是圓的，特取團圓之意。上面居中賈母坐下，左垂首賈赦、賈珍、賈璉、賈蓉，右垂首賈政、寶玉、賈環、賈蘭，團團圍坐。只坐了半壁，下面還有半壁餘空。

……賈母笑道：「常日倒還不覺人少，今日看來，還是咱們的人也甚少，算不得甚麼。想當年過的日子，到今夜，男女三四十個，何等熱鬧！今日就這樣，太少了。待要再叫幾個來，他們都是有父母的，家裡去應景，不好來的。如今叫女孩們來坐那邊罷。」

於是令人向圍屏後邢夫人等席上將迎春、探春、惜春三個請出來。賈璉、寶玉等一齊出坐，先盡他姊妹坐了，然後在下方依次坐定。

⋯賈母便命折一枝桂花來，命一媳婦在屏後擊鼓傳花。若花到誰手中，飲酒一杯，罰說笑話一個。於是先從賈母起，次賈赦，一一接過。鼓聲兩轉，恰恰在賈政手中住了，只得飲了酒。眾姊妹弟兄皆你悄悄的扯我一下，我暗暗的又捏你一把，都含笑倒要聽是何笑話。

⋯賈政見賈母喜悅，只得承歡。方欲說時，賈母又笑道：「若說得不笑了，還要罰。」

賈政笑道：「只得一個，說來不笑，也只好受罰了。」因笑道：「一家子一個人，最怕老婆的。」才說了一句，大家都笑了。因從不曾見賈說過笑話，所以才笑。

賈母笑道：「這必是好的。」

賈政笑道：「若好，老太太多吃一杯。」

賈母笑道：「自然。」

賈政又說道：「這個怕老婆的人，從不敢多走一步。偏是那日是八月十五，到街上買東西，便遇見了幾個朋友，死活拉到家裡去吃酒。不想吃醉了，便在朋友家睡著了，第二日才醒，後悔不及，只得來家賠罪。

「他老婆正洗腳，說：『既是這樣，你替我舔舔就饒你。』這男人只得給她舔，未免噁心要吐。他老婆便惱了，要打，說：『你這樣輕狂！』嚇得她男人忙跪下求說：『並不是奶奶的腳髒，只因昨晚吃多了黃酒，又吃了幾塊月餅餡子，所以今日有些作酸呢。』」說得賈母與眾人都笑了。

……賈政忙斟了一杯，送與賈母。賈母笑道：「既這樣，快叫人取燒酒來，別叫你們受累。」眾人又都笑起來。

……於是又擊鼓，便從賈政傳起，可巧傳至寶玉鼓止。寶玉因賈政在坐，自是踧踖[16]不安，花偏又在他手內，因想：「說笑話倘或不發笑，又說沒口才，連一笑話不能說，何況別的，這有不是。若說好了，又說正經的不會，只慣油嘴貧舌，更有不是。不如不說的好。」乃起身辭道：「我不能說笑話，求再限別的罷了。」

……賈政道：「既這樣，限一個『秋』字，就即景作一首詩。若

16. **踧踖**——恭敬而侷促不安的樣子。

好，便賞你；若不好，明日仔細。」

賈母忙道：「好好的行令，如何又要作詩？」

賈政道：「他能的。」

賈母聽說，道：「既這樣，就作。」命人取了紙筆來，賈政道：「只不許用那些冰玉、晶銀、彩光、明素等樣堆砌字眼，要另出己見，試試你這幾年的情思。」寶玉聽了，碰在心坎上，遂立想了四句，向紙上寫了，呈與賈政看，道是……

……賈政看了，點頭不語。賈母見這般，知無甚大不好，便問：「怎麼樣？」

賈政因欲賈母喜悅，便說：「難為他。只是不肯念書，到底詞句不雅。」

賈母道：「這就罷了。他能多大？定要他做才子不成！這就該獎勵他，以後越發上心了。」

賈政道：「正是。」

因回頭命個老嬤嬤出去吩咐書房內的小廝：「把我海南帶來的扇子取兩把給他。」寶玉忙拜謝，仍復歸座行令。

……當下賈蘭見獎勵寶玉，他便出席，也做一首，遞與賈政看時，寫道是……賈政看了，喜不自勝。遂並講與賈母聽時，賈母也十分歡喜，也忙令賈政賞他。於是大家歸坐，復行起令來。

……這次，在賈赦手內住了，只得吃了酒，說笑話。因說道：「一家子一個兒子最孝順。偏生母親病了，各處求醫不得，便請了一個針灸的婆子來。這婆子原不知道脈理，只說是心火，如今用針灸之法，針灸針灸就好了。

「這兒子慌了，便問：『心見鐵即死，如何針得？』婆子道：『不用針心，只針肋條就是了。』兒子道：『肋條離心甚遠，怎麼就好？』婆子道：『不妨事。你不知天下父母心偏的多呢。』」眾人聽說，都笑起來。

……賈母也只得吃半杯酒，半日，笑道：「我也得這個婆子針一針就好了。」賈赦聽說，便知自己出言冒撞，賈母疑心，忙起身笑與賈母把盞，以別言解釋。賈母亦不好再提，且行起令來。

……不料這次花卻在賈環手裡。賈環近日讀書稍進，其脾味中不好務正，也與寶玉一樣，故每常也好看些詩詞，專好奇詭仙鬼一格。今見寶玉作詩受獎，他便技癢，只當著賈政不敢造次。如今可巧花在手中，便也索紙筆來，立揮一絕與賈政。

……賈政看了，亦覺罕異，只是詞句終帶著不樂讀書之意，遂不悅道：「可見是弟兄了。發言吐氣，總屬邪派，將來都是不由規矩準繩，一起下流貨。妙在古人中有『二難』[17]，你兩個也可以稱『二難』了。只是你兩個的『難』字，卻是作『難以教訓』之『難』字講才好。哥哥是公然以溫飛卿自居，如今兄弟又自為曹唐[18]再世了。」說得賈赦等都笑了。賈赦乃要詩瞧了一遍，連聲讚好，道：「這詩，據我看甚是有骨氣。想來咱們這樣人家，原不比那起寒酸，定要『雪窗螢火』，一日蟾宮折桂，方得揚眉吐氣。咱們的子弟都原該讀些書，不過比別人略明白些，可以做得官時，就跑不了一個官的。何必多費了工夫，反弄出書呆子來。所以我愛他這詩，竟不失咱們侯門的氣概。」因回頭吩咐人去取了自己的許多玩物來賞賜與他。

因又拍著賈環的頭，笑道：「以後就這麼做去，方是咱們的口

17. **二難**——謂兄弟皆佳，難分高低。

18. **曹唐**——唐代詩人，字堯賓，曾為道士，作品以游仙詩居多。

氣，將來這世襲的前程，定跑不了你襲呢。」

……賈政聽說，忙勸說：「不過他胡謅如此，那裡就論到後事了。」說著便斟上酒，又行了一回令。

……賈母便說：「你們去罷。自然外頭還有相公們候著，也不可輕忽了他們。況且二更多了，你們散了，再讓我和姑娘們多樂一回，好歇著了。」賈赦等聽了，方止了令，又大家公進了一杯酒，方帶著子姪們出去了。

要知端詳，再聽下回。

國家圖書館出版品預行編目(CIP)資料

紅樓夢/孫家琦編輯. — 第一版.
— 新北市 : 人人, 2015.04
冊 ; 公分. —(人人文庫)
ISBN 978-986-5903-89-3(卷5:平裝).
857.49 104005348

【人人文庫】

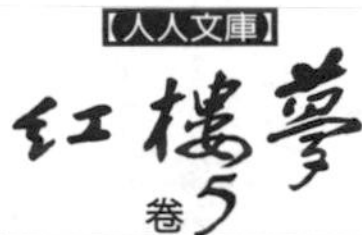

第六一回至第七五回

題字・篆刻/羅時僖
書系編輯/孫家琦
書籍裝幀/楊美智
發行人/周元白
出版者/人人出版股份有限公司
地址/23145新北市新店區寶橋路235巷6弄6號7樓
電話/(02)2918-3366(代表號)
傳真/(02)2914-0000
網址/www.jjp.com.tw
郵政劃撥帳號/16402311人人出版股份有限公司
製版印刷/長城製版印刷股份有限公司
電話/(02)2918-3366(代表號)
經銷商/聯合發行股份有限公司
電話/(02)2917-8022
第一版第一刷/2015年4月
定價/新台幣200元

※本書內頁紙張採敦榮紙業進口日本王子58g文庫紙